여행작가노트

이 책을 하늘나라에 계신
그리운 부모님(이경성, 유순례)께 바칩니다.

여행작가노트

초판1쇄 인쇄 | 2021년 11월 2일
초판1쇄 발행 | 2021년 11월 9일

지은이 | 이정식
펴낸이 | 박연
펴낸곳 | 반딧불이

등록일자 | 2006년 2월 10일
등록번호 | 제25100-2006-37호
주소 | 서울시 마포구 모래내로 83 한올빌딩 6층
전화번호 | 02 · 704 · 3331
팩스번호 | 02 · 704 · 3360

ISBN 979-11-960627-3-6 03810

이 도서는 한국출판문화산업진흥원의 '2021년 출판콘텐츠 창작 지원 사업'의 일환으로
국민체육진흥기금을 지원받아 제작되었습니다

여행작가노트

이정식 글 사진

반딧불이

머리말

누구나 여행작가

1.

모든 이들은 여행작가다.

글, 사진, 영상의 기록으로 남긴다면…

기록은 나를 위한 것이고, 동시에 남을 위한 것이다.

그것은 나의 자취이고, 크게 보면 인류의 자취다.

설레임과 즐거움만으로도 여행은 충분하다.

그러나 보고 느낀 것을 잘 정리해 놓을 수 있다면

좀 더 보람될 것이다.

2.

여행은 인생의 보너스다. 전 세계를 덮친 코로나19 사태의 장기화로 자유로운 해외여행은 조금 더 시간이 걸리겠지만, 코로나 팬데믹을 벗어나면 여행 또한 이전 못지않게 활발해질 것이다.

기왕에 여행을 할 것이면, 좀 더 의미있는 여행은 무엇일까 생각해보지 않을 수 없다. 그것은 기록을 남기는 것이다. 기록은 글로 쓴 것일 수도 있고, 사진과 영상으로 담은 것일 수도 있다. 바람직하기는 모두를 함께 하는 것이다.

단순히 휘~ 둘러보는 관광이 아닌 여행길에 무언가 값진 경험과 추억을 담아올 수 있다면 여행의 가치는 더 올라갈 것이다.

기록에 관심을 갖는다면 누구나 여행작가다. 요즘 많은 분들이 여행작가라는 이름으로 활동하는 것 같다. 여행작가는, 그것이 직업이라면 참으로 매력적으로 보인다. 취미를 직업 삼는 것처럼 좋은 것이 없다는데, 여행작가는 취미를 직업 삼은 사람처럼 보이기 때문이다. 그러나 막상 그것이 직업이 된다면 그 생활 역시 생각처럼 쉽지는 않을 것이다.

나는 스스로 여행작가라는 생각을 해본 적은 없지만, 이 책에는 '여행작가노트'라는 제목을 달았다. 여행 노트에서 나온 여행기 또는 기행문이라고 이해해 주시기 바란다.

3.

여행에 관해 글을 쓰려면 메모는 필수다. 기억에는 한계가 있기 때문에 노트를 늘 지참해야 한다. 현장에서의 기록이 그 후의 좋은 글을 낳는다.

나는 그때그때의 현장 상황을 수첩에 메모하면서 또 다른 수단인 카메라도 많이 이용한다.

카메라는 여러 가지 기능을 갖고 있으나 결국 기록을 위한 도구다. 카메라로 풍경, 인물, 그림뿐만 아니라 각종 안내표지판, 설명문, 팸플릿, 희미해진 비석의 글씨 등을 담아 확대해 내용을 확인할 수 있다. 기록을 위해 카메라는 매우 유용하다. 유튜브를 하는 사람은 소형 짐벌 카메라가 꽤 쓰임새가 있다. 나도 유튜버이므로 히말라야 트레킹 때 작은 짐벌 카메라를 한 손에 들고 주변을 찍으며 올라갔다.

메모 노트와 카메라 외에 녹음기도 도움이 된다. 안내자의 설명이나 자기의 감상을 현장에서 녹음해 놓으면 좋다. 요즘에는 스마트폰 안의 녹음기가 워낙 좋아서 별도의 녹음기가 필요하지 않을 수도 있다.

여행을 앞두고 여행지에 대한 사전 정보를 많이 알아두는 것이 좋다. 대개 책과 인터넷, 유튜브 검색 등을 통해 그런 노력들을 한다. 알고 있을수록 현장의 모습이나 특징이 잘 보이고 많이 보인다. 그래야 여행이 더 재미있다. 무작정 떠나는 것보다는 사전에 그곳의 이모저모를 미리 알고 가는 것이 훨씬 유익할 것임은 두말할 필요도 없다.

4.

여행은 누구에게나 몸과 마음에 활력을 불어넣는다. 일상을 벗어나 미지의 세계로 떠난다는 것은 그 자체로 매우 흥미롭고 즐거운 일이다.

여행은 젊어서나 노년이 되어서나 삶에 가치있는 궤적을 남긴다. 젊은 이들에게 여행은 또 다른 넓은 세상이 있다는 것을 알게 한다. 모험심과 용기, 그리고 현장에서의 판단력과 적응력을 키우는 좋은 계기가 된다. 여행은 걸어다니면서 하는 독서라고도 하지 않는가.

여행은 중년층, 노년층에게는 우리네 소박한 인생 행로에서 잠시나마

정신적 풍요로움을 느끼게 하는 중요한 계기가 된다. 세계 어디에서나 은퇴자들이 여행에 많이 나서는 것은 여행을 노년의 한 보람이요 보상으로 여기기 때문이다. 치열하게 살다가 모든 의무를 마치고 이제는 편하게 바깥 구경을 하는 것은 노년 생활의 커다란 즐거움의 하나가 아닐 수 없다.

5.

이 책에 담은 여행기는 10년여에 걸친 나의 여행 기록 중 인상 깊은 여행지를 정리한 것이다.

유명하지만 쉽게 가기는 어려운 몽골 알타이 산맥의 거대한 빙하지대, 인도 라다크, 중국 신장의 천산산맥과 광대한 초원, 히말라야, 시베리아의 바이칼호, 극동의 사할린 그리고 필리핀 오지 방문 기록이 여기에 있다.

시베리아 편에서는 우리가 모르고 있었던 역사적 사실, 즉 시베리아 횡단철도 건설로 촉발된 러일전쟁의 결과로 조선이 일본의 식민지로 전락했다는 비운의 우리나라 구한말 역사 이야기도 '시베리아 여행 Q&A' 속에 넣었다. 시베리아는 겨울 여행기를 담았는데, 시베리아는 역시 겨울이 제맛이다.

'홀로 떠난 히말라야 트레킹'에서는 홀로 떠날 수 밖에 없었던 상황과 준비과정, 그리고 히말라야에 가서 새롭게 알게 된 것들을 담았다.

'민족의 애환이 서린 사할린 섬'에서는 러시아의 극작가 안톤 체호프의 자취를 찾아갔던 것이지만, 우리 사할린 동포들이 1945년 일제의 항복 직후 일본군에 당한 학살의 현장과 해방 후에도 그리던 고국으로 돌아올 수 없었던 망향의 설움 등을 새긴 코르사코프 항구 언덕의 망향탑을 보고 슬픔을 안고 돌아왔다는 이야기를 적었다.

인도 북부 히말라야 산중 해발 3500m에 자리잡은, 과거 은둔의 왕국이었던 라다크에서는 살생을 하지 않는 티베트 불교의 영향으로 야생동물들이 사람을 두려워하지 않고 관광객이 있는 곳에서 함께 노는 모습에 감동한다. 라다크는 인간과 동물이 자연속에서 사이좋은 모습으로 살아가는 신비의 땅이었다.

6.

코로나19로 인해 2020년 초부터 국경을 넘나드는 여행이 2년 가깝게 완전히 얼어붙었다. 많은 사람들이 "살면서 이런 일을 겪을 줄은 몰랐다"고 말한다. 특히 여행 관련 업종에 종사하는 분들에게는 너무나 큰 재앙이다. 다른 나라는 어떤지 모르지만, 우리나라의 소상공인, 자영업자들에게 코로나는 너무나 커다란 희생을 요구하였다. 비대면이 일상화 되면서 사람들이 사는 모습도 크게 변했다.

코로나19가 본격적으로 확산되기 직전인 2020년 2월 몽골로 겨울여행을 다녀온 나는 바로 다음 달부터 생각지도 못했던 건강상의 문제로 인해 새로운 인생 여행을 시작하게 되었다. 인생이라는 긴 여정에서 하고 싶은 여행만 할 수 있겠냐 싶었다. 그 여행의 정체에 대해서는 후기에 기록하였다.

백신 수급이 좀 더 원활하였다면 국내 코로나 사태의 해결도 다소나마 당겨지지 않았을까 하는 아쉬움이 있다.

코로나 사태가 종식되면 새로운 여행의 시대가 도래할 것이다. 이 책이 여행에 관심이 있는 분들에게 조금이라도 참고가 된다면 다행이겠다.

2021년 11월

이정식

차례

제4부 홀로 떠난 히말라야 트레킹

제5부 민족의 애환이 서린 사할린 섬

제6부 천산산맥, 신장 중천산(中天山) 초원 기행

제7부 시베리아 횡단열차로 가는 바이칼 호수

제8부 시베리아 여행 Q & A

제9부 생명의 위험을 느꼈던 필리핀 동굴 탐사

제10부 신비의 땅 라다크- 인간과 노는 야생동물

부록

제1부

눈 내린 숲 앞의 동물, 늑대였을까?

코로나 사태 커지기 직전 도착한 몽골

2021년 4월 하순, 울란바타르의 바타르 씨로부터 카톡이 왔다. 한국어를 잘 하는 바타르 씨는 30대 후반의 듬직하게 생긴 몽골의 여행 가이드다. 나와는 10년쯤 전부터 알고 지냈다. 2020년 2월 몽골에서 헤어진 후 가끔 카톡을 주고받고 있다.

그는 내가 몽골에 온 마지막 관광객일 것이라면서 그 후로는 외국인을 못 들어오게 해서 언제 풀릴지 모르는 상황이라고 했다.

코로나19 사태로 그도 가이드 일을 할 수 없게 되었다. "요즘 어떻게 지내느냐?"고 묻자, "와이프가 하는 화장품 사업을 도와주며 지낸다"고 답했다.

바타르 씨는 코로나 백신이야기도 하면서, 몽골에서는 6월이면 100% 백신을 맞을 수 있을 것으로 기대하고 있다고 적었다. 몽골인들은 아스트라제네카하고 중국 백신을 맞고 있는데 자기는 러시아제 스푸트니크V 백신을 기다리고 있다고 했다.

앞서 3월 초에 주고받은 카톡에서는 확진자가 하루 40명 정도 나오고 있으며 백신을 접종하고 있다고 했었다. 당시 우리나라에는 400명 정도의

▲ 천진볼독의 칭기스칸 기마 동상

확진자가 나오고 있을 때였다.

몽골의 인구는 약 330만 명.(*몽골의 면적은 156.6만km²로 남한 면적 9.9만km²의 약 16배, 한반도 전체 면적 22.1만km²의 약 7배다.) 인구에 비해 코로나 확진자 수가 적은 편은 아니지만 몽골은 코로나 발생 초기에 매우 철저한 방역 태세를 취해 코로나를 잘 피해가고 있는 나라 중 하나로 보였다. 그런데 2021년 봄, 백신을 맞기 시작한 후 몽골의 확진자 수는 오히려 빠르게 늘어났다. 그해 6월 몽골의 하루 확진자 수는 2천명을 넘어서고 있었다.

8월에 보내온 카톡에서 바타르 씨는 몽골의 확진자가 1300명 정도라고 했다. 우리나라의 확진자가 2000명을 넘고 있을 때였다. 그는 그즈음 중국에서 생활용품, 자동차용품 등을 수입해 파는 일을 시작했다고 한다.

비행기 기내에서부터 체온 체크

늘 여름철에만 몽골에 다니다가 2020년 2월 중순 처음으로 겨울의 몽골을 보게 되었다. 코로나19 때문에 한-몽간의 비행노선이 전격 중단되기 직전이었다. 내가 귀국하고 며칠 후 몽골의 한국인 입국통제조치로 인천-울란바타르 간 비행기 운항이 갑자기 중단되었으니 조금 늦었으면 귀국도 못 하고 크게 애를 먹을 뻔 했다.

　나는 당시 홀로 몽골에 갔다. 당초 겨울 몽골 여행은 나 혼자 가는 것으로 계획한 것이 아니었다. 사실 나는 사진작가와 동호인들이 짜 놓았던 몽골의 겨울 촬영 계획에 중간에 참여했다. 그런데 코로나가 점차 확산되면서 한두 사람씩 포기하기 시작했다. 일행이 차츰 줄어들어 결국 나만 혼자 남게 되었다. 나는 시베리아 등에도 몇 차례 혼자 여행한 경험이 있어서 몽골쪽 가이드만 좋다고 하면 혼자 가겠다고 마음을 먹었다. 가이드 바타르 씨가 난색을 표했다면 난들 혼자 갈 수 없었을 것이다. 그가 좋다고 했으므로 1인 여행이 가능했다.

　칭기스칸 공항에 도착한 2월 17일, 비행기 안에서 잠시 대기해 달라는 안내 방송이 나왔다. 그 후 흰 방호복을 입은 의료진이 기내로 들어왔다.

▼ 말 탄 몽골인들

의료진 4명이 2인 1조로 기내의 양쪽 복도를 지나며 앉아있는 승객들의 이마에 체온측정계를 대고 체온을 체크했다. 그러고는 측정 결과를 당사자들에게 일일이 보여주었다. 의료진이 체온측정을 다 마친 후에야 승객들은 비로소 비행기에서 내릴 수 있었다.

다음날 보니, 울란바타르에서 외곽으로 나가고 들어올 때도 검문소에서 모든 차량을 세워놓고 탑승자들의 체온 체크를 했다. 그때까지만 해도 세계적으로 코로나 확진자 수가 급속히 늘어나기 전이어서 도착 비행기 내에서부터 체온 체크를 하는 나라는 없었던 것 같다. 도착 비행기의 수가 적기 때문에 가능했을지 모르지만, 아무튼 그런 철저함 덕에 몽골은 초기에 코로나19를 비교적 잘 막아내고 있었다.

모든 국민이 마스크를 철저히 쓰도록 했음은 물론이다. 아나운서 등 TV출연진들도 철저히 마스크를 쓰고 방송을 했다. 몽골은 코로나 사태 발생 후 가장 먼저 중국과의 국경을 폐쇄한 나라 중 하나였다. 철저한 방역태세 때문이었는지 내가 몽골을 떠나던 2월 21일까지 몽골에서는 코로

▼ 연기 피어오르는 게르

나 확진 환자가 한 명도 발생하지 않았다. 그럼에도 몽골정부는 3월 말까지 학교수업을 중단시키는 조치도 취하고 있었다.

내가 서울로 돌아온 며칠 후인 2월 25일부터 한국-몽골 간의 하늘길이 막혔다. 몽골 국가비상위원회

가 이날부터 3월 2일까지 한국-몽골을 오가는 항공편 운항을 모두 중단하는 조치를 취했기 때문이다. 몽골 당국은 이 결정을 몽골에 취항하는 대한항공과 아시아나항공, 에어부산 등 우리 항공사들에 통보했다.

몽골의 갑작스런 조치로 인해 그때까지 몽골에 체류 중이던 우리 국민은 제3국을 경유해야 귀국이 가능했다. 당초에는 그처럼 단기적인 조치로 발표를 했지만 한-몽간에는 그후 2년째 하늘길이 열리지 않고 있다.

눈밭 속의 몽골말 - 겨울에도 사료 걱정 없어

내가 겨울철에 몽골에 간 것은 이 때가 처음이었지만, 시베리아의 겨울은 여러 번 경험했으므로 눈 덮인 차분하고 정갈한 느낌의 겨울 풍경은 비슷하리라고 생각했고 과연 그랬다.

▼ 앞발로 눈을 헤쳐 먹이를 찾는 몽골말들

눈 내린 숲의 풍경이나 너르디너른 설원으로 변한 여름의 그 푸르렀던 초원, 가느다란 굴뚝으로 연기를 내뿜고 있는 몽골의 이동식 둥근 천막집인 흰색 게르 등, 그런 것을 보지 않고 몽골을 보았다고 할 수는 없지 않은가.

근년에는 몽골에 눈이 많이 오지 않아서 겨울에도 온통 하얗게 눈이 쌓인 풍경을 보기 어려웠다고 하는데 2020년 새해 겨울에는 눈이 자주 왔다고 했다. 내가 가 있는 동안에도 눈이 자주 내렸다.

눈 덮인 초원에서 여름에는 볼 수 없었던 것이 있었다. 설원의 말들이 앞발로 눈을 헤치며 먹이를 찾아 먹는 모습이었다. 그 먹이라는 게 초원에 흔한 마른 풀잎이다. 몽골말의 이러한 습성 때문에 눈 속에 숨어있는 먹이를 스스로 찾아 먹지 못하는 소와 달리 말은 겨울에도 사료 걱정을 안 한다고 했다.

겨울이 되기 전에 유목민들은 말 앞발의 편자를 갈아준다. 겨울 동안 먹이를 찾아 먹는데 단단한 앞 말굽이 중요하기 때문이다.

몽골제국 기동력의 원천이었던 몽골말

과거 칭기스칸 시절 서방 원정 전쟁 때도 몽골말들은 사시사철 먹이를 스스로 찾아 먹었기 때문에 전투력 면에서 매우 유리했다. 사람이 주는 건초 등에 주로 의존하는 서양말에 비해 몽골말의 환경적응력이 강하다는 얘기다.

몽골말은 서양말에 비해 체격이 작다. 서양말이 보통 150cm 이상인데 비해 몽골말은 120~140cm 정도다. 키가 크지 않아 타 보면 안정감이 느껴진다. 몽골말은 체구는 작지만 지구력은 서양말보다 훨씬 좋은 것으로 정평이 나 있다. 서양말은 전력 질주거리가 3km정도지만, 몽골말의 경우 20~30km에 이른다고 한다.

질주거리란 우리가 경마장에서 보는 것과 같이 최대 속도로 달릴 수 있는 거리를 말한다. 말이 질주할 때의 최대 속도를 갤롭(gallop, 우리말로는 습보라고 한다)이라고 하는데 시속 60~70km 가량 된다. 그러나 그 속도로 오래 달리지는 못 한다.

말이 일반적으로 달리는 속도는 시속 20km 내외다. 이 속도를 캔터

▼ 먹이를 찾고 있는 게르 주변의 말들

(canter, 구보)라고 한다. 알려진 바에 의하면, 서양말과 몽골말을 타고 쉬지 않고 달렸는데, 서양말은 150km를 달리자 더 이상 가지 못하고 그 자리에서 버리고 말았지만, 몽골말은 200km를 거뜬히 달렸다고 한다. 사실일까?

13세기 칭기스칸 정복전쟁 시 몽골군이 하루 130~150km의 속도로 진군했다는 기록도 있고 보면 수긍이 가는 면이 있다. 지구력 좋은 몽골말이 아니라면 군장을 한 부대가 그처럼 이동하기는 가능하지 않다. 몽골말은 또한 영하 45도에서 영상 45도까지의 추위와 더위를 견딜 수 있는 강인함을 갖고 있다.

이같은 몽골말의 강점은 칭기스칸 시대 서방원정 때 중동과 러시아 지역 국가들의 기마병들과의 싸움에서 연전연승 할 수 있는 비결이 되었다. 또한 서양말에 비해 체격이 작으므로 회전도 빨라서 전투에는 유리한 점이 많았다. 세계 모든 말들의 기원이 6천 년 전 몽골 지역에 살던 야생말에서 시작되었다는 설도 있다.

고립됐을 때는 말의 피도 비상식량

세계 역사상 칭기스칸에서부터 그 손자 대에 이르기까지 이룩한 몽골 세계제국만큼 큰 영토를 가진 제국은 없었다.

광대한 영토를 정복함으로써 몽골세계제국을 만드는데 결정적으로 기여한 것이 바로 몽골말이었다는 데는 누구도 이의를 달지 않는다.

정복전쟁 당시 병사 한사람에게 할당된 말은 다섯 필이었다. (*언젠가 내셔널 지오그래픽에 그림과 함께 그렇게 실렸는데 세 필이었다는 주장도 있다.) 한 필은

▲ 양치는 목동

타고가고 나머지 네 필은 뒤에서 따라오는 가족들의 가축떼 속에 함께 있었다고 한다. 가족들이 포함된 후방 병참부대 행렬 속에 말들을 맡겨 놓고 말의 체력을 유지하기 위해 매일 갈아탔다고 하는데 매일 그럴 시간이 있었을지 얼른 이해는 안 된다. 할당된 말들을 전장에 함께 데리고 다니면서 수시로 갈아탔다는 이야기도 있지만 이 역시 전투 상황에서는 어려운 일이었을 것이다. 할당된 말들을 어떻게 관리했는지에 대해서는 아직도 설이 분분하다.

전투 중 고립되어 식량이 부족할 때는 말의 몸에 작은 상처를 내 그 피를 빨아먹기도 했다. 암말의 경우는 젖을 제공해 주었다.

병사들은 또한 소나 양고기를 바짝 말려 부숴서 가루로 만든 보르츠라는 비상식량을 소의 위나 방광 등으로 만든 주머니에 넣어 갖고 다녔다. 전투 중 식량 조달이 어려울 때 조금씩 꺼내 물에 풀어먹으면 훌륭한 영양식이 됐다. 우리가 과거에 비상식량으로 생각하던 미숫가루 같은 것인데, 소나 양의 고기를 말려 분말로 만든 것이므로 영양가는 미숫가루에 비할 바가 아니다.

우리나라 제주도의 조랑말도 고려시대에 우리나라에 들어왔던 몽골군이 남기고 간 몽골말들의 후손이다. 몽골말이 들어오기 전에 제주도에 말이 없었던 것은 아니지만, 13세기 일본 정벌을 위해 몽골군이 말을 대량으로 들여와 키우면서 제주가 말로 유명해지게 되었다. 현재 제주말의 체격이 몽골말에 비해 다소 작은 것은 몽골과 다른 제주의 풍토때문인 것으로 추측되고 있다.

겨울에 몽골말처럼 앞발로 눈 속의 먹이를 찾아 먹는 자급자족형 동물은 양, 염소, 순록 등이 있다.

조드 – 가축들을 죽이는 겨울 한파

그러나 그같은 동물들에게도 재앙은 있다. 겨울에 조드가 닥칠 때다. 조드는 겨울에 들이닥쳐 가축들을 죽이는 한파를 말한다.

조드가 오면 기온이 영하 40~50도까지 떨어진다. 조드는 두 종류인데 폭설을 동반하는 차강(하얀) 조드와 눈이 전혀 오지 않는 하르(검은) 조드로 나뉜다. 차강 조드가 오면 높이 쌓인 눈 때문에 가축들이 풀을 못 뜯어 먹기 때문에 죽고, 하르 조드 때는 물이 부족해 가축에 큰 피해를 준다.

▲ 테를지 공원의 상징인 거북 바위

초겨울에 내린 눈이 잠시 따뜻한 기온으로 녹은 후에 다시 강한 추위가 닥쳐 그것이 얼음으로 변함으로써 동물들이 땅을 덮은 얼음을 깨지 못해 굶어 죽는 현상이나 여름 가뭄 후에 오는 혹한 때 땅 위에 먹을 것이 없어 죽을 때가 있다. 이런 것들을 다 조드라고 한다.

최근 20년 사이에만도 2001~2002년 사이에 조드가 닥쳐 1000만 마리의 가축이 죽었다고 하며, 2009~2010년에도 800만 마리의 가축이 죽었다. 2015~2017년에는 2년 연속 조드가 찾아오기도 했는데 가축 피해에 대한 정확한 통계는 없다.

조드로 모든 가축을 잃고 도시 빈민이 된 유목민들도 많다고 한다. 울란바타르 외곽에 거대한 게르촌이 형성된 것도 조드 때문이라는 이야기가 있다.

나는 그 겨울, 몽골에서의 4박 5일간 바타르 씨의 차를 타고 다녔다. 이동 중에 점심 먹을 곳을 찾기 어려울 때는 왜건형 차의 뒷문을 들어 올리고 짐칸 안에 버너를 피워 라면을 끓여 먹기도 했다.

도착 첫날인 17일과 18일에는 울란바타르 인근 테를지 국립공원 지역에서 장소를 달리해 이틀을 묵었다. 테를지 지역은 산과 초원과 하천이 어우러져 아름다운 풍경을 이루고 있는 곳이다. 눈 덮인 평원에는 소와 야크가 눈에 많이 띄었다. 공원의 상징의 하나인 거북바위 위에도 흰 눈이 덮여 있었다.

울란바타르와 테를지 사이 천진볼독 평원에 우뚝 서있는 은빛의 대형 칭기스칸 동상도 겨울 햇살에 밝은 빛을 발하고 있다.

3일째인 2월 19일에는 울란바타르에서 100km 가량 북쪽에 있는 세렝게 아이막(*몽골의 행정 구역 단위)의 MSH(Mongol Secret History, 몽골비사) 캠프에서 하룻밤을 잤다.

별 사진 찍으러 가다 만난 동물, 늑대였을까?

캠프는 조그만 2층짜리 호텔건물과 그 아래 게르촌으로 구성되어 있다. 주위에 자작나무 등 나무가 빽빽이 들어찬 산이 둘러싸고 있다. 겨울철이어서 손님이 적어 게르촌에는 사람이 없고 호텔 안의 손님이라곤 우리 두 사람 외에 어린이가 포함된 몽골인 한 가족이 보일 뿐이었다.

저녁을 먹고 밤 8시 반쯤 게르가 있는 곳으로 별 사진을 찍으러 혼자 나갔다.

나는 추운데 두 사람 다 고생할 필요가 없다고 생각하여 바타르씨에게는 호텔 안에서 쉬도록 하고 혼자 카메라와 삼각대 등을 들고 나와 게르 쪽으로 향했다. 기온이 영하 23~24도 정도 할 때다.

몽골에서 별 사진을 찍으려면 몽골의 전통 천막집인 게르를 넣고 찍는 것이 구도상으로나 이국적인 풍경으로 효과적이므로 대개 그렇게 위치를 잡는다.

게르 쪽으로 가고 있는데 눈 내린 어두운 숲 앞으로 개가 한 마리 지나간다. 멀지 않은 거리다. 처음엔 개로 생각했다. 그런데 짖지도 않고 조용히 가는 것이 조금 이상했다. 가만 보니 꼬리가 처진 게 영락없이 늑대처럼 보인다. 그 순간 전신에 긴장감이 '쫙' 흘렀다. 그대로 돌아갈 것인가? 돌아가서 바타르씨와 다시 나올 것인가? 잠시 생각하다가 "늑대가 사람을 공격하는 일은 드물다"는 -언젠가 들은 이야기를 생각해 내고는 그대로 강행하기로 했다.

"만약에 늑대가 달려든다면? 무기가 될 수 있는 것은 삼각대뿐인데 삼각대로 과연

▼ 북극성과 북두칠성(2020. 2. 19.)

북극성

북두칠성

대응할 수 있을까?" 하는 생각도 하면서 게르 근처에 도착해 삼각대를 내리고 카메라를 세팅했다.

하늘은 맑았으므로 별 사진 찍기에는 좋았다. 은하수는 볼 수 없는 계절이다. 북쪽하늘에 북두칠성과 북극성이 선명했고, 남쪽 하늘에는 가운데 세 개의 별이 나란히 들어가 있는 오리온 자리가 밝게 빛났다. 방향을 바꿔가며 사진을 여러 컷 찍고 호텔방으로 돌아왔다.

이튿날 아침 캠프 주변에 개가 있는지 살펴봤다. 개는 보이지 않았다. 호텔측에 근처에 늑대가 사느냐고 물었더니, "숲이 있어 늑대가 산다"고 대답했다.

덩치는 크지 않아도 말과 소를 잡아먹는 몽골 초원의 최상위 포식자가 늑대다. 내가 어둠 속에서 본 것이 늑대인지 아닌지 분명치는 않지만, 밤에 혼자 별 사진 찍는 것은 위험할 수 있겠다는 생각이 들었다.

귀국 4일 후 닫혀버린 하늘길

2월 20일, 아침에 일어나니 눈이 많이 내리고 있었다. 밖으로 나가보니 게르 근처에 말 10여 마리가 움직이는 것이 보였다. 등에 눈이 하얗게 쌓여 있다. 앞발로 눈을 헤치며 마른 풀을 찾아 먹고 있었다.

앞발은 양쪽을 다 쓴다. 겨울에도 먹이를 알아서 찾아 먹으니 몽골말은 참으로 착하고 편한 짐승이다. 반면에 소는 사람이 먹이를 챙겨줘야 하므로 몽골에서 겨울에 소 키우기는 말 키우기보다 훨씬 어렵다고 한다.

우리는 아침 식사를 한 직후 캠프를 떠났다. 큰 길 쪽으로 나가던 중 왼

▲ 눈 내리는 세렝게 설원에서

편으로 눈 내리는 광대한 설원 멀리 말떼가 보였다. 말들은 모두 머리를
눈 속에 파묻고 먹이 찾기에 바쁘다. 관리하는 사람은 보이지 않았다.

울란바타르로 돌아오는 내내 눈이 내렸다. 길옆에는 눈에 미끄러져 쓰
러진 대형 트레일러가 길게 누워있는 것이 보였다.

울란바타르에 돌아와 저녁에 시장에 가보았다. 소고기, 양고기 등을 파
는 코너가 있었다. 소고기 값을 보니 1kg에 우리 돈 5천원 정도였다. 6백 그
램 한 근에 3천원인 셈이다.

양고기도 많이 팔고 있었다. 특히 갓 잡은 양고기는 아이를 낳은 여성의
기력 회복에 좋다고 해 많이 사 간다고 했다. 우리나라에서 해산한 아기
엄마에게 미역국을 먹도록 하는 것과 마찬가지다.

서울에 돌아와 동네 고깃집에 들러 한우값을 물어보았다. 1kg에 15만원 가량 되었다. 30배다. 1년이 지난 2021년 봄에 한우 값을 검색해 보니 한우 안심이 1kg에 12만원 정도다. 물론 맛이나 질이 다르겠지만 아무튼 매우 큰 가격 차이다.

마지막 20일 밤은 울란바타르의 호텔에서 자고 이튿날 21일 귀국했다. 그리고 4일 후인 25일부터 하늘길이 닫혀버렸다.

야크(YAK)

    겨울 여행 중 테를지 국립공원 내에서 떼를 지어 이동하는 야크를 많이 목격했다. 테를지 공원의 해발은 1500m 정도이므로 야크가 살기에는 다소 낮은 지역이지만, 야크가 꼭 3000m 이상 고지대에서만 사는 것은 아니다.

    우리나라에서 야크는 아웃도어 의류의 상표로 널리 알려져 있어 이름 자체는 생소하지 않다. 그러나 야크를 직접 본 사람은 그렇게 많지 않다. 몽골, 티베트, 네팔 등 히말라야 주변, 중앙아시아 고지대에나 가야 볼 수

▼ 겨울 눈밭의 야크

있기 때문이다.

야크는 털이 많은 소과 동물이다. 일반적으로는 해발 3000~6000m에 이르는 고원지대에 산다. 야크는 야생 야크와 가축화된 야크, 두 종류가 있다. 우리가 여행하며 보는 것은 거의가 가축화된 야크다. 야생 야크는 가축화된 야크보다 훨씬 크지만 야생 야크를 볼 기회는 거의 없다.

야크는 들소의 일종이다. 자료에 따르면 야생 야크 수컷은 몸길이가 약 3.25미터, 어깨높이가 약 1.8-2미터, 몸무게 5백-1천킬로그램에 이른다고 한다. 가축화된 야크의 무게는 보통 350-580킬로그램이라고 하니 야생 야크의 크기를 짐작할 수 있다. 한우의 경우는 수소의 어깨높이가 평균 1.35미터, 무게 460킬로그램이고, 암소는 어깨높이1.25미터, 무게 370킬로그램이다. 가축화된 야크의 크기와 엇비슷한 것 같다. 야생 야크는 현재 멸종 위

▼ 여름 초원의 야크

기에 있다. (*최근에는 한우가 품종개량이 되어 무게가 800~1000kg에 달하는 대형이 많아졌다.)

야크는 평소에는 사람에게 위협적이지 않지만 자기 새끼가 있는 곳에 사람이 접근할 경우는 공격하는 수도 있으므로 조심해야 한다. 어떤 동물이든 새끼를 가진 어미는 자기 새끼를 보호하기 위해 공격적으로 변한다는 사실을 기억하는 것이 좋다.

야크는 고원지대 유목민들이 생계를 걸고 있는 최대의 재산이다. 야크는 짐을 운송하는 운송수단일 뿐 아니라 온 몸을 인간에게 내어준다. 버리는 것이 없다. 젖은 물론이고, 고기, 가죽, 털, 뿔 등 모든 것을 이용한다. 젖은 매우 진하며 버터를 만든다. 고기는 말리거나 구워서 먹는다. 부드러운 털은 옷을 만드는데 쓰고 길고 거친 털로는 끈이나 돗자리, 천막 덮개 등을 만든다. 꼬리털로는 파리채를 만들기도 한다. 가죽으로는 안장, 채찍, 장화 등을 만든다.

똥은 귀중한 땔감이 된다. 나무가 없는 티베트 초원에서 유목민들은 여름동안 야크 똥을 모아 말렸다가 겨울에 연료로 사용한다. 야크를 키우는 유목민 천막 주변에는 야크 똥을 피자처럼 납작하게 말려 쌓아 놓은 모습을 자주 볼 수 있다. 말린 야크 똥은 화력이 세다. 야크는 거의가 검은 색이지만, 가끔 흰색이 더 많은 야크도 있다. 야크는 높은 고원지대 대초원의 주인이다.

제2부

알타이산맥 최후의 오지
'포타닌 빙하'를 향하여

▲ 알타이산맥까지의 경로

알타이의 추운 여름밤

알타이산맥은 몽골 서쪽의 러시아, 중국, 카자흐스탄과의 국경에 위치해 있다. 서북에서 동남 방향으로 길이 약 2천km에 달하는 웅장한 산맥이다. 몽골의 수도 울란바타르에서는 서쪽으로 1800km 가량 떨어져있다.

몽골에서 알타이산맥으로 가려면 울란바타르의 칭기스칸 공항에서 비행기로 알타이산맥 인근 도시 울기까지 간 후에 차량으로 산맥 아래까지

▼ 바얀울기 공항에 도착(2019. 7. 28.)

▲ 바얀울기 공항

이동한다. 울란바타르에서 울기까지는 국내선 프로펠러 비행기로 2시간 45분 정도 걸린다.

일행이 탄 프로펠러 비행기는 2019년 7월 28일 오전 10시 50분 울란바타르의 칭기스칸 공항을 가볍게 이륙했다. 날씨는 쾌청했다.

맑은 날씨 덕에 비행기는 별 진동 없이 잘 날아가 울기의 바얀울기 공항에 안착했다. 공항청사가 아담하다. 초원 저 멀리 산들이 연이어 서 있다. 알타이산맥과 연결되어 있을 것이다.

우리 일행은 공항을 나와 울기의 터키식당에서 늦은 점심을 먹었다. 식당 이름은 파묵칼레. 터키의 유명한 석회석 온천관광지 이름이다.

식사 후 오후 4시쯤, 일행을 실은 세 대의 러시아제 4륜구동차 푸르공은 알타이산맥 포타닌 빙하지대 아래의 차강골을 향해 힘차게 출발했다.

거리는 약 180km이며 5시간 정도 걸린다고 했다. 그런데 해질 무렵 저녁을 해 먹은 데다 어둠 속에 산길을 조심조심 달린 탓에 도착지까지 걸린 시간은 식사시간을 포함해 10시간이었다.

차강골에 도착한 것은 이튿날인 29일 새벽 두시. 자동차 라이트 불빛에 게르 세 채가 보였다. 여기가 오늘 밤 우리의 잠자리다. 그중 우리가 쓸 수 있는 게르는 두 채였다. 들어가 보니 침대도 전기도 없고 맨 바닥이다.

이미 각오들을 단단히 하고 겨울 침낭까지 챙겨 온 터라 아무도 이러한 상황에 불평하는 사람은 없었다. 다만 "7월말인데 되게 춥네!"하는 추위 걱정 뿐. 우리가 도착한 차강골은 해발 3350m라고 했다. 백두산 정상보다 훨씬 높은 곳에 올라와 있는 셈이다. 7월이지만 밤 기온은 영하다. "춥다"는 소리가 절로 나올 수 밖에.

게르 중앙에 난로가 하나 덩그라니 놓여있다. 땔감으로 쓸 장작도 마른 소똥도 없다. 땔감이 없으니 불을 피울 수가 없다. 예약한 게르였지만, 오밤중에 아무도 마중 나온 사람은 없었다. 알아서 들어가 자라는 얘기 같았다.

이튿날 아침, 게르 가까운 곳에 이곳 사람들이 땔감으로 쓰는 마른 소똥이 잔뜩 쌓여있는 것을 보

▼ 알타이 산맥으로 들어가는 사륜구동 푸르공

았다. 근처에 마른 소똥이 있는 줄 알았다면 어떻게 해서라도 불을 지폈을지 모른다. 그런데 소똥도 허락없이 함부로 가져다 때면 싸움이 날 수도 있어 조심해야 한다. 실제로 유목민들 간에도 소똥을 두고 심하게 말싸움하는 것을 목격한 적이 있다. 말다툼이 하도 격렬해 육탄전으로 발전하는 것 아닐까 우려할 정도였다.

식사도 매 끼 자체 해결

이번 알타이산맥까지의 여행은 청주의 사진작가와 동호인들로 이뤄진 '10인10색 청평포토' 회원들이 계획하여 진행한 것이다. 차량과 게르 예약 등은 트레킹 전문여행사 '혜초'의 도움을 받았다. 일행은 가이드 제외 15명. 가이드는 바타르 씨. 전형적인 건장한 몽골인 골격을 가진 바타르 씨는 몽골 외국어대 한국어과 출신이다. 듬직하고 성실하여 일행은 그를 장래의 몽골 대통령감이라며 '바 대통령'이라고 부르기도 했다.

▼ 우유빛 물이 흐르는 차강골

미리 이야기하지만, 이런 여행은 일종의 탐험 비슷한 성격이어서 여행사가 여행상품으로 내놓을 수 있는 것이 아니다.

도착 첫날 울란바타르의 호텔에서 잔 이후 알타이에서의 3박 4일은 두 채의 게르 바닥에서 각각 7~8명이 자기 침낭 안에 들어가 잠을 자야했고, 식사는 가져간 비상식량으로 매 끼를 때워야 했다.

화장실은 나무로 대충 만든 재래식. 출사여행을 좋아하시던 분 중에서는 연세가 많이 드시면서 그런 화장실에서 쪼그리고 일을 보기 어려워 여행 참가를 포기한 분도 있었다.

말을 타고 출발

알타이에서의 첫 일정은 포타닌 빙하까지 다녀오는 것이다. 세계적으로 유명한 포타닌 빙하 지역 방문은 사실상 이번 여행의 하이라이트라고 할 수 있다.

포타닌 빙하지역은 우리가 잠을 잔 차강골(하얀강: 차강은 '희다', 골은 '강'이라는 뜻)에서 약 20km 떨어진 곳에 있다고 했다. 걸어서는 하루에 다녀오기 어려운 거리여서 말을 타고 가야한다.

산길에 말을 왕복 6시간 가량 타야 했기 때문에 일행 중 몇 사람은 처음부터 포기의사를 밝히고 근처의 다른 풍경 촬영에 나섰다. 빙하까지 가는 사람들에게는 한 사람에 마부가 한 사람씩 붙었다. 말을 탄 마부가 앞에서 뒷말을 끌고 가는 형태다. 이곳 사람들은 대부분 카자흐족이다.

나는 몽골에서 말을 몇 차례 타보았고, 평지에서는 달려보기도 했지만,

▲ 포타닌 빙하로 가는 일행들

오르막이 이어지는 산길에서 몇 시간씩 타기는 처음이었다. 중간중간 쉬기는 했지만, 그렇게 계속 말을 타고 산길을 오른다는 게 쉽지 않았다. 안장도 편치 않았다. 오래 덜컹거리니 엉덩이와 허벅지가 아팠다.

산에 나무는 보이지 않았다. 시야가 탁 트여 멀리 설산을 계속 보면서 가는 맛은 있었다. 가는 도중 산중 초원의 양떼도 보았고, 주변의 야생화도 즐겼다.

내가 탄 말은 14~5세쯤 되어 보이는 여자아이가 마부였다. 자기 집의 말을 끌고 나온 것이다. 영어도 조금 했다. 자기의 꿈은 간호사가 되는 것이라고 했다.

타고 가던 말이 갑자기 쓰러진 황당한 사고

두 시간 반쯤 올라갔을 때였다. 힘들게 오르막을 오르던 나의 말이 갑자기 왼쪽으로 쓰러졌다. 나도 동시에 옆으로 떨어져 굴렀다. 그 때 '딱'하고 뭔가 깨지는 소리가 났다. 내가 나동그라질 때 목에 메고 가던 DSLR 카메라가 바닥에 부딪힌 것이다.

순간 카메라가 결딴이 났구나 하는 생각이 들었다. 또한 나도 어디 잘

▲ 포타닌 빙하로 짐 실은 낙타와 함께 가는 말 탄 유목민

못된 게 아닐까 하는 걱정이 들었다. 서서히 몸을 일으켜보니 다친 데는 없는 것 같았다. 그때 당장은 못 느꼈지만, 이날 저녁부터 왼쪽 가슴과 왼쪽 팔꿈치 부분에 며칠간 약간의 통증이 있었다.

카메라는 줄을 목에 걸고 있었으므로 떨어져 나가지는 않았는데, 렌즈 앞의 후드(hood)가 박살이 나 있었다. '딱' 소리는 후두가 바닥을 칠 때 깨지면서 난 소리였다. 카메라의 몸체는 멀쩡한 듯 했는데, 전원을 켜고 셔터를 눌러보니 작동을 하지 않았다. 충격으로 고장이 난 것 같았다.

중요한 빙하 사진을 찍어야 하는데 메인 카메라가 고장이 나다니⋯ 나는 평소에 메인 카메라와 함께 작은 컴팩트 보조 카메라를 늘 갖고 다녔고, 스마트폰 카메라도 있으므로 일단 사진을 찍을 수는 있으되 화질이 문제 아닌가.

말은 그 사이에 마부소녀에 의해 다시 일어나 있었다. 다시 말에 올라 목적지를 향해 갔다. 일행은 앞뒤로 멀리 떨어져 있었으므로 내가 말과 함께 쓰러져 나동그라진 광경을 본 사람은 없었다.

만약에 말이 쓰러진 곳이 돌밭이나 절벽 같은 곳이었으면 어찌 됐을까? 나는 말을 여러 번 타봤고, 말과 관련한 많은 영상들도 보아왔지만, 사람을 태우고 가던 말이 갑자기 옆으로 쓰러지는 것은 본 적이 없었으므로 적이 놀라지 않을 수 없었다.

말이 왜 갑자기 쓰러졌을까?

목적지인 포타닌 빙하 앞에 도착했을 때 나는 가이드를 통해 "말이 왜 갑자기 쓰러졌는지?" 물어보았다.

처음에는 말이 체중이 꽤 나가는 나를 오래 싣고 가느라고 힘이 들어 지쳐 쓰러진 것이 아닐까 생각했다. 그런데 가이드의 설명은, 말이 등이 갑자기 간지럽거나 하면 땅바닥에 등을 긁기 위해 그렇게 옆으로 쓰러지는 경우가 있다고 했다. 이해가 잘 가지 않았으나 그 이상의 설명은 들을 수 없었다.

장장 14km에 달한다는 포타닌 빙하는 광대했다. 컴팩트 카메라와 스마트폰으로 광경을 찍으면서도 메인 DSLR 카메라가 망가져 이 오기 어려운 곳에서 사용할 수 없는데 대해 아쉬운 마음을 갖지 않을 수 없었다. 이번 여행 내내 쓸 수 없다는 얘기이기 때문이다.

촬영을 하다가 점심 식사를 하라고 외치는 소리가 들려 식사장소로 가

▲알타이 산맥의 포타닌 빙하

서 가져온 비상식량에 끓인 물을 부어 점심을 먹은 후 고장 난 카메라를
꺼내 다시 전원을 켜봤으나 역시 작동되지 않았다. 그래서 혹시나 하고 가
져간 예비 배터리로 교체를 해봤다.

그랬더니 다시 작동을 하는 것이 아닌가. 먼저 배터리도 거의 풀충전이
된 것이었으므로 배터리가 이유일 수는 없는데, 아마도 땅바닥에 부딪힐
때의 충격으로 일시적인 작동정지 상태가 됐던 것으로 추측할 수 밖에 없
었다. 다행이었다. 그 후로 귀국할 때까지 후드가 깨져 없어진 그 카메라는
별 이상 없이 잘 작동했다.

말에서 떨어졌던 오래전 경험

나는 말에서 떨어진 것이 처음이 아니다. 2007년 여름에도 말에서 떨어

져 오랫동안 물리치료를 받았던 적이 있다.

2007년 8월, 당시 나는 울란바타르 동북쪽 테를지 국립공원에서 열린 한-몽 마라톤대회를 주최하기 위해 몽골에 갔다가 대회를 마치고 울란바타르 서쪽 카라코룸 가는 쪽에 있는 몽골 알타이 캠프로 이동해 있었다.

이튿날 혼자 말을 타고 근처를 둘러보러 나갔다. 이전에 몇 차례 혼자 말을 타고 달려도 본 경험이 있었으므로 별 문제 없으려니 생각했다.

말은 크지 않았다. 처음에는 내가 올라타서 방향을 잡았는데도 앞으로 가려고 하지 않고 제자리 걸음질만 했다. "말이 작아서 힘이 들어 그런가?" 하는 생각을 하며 채찍을 살짝살짝 치며 말을 몰아 앞으로 나아갔다. 한 30~40분쯤 갔을 때, 이제는 돌아가야겠다고 말머리를 돌리는 순간 말이 갑자기 펄쩍 뛰기 시작했다. 나는 순간 말에서 떨어졌다. 마침 바닥이

▼ 일행의 가이드 바타르 씨. 포타닌 빙하 앞 도착후

모래가 섞인 초지여서 몸에 큰 충격은 느껴지지 않았다.

　몸을 일으켜보니 말이 저만큼 뛰어가서 서 있었다. 말이 있는 곳까지 가서 다시 말에 올라 캠프로 돌아왔다. 돌아와 보니 오른 팔목과 팔굽 안쪽이 이상했다. 일단은 파스를 구해 붙였는데 이날 밤새 끙끙 몸살을 앓았다.

　귀국 후 병원에 가보았다. 오른 팔굽 안쪽의 인대가 조금 늘어났다고 했다. 그 후 몇 달간 물리치료를 받아야했다.

　나중에 이야기를 들으니 말도 타는 사람이 초보자인지 어떤지 알아보며 초보처럼 보이면 말을 잘 안 듣는다고 한다. 그리고 멀리서 자기 집이 보이면 좋아서 뛰기 시작한다는 것이다. 내 경우가 이에 속한 것 같다. 말이 마지못해 가는 듯하더니, 말머리를 돌리는 순간 뛰기 시작했던 것이다.

▼ 울란바타르 수흐바타르 광장의 칭기스칸 동상

그래서 몽골에서 낙마의 경험을 도합 두 차례 하게 되었다.

낙마는 말을 타는 사람이라면 대수롭지 않은 경험이라고 할 수 있지만, 인류역사상 최대의 제국을 이룬 칭기스칸이 죽은 이유도 말에서 떨어진 것이 원인이라고 하는 것을 보면, 낙마의 위험을 이처럼 잘 말해주는 사례도 없을 것이다.

낙마는 칭기스칸의 사인

칭기스칸은 지금의 중동지역에 있던 호라즘 왕국(*현재의 우즈베키스탄의 사마르칸트를 수도로 1077년에서 1231년 사이에 존속했던 중앙아시아의 국가로 현재의 우즈베키스탄과 투르크메니스탄, 이란과 아프가니스탄의 일부를 영토로 했던 한때 동부 이슬람세계를 지배했던 나라)을 정복하고 1225년 몽골로 돌아온 칭기스칸은 이듬해인 1226년 봄, 몽골 서남쪽의 탕구트 왕국(서하) 정벌에 나선다. 탕구트는 현재 중국 북서부의 감숙성과 섬서성에 위치했던 티베트족의 분파인 탕구트족의 왕국이었다. 왕의 성은 이(李)씨였다.

탕구트는 칭기스칸이 호라즘 정벌에 나섰을 때 지원군을 요청했으나 거부했다. 칭기스칸은 호라즘 정복에 성공한 후 반드시 탕구트를 진멸하겠다고 마음먹었다. 칭기스칸은 탕구트를 향해 가던 도중 야생마와 사슴이 뛰노는 한 지역을 지나면서 행렬을 멈추도록 한 뒤 이곳에서 며칠 휴식을 취하며 사냥에 나선다.

사냥터가 된 산비탈을 오르는데 몰이꾼에 쫓긴 한 무리의 야생마가 갑자기 앞에 나타났다. 그 순간 칭기스칸이 탄 회색 말이 놀라서 벌떡 일어서는 바람에 칭기스칸은 말에서 떨어지고 말았다.

주위의 도움으로 간신히 일어섰으나 온 몸에 심한 통증이 느껴졌다. 그 날 밤부터 칭기스칸은 고열을 내며 앓기 시작했다. 주위에서 원정을 중단하고 돌아가 치료한 후에 다시 탕구트를 치자고 진언했으나 칭기스칸은 듣지 않았다. 시간이 지나도 칭기스칸의 건강은 회복되지 않았다.

칭기스칸은 1227년 탕구트를 거의 정복할 무렵 전장에서 숨을 거뒀다. 그는 죽기 직전 자신이 사망한 사실을 숨기고 탕구트의 항복을 받은 후 탕구트 왕을 비롯, 탕구트 전 족속을 멸망시키라고 유언한다. 칭기스칸의 부하들이 칸의 유언에 따라 항복하러 온 왕을 포함해 모든 탕구트인들을 죽인다.

칭기스칸의 유해는 그 후 몽골 땅으로 옮겨졌으나 아직까지도 그의 무덤이 어디에 있는지 알지 못한다.

한편, 칭기스칸의 사인에도 여러 설이 있는데, 원조비사(元朝祕史)에 기록된 낙마후유증설 다음으로 유력한 설은 탕구트 왕비에 의한 살해설이다.

탕구트 진격 과정에서 병사들이 미모의 탕구트 왕비를 사로잡아 칭기스칸에게 바쳤는데, 시침을 드는 과정에서 왕비가 무방비의 칸을 칼로 찔렀다는 것이다. 이 이야기는 청나라 때의 한 진귀한 책에 나온다고 한다. 그밖에도 몇 가지 설이 있으나 대부분의 역사서는 낙마 후유증설을 인용하고 있다.

그러고 보니 내가 과거에 낙마 후 하룻밤 몸살을 앓은 것도 일종의 낙마 후유증이 아니었나 하는 생각이 든다.

포타닌 빙하

일행이 말을 타고 세 시간 만에 도착한 포타닌 빙하는 알타이 산맥에서 가장 긴 빙하로 약 14킬로미터에 이른다는 것은 앞에서 말한 바와 같다. 19세기 후반 이 지역을 탐험한 러시아 탐험가 겸 지리학자 그리고리 포타닌(1835~1920)의 이름에서 명명되었다.

우리가 도착한 곳의 해발은 3,870m라고 했다. 골짜기를 사이로 설봉과 드넓은 빙하를 한눈에 볼 수 있는 곳이었다. 엄청난 규모의 계곡빙하가 일행이 도착한 언덕의 아래로부터 아득히 멀리까지 뻗어 있다.

포타닌 빙하는 4374m의 후이텐봉을 비롯해 인접해 있는 다섯 개의 봉우리 아래 펼쳐져 있다. 봉우리는 모두 만년설로 덮여있으며 높이도 비슷비슷하다. 몽골인들은 이 봉우리들을 타왕복드라고 부른다.

▼ 산 중턱의 작은 못에 비친 타왕복드

타왕은 다섯, 복드는 몽골어로 칸 즉 군왕을 일컫는 말이다. 타왕복드는 다섯 개의 큰 봉우리란 뜻이다. 해발 2000m 이상 되는 몽골의 다른 큰 산 봉우리들에도 복드란 이름이 많이 붙어있다.

그런데 후이텐 봉우리가 알타이 산맥의 최고봉은 아니다. 가장 높은 봉우리는 알타이 산맥의 지류인 카툰 산맥의 동쪽에 위치한 해발 4,506m의 벨루하산이다. 러시아와 카자흐스탄 경계에 위치한 산으로 몽골 쪽으로는 연결돼있지 않다.

벨루하산은 시베리아에서 가장 높은 산으로 불리는데, 산의 봉우리가 러시아 쪽에 더 많이 가 있는 것 같다. 실제 벨루하산의 면적 중 9분의 8은 러시아 영토에 속한다고 한다. 카자흐스탄 쪽 부분은 9분의 1에 불과하다는 얘기다. 과거에는 카자흐스탄이 소비에트 연방에 속해 있었으니 별 문

▼ 포타닌 빙하 앞에서 좌로부터 허봉희, 신형균, 이우영, 박종준, 방성공, 이정식, 김경호, 이정호, 김용환

제가 없었지만 1991년 독립 이후는 영토 논란을 일으키는 지역 중 하나다.

시베리아의 젖줄이라고 불리는 오비 강이 이곳 알타이산맥 벨루하산 인근에서 발원한다. 오비 강은 시베리아 중심도시 노보시비르스크를 거쳐 중간에 역시 알타이 산맥에서 발원하는 이르티시 강을 만나 함께 북극해로 흘러들어간다.

이르티시 강은 현재의 카자흐스탄 세메이(소련시절까지의 옛 이름은 세미팔라틴스크), 러시아의 옴스크, 토볼스크를 지난 후 오비 강과 만난다. 옴스크와 세메이는 19세기 중엽 러시아의 대문호인 『죄와 벌』 『카라마조프 씨네 형제들』의 작가 도스토옙스키가 유형살이와 강제 군복무를 한 지역으로도 유명하다.

타왕복드는 몽골인들의 꿈

일행이 알타이 도착 첫날 잠을 잔 게르가 있는 지역의 골짜기에는 진한 우유빛의 물이 흐른다. 포타닌 빙하의 녹은 물이 석회석 지역을 지나면서 우유빛으로 변했기 때문이다. 차강골(하얀 강)이란 이름은 그래서 붙여진 것이다. 전 세계의 다른 빙하들과 마찬가지로 포타닌 빙하의 크기도 점차 줄어들고 있다.

몽골인들 가운데서는 알타이 산맥의 타왕복드에 가보는 것이 꿈이라고 말하는 이들이 많다. 마치 러시아인들이 시베리아의 바이칼 호수에 한 번 가 보기를 꿈꾸는 것처럼. 러시아인들은 바이칼 호수에 몸을 담그면 생전의 죄를 씻을 수 있다고 생각한다고 한다. 요즘은 교통이 발달해 마음만 먹으면 바이칼 호수에 가는 것은 그렇게 어렵지 않다. 그러나 타왕복드를 보러 가는 것은 몽골인일지라도 교통과 경로 등이 만만치 않아서 큰 맘 먹지 않으면 쉬운 일이 아니다.

나는 포타닌 빙하를 보고 내려오다가 차강골을 7km 가량 앞두고 말에서 내리고 말았다. 다섯 시간 넘게 말을 타 엉덩이가 너무 아팠기 때문이다. 말에서 내린 사람이 나를 포함해 셋이었다. 함께 터벅터벅 나무 한그루 없는 산길을 한 시간 이상 걸어 차강골 게르로 돌아왔다.

호통 호수의 모기떼

우리는 차강골에서 두 번째 밤을 보내고 다음날인 30일 새벽4시 30분 차강골을 출발해 호통 호수로 향했다. 알타이 산맥을 배후로 하고 있는 큰 호수다.

호통 호수로 출발하고 얼마 지나지 않아 가파른 경사길을 오르게 되었는데, 힘센 푸르공도 사람을 안에 실은 채로는 힘이 부쳐 오를 수 없었다.

일행은 모두 차량에서 내렸다. 차를 먼저 올려보내고 가파른 고갯길을 한참동안 걸어서 올라갔다. 고갯마루에는 자그마한 어워가 서 있었다. 몽골의 어워는 돌무덤 가운데 푸른 천 등을 두른 나무를 꽂아 놓은 것으로 여행자들의 안전과 집안의 번영,

▼ 고갯길의 어워

▲ 호통 호수

풍요를 비는 장소다. 옛날 우리나라의 성황당 같은 곳이다. 지나는 이들은 이곳에 내려, 시계방향으로 세 바퀴를 돌면서 소원을 빈다. 차에서 내릴 시간이 없을 때는 경적을 세 번 울리기도 한다.

고개 위에서 잠시 휴식 후 다시 푸르공을 타고 출발했다. 차강골에서 호통 호수까지는 거리상으로는 120km다. 안내서에는 6시간 소요라고 나와 있다. 시속 20km 정도로 간다는 얘기다. 산길이 험한 탓이다. 중간에 아침과 점심을 비상식량으로 해결하고 호통 호수에 이르러서는 전부 흩어져 촬영을 했다. 호수를 알타이 산맥이 병풍처럼 둘러싸고 있다.

흰 봉우리들이 연이어 있는 산맥 아래의 잔잔한 호통 호수변에는 말떼가 풀을 뜯고 있었고, 물 위에는 어미 백조가 새끼들을 데리고 지나는 모

▲ 첸겔 마을의 해맑은 어린이들

습도 보였다. 그러나 문제는 극성스런 모기떼였다. 정신을 못 차릴 정도로 모기들이 달려들었다. 촬영한 사진에도 모기들이 희미한 점이 되어 군데군데 박혀있었다.

호숫가에 꽤 오래 머문 탓에 예약된 게르 숙소에 도착한 시간은 저녁 6시 무렵이었다. 게르는 호수변에 있었다. 이날 새벽 4시 반에 출발한 것은 중간에 사진 촬영 등을 위한 지체를 감안한 것이었다.

수소로 빌린 이곳의 세르의 바닥에는 비닐 매트가 깔려있어 차강골보다는 나아 보였다. 식사는 여기서도 물론 자체 해결이다.

이곳에서 알타이에서의 세 번째 밤을 보내고 다음 날 또다시 새벽 4시 30분에 호통 호수를 출발했다. 이날은 울기까지 이동해 바얀울기 공항에

▲ 행복한 유목민 가족

서 5시 30분에 울란바타르로 출발하는 비행기를 타는 일정이다.

호통 호수에서 울기까지의 거리는 130km다. 우리는 중간에 있는 첸겔 마을에서 아름다운 경관과 어린이들을 사진에 담았다. 울기에 도착하던 날에도 이곳을 지나 차강골로 갔었다. 이날 울기에 도착한 시간은 오후 3시였다.

알타이에서의 3박 4일은 울기로 돌아오는 날 간간히 비가 뿌린 것 말고는 비교적 날씨가 좋았다. 비행기는 울란바타르로 돌아오던 중 한 군데 공항을 들러 승객을 더 태웠다.

말에서 떨어진 후 나의 왼쪽 가슴과 왼 팔꿈치에 있었던 약간의 통증도 며칠 지나니 말끔히 사라졌다.

미니사막 엘승타사르해와 밤하늘 찍기

일행은 울란바타르 도착 다음 날 서쪽으로 280km 떨어진 엘승타사르해로 출발했다. 엘승타사르해란 몽골어로 '초원과 사막이 갈라진' 또는 '분절되어 이어진 모래'라는 뜻이라고 한다.

광대한 초원 속에 사구(砂丘) 즉 모래언덕이 길게 띠처럼 이어져 있는 매우 특이한 지역이다. 모래언덕의 폭은 약 5km, 길이는 약 80km이다. 구글의 위성사진을 보면 남북으로 길게 이어진 모래언덕의 모양이 잘 나타나있다.

이곳을 미니사막이라고도 부르고 세미고비(Semi Gobi Desert)라고도 부르는데 그 남쪽 끝은 고비사막으로 연결된다고 한다. 칭기스칸 시절 몽골제국의 도읍지인 카라코룸(하르호린)으로 가는 길목에 위치해 있다.

우리는 엘승타사르해로 가는 도중 길가 유목민의 게르에 잠시 들렀다. 말을 키우는 유목민이었다. 부부와 어린 자녀 셋(아들 하나 딸 둘)이 있었다. 아들은 7~8세 정도로 보였는데 말을 제법 잘 탔다. 말에 오를 때는 아버지가 도와주었다. 부부는 모두 투실투실하고 사람 좋아보이는 인상이었다. 말의 젖을 발효해 만든 우리의 막걸리처럼 생긴 아이락(마유주)도 우리에게 권했다. 우리 일행의 사진 촬영에도 잘 응해주었다.

엘승타사르해에 도착해서는 숙소로 들어가기 전에 먼저 모래 언덕을 둘러보았다. 다음 날 아침 일출과 낙타 촬영을 위해 다시 올 곳이다. 높고 낮은 모래 언덕에는 푸르른 나무가 드문드문 서 있어 풍경이 아름다웠다.

우리의 숙소는 역시 게르였는데, 이곳의 게르에는 깨끗한 침대와 침구,

▲ 여름밤 게르의 연통에서 나오는 불빛

그리고 전기시설이 잘 되어있어 알타이의 게르에 비할 바가 아니다. 세면과 샤워장이 별도로 갖춰져 있었다. 저녁은 간단한 뷔페식.

완전히 어두워진 후 우리는 모두 카메라와 삼각대를 들고 게르 밖으로 나왔다. 사진 찍는 사람들에게 몽골에서 빼놓을 수 없는 것이 밤하늘 촬영이다. 맑은 날엔 그야말로 하늘에서 별이 쏟아진다고 할 만큼 밤하늘이 별천지다. 이날은 구름이 조금 있어서 그런지 그 정도는 아니었다.

게르와 연통을 빠져나가는 희고 푸른 연기가 어두운 하늘의 별만으로는 밋밋할 사진을 제법 운치있게 만들어 준다. 구름이 하늘을 서서히 덮어 별을 가려버렸으므로 오래 찍지는 못했다.

유목민의 낙타

이튿날인 8월 2일 아침에는 엘승타사르해에서 일출과 낙타들이 모래 언덕을 지나는 모습을 촬영했다.

새벽에 모래 언덕으로 나가 삼각대 위에 카메라를 세워놓고 잠시 기다리자 동편의 붉은 아침 노을을 배경으로 유목민 한 사람이 몇 마리의 쌍봉낙타를 몰고 언덕 끝에 나타났다. 태양이 맞은 편 언덕을 비추자 모래 언덕이 붉은 색으로 빛난다. 그 위를 지나는 낙타들의 갈색 털도 아침 햇살에 한층 반짝거렸다. 떠오르는 햇살을 받으며 붉은 색으로 변한 모래 언덕을 지나가는 낙타들의 모습은 근사한 몽골 풍경 중의 하나다. 낙타는 사전에 낙타를 키우는 유목민에게 부탁하여 해 뜰 무렵 몰고 나온 것이다.

낙타는 몽골의 이른바 5대 보물의 하나다. 말, 소, 양, 염소, 낙타 이렇게 다섯 동물을 몽골에서는 5대 보물이라고 한다. 그중 다른 동물들은 지나는 길에 자주 목격할 수 있지만, 낙타는 일부러 찾아가지 않는 한 우연히 만나기는 쉽지 않다.

몽골의 낙타는 이집트 등 북아프리카와 아라비아 사막에 사는 단봉낙타와 달리 등에 혹이 둘인 쌍봉낙타다. 쌍봉낙타는 몽골의 고비사막과 이란, 아프가니스탄, 파키스탄 등에 산다. 낙타의 봉, 즉 혹에는 지방이 가득 들어있는데 사막에서 먹이가 떨어지면 이 지방으로 생명을 유지한다. 물 없이도 수 주간 버틸 수 있다고 한다.

'사막의 배'로 불리는 낙타. 누군가 낙타는 이 세상 동물이 아닌 것 같다고 했다. 평생을 사람을 태우고 짐을 운반하며 고기와 젖과 가죽, 털 등 모든 것을 인간에게 주는 낙타는 그 선한 생김새 만큼이나 넉넉히 베푸는

▲ 낙타의 아침(엘승타사르해)

착한 동물이다.

엘승타사르해에서의 일출과 낙타 촬영을 끝으로 7박 8일의 모든 일정
을 마친 우리는 이날 밤 귀국길에 올랐다.

야채 섭취를 대신하는
몽골의 전통 알콜음료 아이락(마유주·馬乳酒)

앞에서 말을 키우는 유목민 게르에 들렀을 때 그분들이 일행에게 막걸리처럼 생긴 아이락을 권했다는 이야기를 했다. 몽골의 유목민들이 길손을 후하게 대접하는 것은 옛부터의 전통이다. 우리에게 권한 아이락은 마유주(馬乳酒)로 잘 알려진 약한 알콜 음료다.

말 젖으로 만든 술의 하나인데 일본 사람들이 마유주로 부르기 시작하면서 우리나라에도 아이락보다는 마유주란 이름이 널리 퍼졌다. 아이락은 가죽 부대에 말 젖을 넣고 나무 막대기로 오래 저어서 만든다. 일행이 게르에 들어갔을 때 어린 아들이 게르 안에 걸려있는 커다란 가죽 부대에 들어있는 말 젖을 나무 막대기로 열심히 젓고 있었다. 그렇게 2~3일간 3천 번 가량 저어야 발효가 되어 아이락이 된다.

말 젖은 다른 가축의 젖과 달리 지방분이 적고 유당이 많기 때문에 막대로 저으면 그 안에서 발효하여 도수가 낮은 알콜 음료가 된다. 말이 어떤 풀을 먹느냐에 따라서 마유주의 맛도 차이가 난다고 한다.

아이락은 뿌연 우유빛이다. 그래서 막걸리를 연상시킨다. 도수는 약 3도로, 6도 가량인 우리 막걸리보다도 낮다. 아주 가벼운 알콜 음료인 것이다.

▲ 양떼 옆에서 말을 타고 노는 두 소년

맛은 약간 시큼하지만 거부감을 느낄 정도는 아니다.

그런데 아이락은 영양가가 매우 높아 유목민들은 여름에 마유주만으로도 필요한 에너지를 공급할 수 있는 것으로 알려져 있다. 마르코 폴로의 『동방견문록』 속에, 특히 여름과 가을에 몽골군 중에는 아이락을 식량으로 하는 자가 많았다는 내용이 들어있다고 한다.

아이락에는 당분과 단백질이 풍부하게 함유되어 있다. 또한 말 젖이나 우유 자체에는 비타민 C가 포함되어 있지 않으나 아이락은 그 안에 있는 유산균이 비타민 C를 생성한다. 그래서 유목민들은 야채나 과일을 섭취하지 못하지만 아이락에서 비타민 C를 공급받을 수 있다는 것이다.

흔치는 않지만 소나 야크, 양, 염소의 젖을 이용해서도 아이락을 만들 수 있다고 한다. 그래서 우리가 보통 알고 있는 마유주 대신 원래의 몽골

▲ 가죽 부대 속의 아이락을 막대기로 젓고 있는 소년

이름인 아이락으로 부르는 게 좋다는 말은 일리가 있다.

칭기스칸과 아이락에 얽힌 이야기도 있다. 1201년 어느 전장에서 칭기스칸이 목에 깊은 부상을 입고 기진맥진하여 드러누웠다. 이 때 부하 장수 젤메가 입으로 칭기스칸 상처의 피를 빨아내며 극진히 간호했다. 목이 마른 칭기스칸이 아이락을 찾았으나 당시 칭기스칸의 부대에는 아이락이 없었다. 젤메는 아이락을 구하려고 적진으로 들어갔다. 그는 적진에 다가가면서 장화와 웃옷을 벗어 던졌다. 붙잡히면 옷도 못 입고 도망쳐 나온 탈주병이라고 속일 속셈이었다. 젤메는 마침내 적진 속의 아이락을 훔쳐 무사히 돌아왔다. 칭기스칸은 아이락을 마신 후 다시 기운을 차렸다. 젤메는 그로 인해 칭기스칸의 절대적인 신임을 받았다는 이야기가 전해온다. 젤메가 훔쳐 온 것은 말 젖이라는 기록도 있다.

　아이락은 결핵, 폐렴 등 호흡기 질환이나 위궤양, 장염 등 소화기 질환, 당뇨나 고혈압, 심장병에 효과가 있는 것으로 알려져있으나 자칫 만병통치약처럼 들릴 수 있어 조심스럽다. 그만큼 건강에 좋다는 얘기일 것이다. 19세기 러시아 작가 톨스토이는 1870년대에 건강을 위해 남부 사마라 초원지역에서 마유주 치료를 받은 적이 있다.

　아이락을 증류 시키면 알콜 도수가 38도 정도 되는 아르히라는 맑은 술이 만들어진다. 몽골리안 보드카로도 불린다.

　아이락을 처음 마시는 사람은 너무 과하게 마실 경우 배탈이 날 수도 있으므로 다소의 주의가 필요하다. 무엇이든 처음부터 과하게 하면 탈이 날 가능성이 있다는 얘기이지 아이락이 특별히 장에 무리를 준다거나 하는 그런 성질이 있다는 것은 아니다. 일행 중에 아이락을 마시고 탈 난 사람은 없었다.

　몽골에서 아이락으로 불리는 마유주는 내몽고에서는 체게, 카자흐스탄 등 중앙아시아에서는 쿠미스라고 불린다.

제3부

'어머니의 바다' 몽골 흡스골 가는 길의
험난했던 여정

▲ 울란바타르에서 흡스골 호수 까지의 경로

험하고 멀었던 길

몽골인들이 '어머니의 바다'라고 부르는 흡스골 호수는 맑은 물과 아름다운 풍광으로 유명하다. 몽골의 수도 울란바타르에서 북서쪽으로 직선거리 840km 가량 떨어져 있는 큰 호수다. 흡수골 여행에는 사진작가와 사진 동호인 등 11명이 참여했다. 2012년 8월 3일부터 10일까지 7박 8일간의 여정이었다.

▼ 흡스골 호수

녹석지는 수도 울란바디르 북서 방향의 러시아 국경 인근에 있는 홉스골 호수였지만, 모든 여행이 다 그렇듯이 우리가 감탄하고 때로는 긴장했던 것은 그곳까지 오고가는 과정이었다.

하루에 보통 12시간에서 16시간을 차량으로 이동해야 했다. 물론 중간중간 사진 촬영을 위해 차를 세운 시간도 많았지만 원체 길이 없는 길을 가야했기 때문에 어떤 지역에서는 한

▲ 깊은 개울을 건너는 차량

시간에 평균 20km도 나아가기 어려울 때가 많았다.

우리 일행이 이동한 거리는 총 2100km였다. 하루에 600km를 이동한 날도 있었다. 아스팔트가 깔린 길은 전체의 20% 남짓 되었을까?

비로 인해 다리가 끊겨있는 바람에 깊이를 알 수 없는 개울로 차를 몰수 밖에 없었던 위험한 순간도 있었고, 차량이 고장을 일으켜 몇 번이나 마음을 조이며 수리하는 모습을 지켜보기도 했다. 홉스골을 떠나던 새벽 (8월8일 그날은 새벽 4시 출발예정이었다)에는 세 대의 차량 중 한 대의 시동이 걸리지 않아 일행을 또다시 긴장시킨 일도 있다. 그런데 그때마다 몽골인 기사들은 서로 협력하여 잘도 고쳐냈다. 그리하여 7일째 저녁에 무사히 울란바타르까지 되돌아올 수 있었다.

이동 도중 야크와 소와 양이 한가롭게 풀을 뜯고 있는 푸르른 초원의

▲ 주행 중 고장난 차를 고치고 있다

한가운데서 피크닉 기분을 내며 갖고간 김치와 밑반찬에 햇반, 라면 등을
끓여 먹는 호사를 누린 날들도 있었다.

워낙 일정이 빡빡하고 노상 12시 넘어 캠프에 들어가 잠을 자고 새벽에
깨어 출발하는 식의 일정이었으므로 식사시간 외에 일행이 함께 모여 여
유롭게 담소하거나 한가롭게 몇 시간이나마 보낼 시간이 없었다는 것도
기록해 두어야겠다.

초원의 달, 캠프 위에 뜬 달

인천공항에서 3일 낮 12시 20분에 출발, 3시간 반만에 칭기스칸 공항에
도착했다. 시차는 1시간으로 현지시간은 오후 2시 50분.

공항에서 곧장 첫 숙박지인 바얀고비 게르 캠프가 있는 울란바타르 서

▲ 초원에 뜬 달

쪽 엘승타사르해로 출발했다. 이동 거리는 280㎞. 도로는 비교적 포장이 잘 되어 있었다.

도로 양편에 펼쳐진 푸른 초원 위에는 양떼와 말 등이 자주 보였다. 초원의 나라 몽골에 왔음을 실감케 하는 풍경이다.

해는 서서히 저물었다. 도중에 길가에 차를 세우고 잠시 내렸을 때 초원 저편 동쪽에 둥근 달이 떠오르고 있었다.

이날(8월3일)은 음력 6월 16일이니 보름 다음 날이다. 달은 보름달과 구분하기 어려울 만큼 밝고 둥글었다. 달을 촬영한 시간을 보니 밤 8시 54분이라고 되어 있다. 이 시간에도 날이 완전히 저물지 않은 상태였다.

바얀고비 캠프에는 밤 11시경에 도착해 저녁 겸 야식을 먹고 자정 넘어 잠자리에 들었다. 오던 길에 봤던 둥근 달이 그사이 하늘 높이 올라와 게르 캠프 위를 밝게 비추고 있다.

몽골제국의 영화는 흔적도 없고

이틀째인 8월 4일, 이날 우리는 일출을 찍기 위해 새벽같이 바얀고비 캠프를 나와 인근 모래사막지대로 갔다. 모래 언덕위로 떠오르는 태양은 어

▲ 성벽같은 에르덴조 사원의 울타리

떤 모습일까 궁금했다. 그러나 짙게 낀 아침 안개 때문에 이날 태양은 붉고 동그란 얼굴을 보여주지 않은 채 떠올랐다.

모래 언덕에서의 촬영을 마친 후 캠프로 돌아와 서둘러 아침식사를 하고 두 번째 경유지인 테르힌 차강노르(호수)를 향해 출발했다.

가는 길에 13세기 몽골제국의 수도였던 카라코룸(몽골발음은 하르호린)에 잠시 들렀다. 카라코룸은 몽골어로는 '검은 숲길' 을 의미한다. 한음(漢音) 역어로는 합나화림(哈喇和林) 또는 생략하여 화림이라고도 한다.

칭기스칸(1162~1227) 사후 몽골제국 2대 칸이 된 셋째 아들 오고타이 (1185~1241)가 1235년 세운 도시였다.

오고타이는 고향인 오논 강과 케룰렌 강 지역이 몽골의 관습에 따라 막내인 톨루이의 영토가 되었으므로 서쪽에 있는 자신의 영토에 수도를 건설하기로 한 것이다.

오르콘 강이 가까이에 흐르는 이곳은 옛날 투르크 왕국들의 수도가 있던 자리이기도 하다.

카라코룸은 유목민의 기준에서는 좋은 곳이었고, 이곳에 도읍을 정함으로써 제국의 교통망을 완비했으나 도시의 기능을 수행하기는 매우 불편한 곳이었다. 일년 내내 식량을 먼 곳으로부터 공급해 와야 했고, 넓은 초원지대 한가운데 있었으므로 매서운 겨울바람을 피할 수도 없었다.

약 20년간 몽골제국의 수도로 번성하다가 쿠빌라이 칸이 수도를 중국 내에 있는 대도(大都: 北京)로 옮긴 후 제국 내 지방도시의 하나가 되었다.

현재 카라코룸의 유일한 관광명소인 에르덴조 사원 북쪽에 동서 약 2,000~2,500m 남북 1,600m 가량의 작은 규모의 도시가 있었고, 그 안에 서쪽으로 '만안궁(萬安宮)'이라고 불리는 중국식 궁전과 귀족들의 저택이 늘어서 있었다고 한다.

13세기의 프랑스인 선교사 뤼브룩(G. Rubrouck)의 <여행기>에는 성내에 중국인 직인구(職人區)와 사라센인 상인구(商人區), 불교사찰 12곳, 이슬람교 사원 2곳, 네스토리우스교 사원이 1곳 있었다고 기록되어 있다. 원나라가 멸망하고 북원(北元)이 세워졌을 때 다시 수도가 되었으나, 지금은 도시의 흔적조차 찾아보기 어렵다.

에르덴조 사원

라마불교 사원인 에르덴조 사원은 몽골제국 멸망 후인 1586년에 세워진 대형 사원이다. 사원 주위를 108개의 초르텐(라마불교탑)이 둘러싸고 있다. 이 사원은 1920년대 공산주의 정권이 들어선 후 크게 파괴되었다. 현재의 건물은 2005년 다시 복원한 것이다. 전성기에는 사원 내에 약 100개의 절이 있었고, 10,000명의 승려가 거주하고 있었다고 전해진다.

카라코룸을 떠나 테르힌 차강노르로 가는 길에 잠시 들렀던 초원에 홀로 서있는 높이 10m에 이르는 커다란 화강암 바위 타이하르 촐로도 특이했다. 바위 꼭대기에는 푸른색 천(하닥)을 감은 어워가 서있다.

테르힌 차강노르 캠프에 도착하니 밤 10시 40분. 캠프는 호숫가에 있었다. 11시쯤 저녁 식사를 한 후 게르에서의 두 번째 밤을 보냈다.

▼ 테르힌 차강노르 게르 캠프

가장 어렵고 길었던 날 - 출발 직후 만난 개울과 진창길

울란바타르에서 흡스골 호수까지 오가는 여정에서, 가장 어렵고 길었던 날은 셋째 날인 8월 5일이었다. 이날 일행은 아름다운 호수변에 자리 잡은 테르힌 차강노르(노르는 호수라는 뜻) 캠프를 오전 9시에 출발해 다음 경유지인 므릉으로 향했다. 므릉은 인구 약 2만의 소도시다. 흡스골에서 150km 가량 떨어져 있다. 울란바타르에서 므릉까지 비행기가 다니기 때문에 여행객들은 대개 비행기로 므릉까지 간 후 흡스골로 이동한다. 울란바타르에서 므릉까지의 비행시간은 1시간 40분 가량.

우리 일행이 이날 출발한 테르힌 차강노르 캠프에서 므릉까지의 거리는 270km라고 했다. 아스팔트가 잘 되어있고 막히지만 않으면 세 시간이면 충분히 가는 거리다.

▼ 초원에 난 여러 갈래의 길

그런데 오전 9시에 출발한 우리는 므릉에 이튿날 0시 20분에야 도착할 수 있었다. 장장 15시간 20분이 걸린 셈이다. 물론 사진을 찍기 위해 몇 차례 차를 세우기도 했고, 초원에서 점심도 먹었으며 차가 고장을 일으켜 수리하는데 시간이 걸리기도 했지만 그런 것들을 감안하더라도 차로 이동한 시간이 10시간 이상은 된 것 같다. 당초 일정표에도 차량 이동시간이 10시간이라고 되어있다.

캠프를 출발한지 얼마 지나지 않아 호수 옆 습지를 지나게 되었는데 앞에 시커먼 물이 빠르게 흐르는 개울이 가로막고 있었다. 내가 타고 있던 1호차의 운전기사 강볼드 씨가 차에서 내려 개울을 유심히 살펴보았다. 전날 비가 많이 와서 평소보다 개울물이 불어나 있는 것 같았다. 운전기사는 개울을 어떻게 건널 것인지 잠시 궁리하는 것 같더니 운전석에 올라 용감하게 개울로 차를 몰았다. 차는 무사히 개울을 건넜다. 1호차가 무사히 건너자 2호차, 3호차가 잇달아 건너왔다.

길은 온통 진창길이다. 개울을 한차례 더 건넌 후 차를 잠시 세웠다. 가까이서 오리떼들이 놀라 날아가는 모습이 보였다.

양떼, 염소떼가 한가롭게 풀을 뜯는 모습은 몽골에서는 일상의 풍경이지만 이 역시 이국인의 눈에는 언제나 평화롭고 신선하다.

이날 낮부터 차들이 말썽을 부리기 시작했다. 차량이 오래된 탓도 있지만 도로 사정이 나빠 차가 바닥이나 돌에 쿵쿵 부딪치는 경우가 많았다. 처음엔 1호차 한쪽 뒷바퀴의 충격완화장치에 이상이 생겼다고 했다. 운전기사가 차 밑에 들어갔다 나오더니 운행에는 문제가 없다고 했다. 그 다음부터는 2호차를 고치느라고 차를 세우는 횟수가 잦아졌다. 은근히 걱정이 되기 시작했다.

세 대가 함께 가고 있지만, 차 자체가 크지 않고 짐이 만만치 않기 때문에 한 대가 말썽을 부릴 경우 두 대로 이동할 상황이 못 되었다. 보통은 러시아제 푸르공(*러시아에서는 우아직이라고 한다)을 많이 이용하는데 세 대의 차량은 모두 일제 미쓰비시 델리카였다. 96년 형과 98년 형이라고 했다. 오래된 차였지만 4륜 구동의 지프 구조로 제작된 차여서 험한 길을 곧잘 달렸다. 6인승인데 한 차에 5명씩 탑승했다.

이날 2호차가 여러 차례 문제를 일으켰지만 세 사람의 기사는 서로 잘 협력하여 그때마다 문제를 잘 해결했다.

빗속에서 만난 몽골의 천사

5일 저녁 7시쯤 우리는 최대의 난관에 부딪혔다. 폭우로 붕괴된 다리를 만난 것이다. 좁은 강(또는 시내) 위에 놓여있던 다리로 긴 다리는 아니지만 난감한 상황이었다.

우리가 어찌할 바를 몰라 우왕좌왕하고 있을 때였다. 오토바이를 탄 두 사나이가 나타났다. 우리에게 다가와 안전하게 건널 수 있는 수심이 낮은 지역을 알려줄 테니 따라오라고 했다.

비가 다시 내리기 시작했다. 우리 차들은 두 사나이가 탄 오토바이를 뒤따라갔다. 그들은 한 지점에 서더니 "저쪽으로 건너가라"고 건널 위치를

▲ 폭우로 무너진 다리

가리켜 주었다. 흐르는 물살은 거셌고 비오는 날씨 속에 수심이 얼마나 되는지 짐작조차 할 수 없었으나 1호 차는 그들의 말을 믿고 물속으로 차를 몰았다. 1호차가 무사히 강을 건너자 2호차, 3호차가 뒤따라 왔다. 우리는 그들 덕에 강(또는 시내)을 무사히 건넜다.

처음엔 사실 막막했다. 해는 저물어 가고, 길은 끊어지고, 잘못하면 초원에서 날밤을 새울 처지였다. 이럴 때 두 사람이 나타났던 것이다. 천사가 따로 없었다. '강 또는 시내'라고 표현한 것은 가물 때는 얕은 시내였을 것으로 보이는데, 물이 불어나 강물처럼 변해 있었기 때문이다.

두 사람은 우리를 안내하고는 어디론가 가버렸다. 몽골인들이 여행자들을 도와주고 배려하는 모습에는 언제나 감동이 있다. 비는 계속 내렸다. 조금 가다 창밖으로 보니 형편없이 무너져 내린 나무다리가 또 보였다. 우

▲ 길을 가리켜 주는 몽골 유목민들

리 차들은 다리를 조금 우회해 이곳 역시 무사히 통과했다. 날은 점점 어두워지고 있었다.

저녁 빗속에 떠오른 쌍무지개

우리가 쌍무지개를 본 것은 비가 쏟아지던 이날(5일) 저녁 8시 40분쯤이었다. 비가 계속 내리는 중에 산길을 지나고 있는데 차 뒤로 무지개가 선 것을 누군가가 보았다. 그렇지 않아도 조수석에 앉았던 이정호 사진작가가 "무지개가 뜰 텐데---"하며 주위를 계속 살피던 중이었다. 나는 내심 "비가 그치지 않았는데 무지개가 뜨겠나"하고 생각했다. 무지개는 늘 비가 갠 후에 뜨는 것으로 알고 있었기 때문이다.

그런데 무지개는 빗속에서도 떴다. 차를 세우기 무섭게 무지개를 찍기 위해 모두들 재빨리 차에서 내렸다. 나도 광각렌즈를 끼운 카메라를 들고 나왔다. 쌍무지개다. 비 내리는 몽골의 산중에서 만난 무지개는 아름다웠다. 무지개는 언덕에 비스듬하게 걸쳐져 있다. 무지개를 쳐다보는 내 뒤로 멀리서 석양빛이 비추고 있었다. 무지개는 그 석양빛에 의해 만들어진 것일 게다. 카메라 속의 무지개는 16미리 광각렌즈에 꽉 찼다.

이곳을 떠난지 15분쯤 후에 다른 무지개를 또 만났다. 무지개 반대편으로는 짙은 먹구름 사이로 저녁 노을이 붉게 타고 있었다. 시간은 오후 9시였다.

붉은 저녁 노을까지 찍고 차에 오르니 어둠이 순식간에 쫙 깔렸다. 므릉까지 60km 가량 남았다고 했다. 약 3시간 거리란다. 시속 20km로 간다

▼ 쌍무지개

는 얘기다.

칠흑 같은 밤에 순전히 운전사의 감에 의존해 갈 수 밖에 없는 상황이다. 그래도 가파른 절벽길에는 운전자들을 위해 흰색을 칠한 나무 기둥들을 절벽 쪽에 군데군데 세워놓았다.

산길이나 초원의 길이나 하나로 쭉 나있는 것이 아니다. 제멋대로 여러 갈래로 되어있어서 낮에도 자칫하면 엉뚱한 길로 갈 수 있다. 30대 초의 몽골 가이드 바타르 씨는 체격이 좋은 52세 운전기사 강볼드 씨를 가리켜 인간 내비게이션이라고 했다. 트럭 운전을 20년 이상하고 관광차를 12년 이상 몰아서 전국의 길은 훤하다고 했다. 그렇게 므릉에 도착한 시간이 현지시간 6일 0시20분이었다.

자정을 넘겨 도착한 이날은 3일째 강행군에 지쳐서인지 대개들 저녁마저 포기한 채 취침에 들어갔다. 그러나 그 밤중에 기어코 라면을 끓여먹고 잔 분도 있었다.

타이가 숲속의 차탄족과 순록

므릉에서 목적지인 흡스골로 가는 넷째 날인 8월 6일.

날씨는 전날과 달리 하루 종일 청명했다. 흡수골까지의 100여 킬로미터에 이르는 길도 비교적 평탄했다. 대부분 비포장이었으나 도로가 그런대로 잘 닦여있었다.

멀리 높지 않은 산을 배경으로 초원 사이사이 개울이 몇 갈래로 흐르고 노란 야생화가 핀 풀밭에서 야크와 소들이 한가롭게 풀을 뜯는 풍경은

▲ 차탄족의 텐트 오르츠

평화로웠다.

복잡할 것 없는 대초원의 편안함. 드넓은 초원과 함께 있는 고요함과 평화로움 그 자체가 번잡한 도시의 빌딩숲에서 빠져나온 나그네에게는 큰 위안이 되었다.

흡스골 호수로 들어가는 길목에서 차가 멈췄다. 흡스골 인근 타이가(주: 시베리아 남쪽의 침엽수 산림지대를 지칭함) 숲속에서 순록을 치며 사는 몽골의 소수민족 자탄(Tsaatan)족이 길가로 나와 그들의 전통 장신구 등 작은 기념품을 팔고 있었다.

근처에 차탄족이 기르는 순록들도 눈에 띄었다. 나는 순록이 소나 말처럼 꽤 큰 짐승인 줄 알았다. 그런데 그렇게 크지 않았다. 물론 우리나라의

▲ 목과 뒷다리를 묶어놓은 차탄족의 순록

꽃사슴보다는 컸지만 어미도 몇 달 된 송아지보다 조금 큰 정도로 보였다. 야생으로 살기에는 연약해 보이는 가축화된 순록들이다.

순록은 10마리도 채 안 되어 보였다. 차탄족은 순록이 도망가지 못하도록 목과 뒷다리를 끈으로 묶어 놓았다. 움직이면서 풀을 뜯어먹을 수는 있지만 도망가기는 어렵게 해 놓은 것이다.

순록은 차탄족의 전부라고 해도 과언이 아니다. 이들은 순록에서 젖과 고기와 가죽을 얻는다. 이동할 때는 타고 다니기도 한다. 그러나 순록의 개체수는 점점 줄어들고 있다. 녹용으로 거래되는 순록 뿔 때문이란다.

차탄이란 말은 '순록을 따라다니는 사람'이란 뜻이라고 한다. '순록 유목민'이란 얘기다.

이 사람들의 거주형태인 아메리칸 인디언의 천막 같이 생긴 원추형의 오르츠도 길 옆에 한 채 지어 놓았다. 관광 및 주거 겸용이다. 몽골 유목민들의 일반적인 거주형태인 지붕이 둥근 게르와는 완전히 다르다.

흡스골 인근에 사는 차탄족은 3백 명 정도 된다고 했다. 한 가족에 딸린 순록의 수는 20-50마리 정도. 10여년 전만 해도 1500마리 정도였던 순록의 수가 급격히 줄어들어 우리가 갔을 때는 500마리도 안 되는 것으로 추정되었다.

사진을 찍으려고 순록이 풀을 뜯고 있는 곳으로 다가가자 한 차탄족 어린아이가 순록을 모두 끌고 숲으로 들어가 버렸다.

그런데 차탄족 사내가 우리에게 사진을 찍었으니 요금을 내란다. 우리 돈으로 일인당 약 5천 원씩이라고 했다. 막무가내로 나오니 승강이 하기도 어려웠다. 큰 돈은 아니었지만 사진도 몇 컷 못 찍고 지불했으니 비싼 요금이다. 그것이 이번 여행길에 순록을 처음이자 마지막으로 본 것이었다.

'어머니의 바다' 흡스골 호수

차탄족과 순록이 있던 곳을 떠나 조그만 고개를 넘자 바로 드넓은 흡스골 호수가 보였다. 몽골의 푸른 보석, 몽골의 알프스, 몽골의 바다 등 온갖 수식어가 붙어있는 수정처럼 투명한 호수다. 몽골인들은 흡스골 호수를 흔히 '어머니의 바다'라고 부른다. 맑디맑은 물과 아름다운 풍광으로 유명하다.

흡스골 호수의 면적은 2760km²로 우리나라 제주도 면적의 1.5배쯤 된다. 남북으로 길쭉한 고구마 모양으로 생겼는데 남북의 길이는 136km, 동서 너비는 36km다. 가장 깊은 곳이 262m로 중앙아시아에서 가장 깊은 호수로 알려져 있다. 물론 세계에서 가장 깊은 호수인 시베리아의 바이칼 호수의 최고수심 1637m에는 비교할 바가 아니다.

흡스골은 몽골에서 가장 유명한 호수지만 크기로는 두 번째다. 세계에서는 14번째. 이 호수의 물은 에진 강으로 흘러나와 세렝게 강과 합류하여

▲ 흡스골 호수의 고목과 야생화

북동쪽에 있는 러시아의 바이칼 호로 흘러 들어간다. 이스라엘에 있는 갈릴리 호수의 물이 요단강을 통해 사해로 흘러들어가듯이…

이곳 주민들은 이 호수의 물을 그냥 식수로 마신다. 그래서 호수에서 세수하는 것조차 꺼린다. '어머니의 바다'라고 부르는 몽골인들의 감정을 조금은 이해할 것 같다.

호숫가에는 군데군데 게르촌이 세워져 있었고, 멀리 작은 배들도 보였다. 우리는 호숫가를 한동안 달려 토일록트(Toilogt) 캠프에 도착했다. 전통적인 게르와 차탄족의 텐트인 오르츠, 그리고 통나무집 등으로 조화롭게 꾸며진 호숫가의 아담한 캠프다.

우리가 도착한 시간은 저녁 7시. 4일 만에 처음으로 어두워지기 전에 숙박지에 들어갔다.

호숫가의 고목과 야생화와 갈매기

이튿날인 7일. 아침 6시 전에 호숫가에 모두 모여 일출촬영을 시도했으나 구름이 끼어 제대로 찍을 수 없었다. 이날은 아침 식사 후 인근 타이가 숲지대와 호수 주변 일대를 살펴보았다.

호수의 물은 참으로 맑았고, 밑동만 남아있는 호반의 고목들과 주변의 야생화들은 흡스골 호수만의 독특한 풍경을 보여주었다. 호숫가를 날아다니는 갈매기들은 마치 어느 한적한 해변가에 온 듯한 느낌을 갖게 했다.

점심 무렵 캠프로 다시 돌아와 오후에는 말도 타며 비교적 여유있는 하루를 보냈다. 밤에는 캠프식당에서 몽골전통 음악도 감상했다.

▲ 흡스골 호숫가에서

새벽 어둠 속 비포장 길 600km의 귀로

8월 8일 새벽, 2호차의 시동이 걸리지 않았다. 갈 길이 멀어 새벽 4시를 출발 시간으로 잡았는데 차질이 생겼다. 운전기사들이 본네트(bonnet)를 열고 한참 동안 이리저리 궁리를 하더니 다른 때와 마찬가지로 기어코 고쳐냈다. 시동이 걸리자 여기저기서 환호성이 터져 나왔다. 그리하여 예정시간보다 조금 늦은 새벽 4시 20분 흡스골 캠프를 떠나게 되었다. 울란바타르로 돌아가는 이틀간의 여정이 시작된 것이다. 이날은 에르든트시까지 비포장 길 6백km를 가야했기 때문에 서둘러 출발하지 않을 수 없었다.

새벽 공기가 꽤 쌀쌀했다. 누군가 그때의 기온이 영하2도라고 말했다. 출발한지 한 시간쯤 후 동틀 무렵 차에서 내려 초원의 야크들을 찍었는데 카메라를 잡은 손이 몹시 시렸다.

아직 잠에서 깨어나지 않았는지 풀밭에 앉은 채로 있는 소와 야크도 눈에 많이 띄었다. 길에서 양떼, 말떼를 계속 만났다.

아침은 캠프에서 싸준 약식 런치박스로 차안에서 때웠다. 박스는 컸지만 내용물은 달걀 하나, 작은 빵 한 개와 조그만 버터. 손가락만한 소시지 2개가 전부였다.

므릉시를 거쳐 에르든트시로 가는 도중 바이칼 호수로 흘러들어가는 세렝게 강을 건너게 되었는데, 다리는 군에서 작전용으로 임시 사용하는 부교였다. 세렝게 강은 강물의 양도 많았고 유속도 빨랐다.

▼ 새벽의 자동차 수리

어느 시골식당과 유목민 게르

아침은 그렇게 대충 먹었지만, 이후 점심시간이 다가오는데도 점심 먹을 곳을 찾을 수가 없었다. 시간을 아끼기 위해 식당을 찾았는데 도무지 눈에 띄지를 않았다. 차는 식당을 찾아 계속 달렸다. 그러다가 오후 3시쯤, 라샹트군(郡)의 한 마을을 지나던 중 조그만 식당 앞에 차가 멈춰 섰다. 겉으로 봐서는 그곳이 식당인지 무엇인지 금방 알 수 없었다.

식당의 작은 간판이 가이드 바타르 씨의 눈에 띄지 않았다면 우리는 또다시 땡볕 아래 초원 위에서 라면 등으로 점심을 때울 참이었다.

식당에 들어간 목적은 앞서 말한대로 시간을 줄이기 위해서였으며, 다음으로는 따가운 한낮의 햇빛을 피해 일행이 가지고간 우리 음식을 먹기 위해서였다. 물론 그러기 위해서는 그 식당의 음식을 얼마라도 주문해야 했다. 식당 안에서는 마침 한 젊은 부인이 딸과 함께 칼국수 같은 면발의 볶은 국수를 먹고 있었다. 그것이 그럴 듯 해보여 우리는 우선 그 음식을 6인분 시켰다.

▼ 주방에서 부모를 돕는 어린 딸들

주인 가족은 우리가 들어가자 신이 났다. 온 식구가 부지런히 주문한 음식을 만들기 시작했다.

주방을 들여다보았는데 면 만드는 것이 우리네 칼국수 면 만드는 방식과 비슷했다. 밀가루 반죽을 작은 나무봉으로 눌러 둥글납작하게 만든 뒤 칼로 썰어내었다.

어머니가 만든 반죽을 눌러 둥글납작하게 만드는 일은 어린 딸의 몫이었고, 아버지는 그것을 말아서 칼로 썰어냈다. 이리저리 분주한 어머니는 총 지휘자다. 사는 형편이야 넉넉할 리 없지만 단란하고 행복한 가정이라는 느낌이 들었다.

하긴, 행복이란 마음먹기 달린 것 아닌가?

이번 여행에서 가난한 유목민들(우리 눈으로 볼 때)을 많이 보았지만, 그들의 어느 구석에서도 불행의 그림자를 읽을 수 없었다. 자신들의 삶의 방식대로 자유롭게 살면서 뜻하지 않은 불운한 일을 겪지 않고 가족 구성원끼리 서로 화목하게 사랑하며 산다면 그것이 바로 행복이 아니겠는가 하는 생각을 하였다.

나뿐만 아니라 함께 갔던 다른 사람들 모두 비슷한 생각을 했을 것이다.

주문한 음식이 나오기 전에 식당의 한쪽 테이블에는 컵라면, 햇반 그리고 김치와 몇 가지 밑반찬 등으로 조촐한 우리식 밥상이 차려졌다. 옆 테이블에는 커다란 대야 안에 삶은 양의 간, 콩팥, 염통 등 내장이 들어있었는데, 몽골 운전기사들이 작은 칼로 이 내장들을 먹기 시작하자 일행 중 몇 사람도 여기에 가담했다.

우리가 주문한 음식은 한참 후에 나왔다. 음식의 이름은 '초이왕'. 몽골 남자들이 좋아하는 음식이란다. 볶은 국수에는 양고기가 들어있다.

우리말로 '양고기 볶음 국수'라고 하면 좋을 것 같았다. '초이왕'은 가이드 바타르 씨와 세 명의 운전기사 그리고 우리 일행 중 몇 사람이 나눠 먹었다.

식당을 떠나면서 일행 중 한 사람이 식당 주인 식구들의 가족사진을 폴라로이드 즉석 카메라로 찍어주었다. 폴라로이드 카메라로 찍어 그 자리에서 건네는 사진 선물은 여러 곳에서 현지인들이 초면의 우리 일행에게 친근감을 갖도록 하는데 좋은 촉매제 역할을 하였다.

차가 떠나기 전에 보니 식당 옆 마을 초지에서 어린 소들이 머리를 맞대고 신경전을 벌이고 있었다. 머리를 맞대고 힘을 겨루는 소싸움은 어른 소나 하는 것인 줄 알았는데 이번에 보니 송아지 때부터 하는 짓이었다. 근처에 이 송아지들의 어미소들이 있을까? '애들 싸움이 어른 싸움 될라!'하는 생각이 들어 혼자 피식 웃었다.

친절한 유목민

식당을 떠나 한참을 가다가 저녁 무렵 초원의 한 게르를 불쑥 방문하였다. 게르가 몽골 유목민의 둥근 텐트집인 것은 다 아는 사실.

우리가 다가가니 "무슨 일인가?"하고 가족들이 모두 게르 밖으로 나왔나. 쌀순 노모부터 어린 아이들까지 한 가족이 두 채의 게르에 살고 있었다. 가이드가 "그저 게르 안을 한 번 보고 싶어서 온 것"이라고 일행의 방문 목적을 설명했다.

가족들은 고개를 끄덕이며 갑자기 방문한 우리를 아무런 거리낌 없이

▲ 유목민 게르

맞아주었다. 일행이 게르의 내부를 보기 위해 안으로 들어가자 아이락(마유주, 馬乳酒)과 말린 치즈 같은 유제품을 먹으라고 내주었다. 게르 내부도 마음대로 찍게 했다.

　미국 같으면 이렇게 낯선 사람들이 느닷없이 닥칠 경우 장총 같은 것을 꺼내 들고 나와 "꼼짝 마라"고 소리쳤을 것이다. 서부시대에 얼마나 불한당들이 많았으면 그랬을까.

　몽골에서는 지나가는 나그네가 게르를 방문하면 따뜻하게 맞이하고 먹고 마실 것을 주는 것이 유목민들의 관습이라고 한다.

　허허벌판에서 누구라도 어려움에 처할 수 있으므로 오랜 역사 속에서 그러한 태도가 몸에 밴 듯 했다.

▲ 게르 내부

　길을 가던 차가 고장이 나 서있으면 지나던 차가 멈춰서서 "도와줄 일이 없는가?"고 묻는다. 그런 것도 우리가 목격한 흐뭇한 광경이었다.

　이날 저녁은 해가 완전히 넘어간 후인 밤 10시쯤 길가의 또 다른 식당에서 몽골식 양고기 만두인 보오츠로 대충 해결했다. 접시에 우리나라 중국식당에서 흔히 보는 군만두보다 조금 큰 보오츠가 4개씩 담겨져 나왔다. 보오츠는 삶은 만두다. 우리가 보통 만두 먹을 때 찍어먹는 간장이고 뭐고 아무 것도 없었다. 접시위의 만두, 그게 전부였다.

　새벽에 흡스골 호수를 떠나 6백km의 긴 여정 끝에 에르든트시 에르든트 호텔에 도착한 시간은 다음날인 9일 새벽 1시였다. 에르든트시는 몽골 제3의 도시라고 하였다.

생전 처음 본 '건포도 밥'

9일 아침의 간소하기 그지없었던 호텔의 아침 밥 얘기도 좀 해야겠다. 원래 1층에 있는 호텔 식당에서 일행이 함께 아침을 하기로 했는데, 종업원이 우리가 식당에 모이기로 한 시간보다 일찍 각 방으로 뭔가를 배달해 왔다. 포크도 숟갈도 없이 간단하기 그지없는 음식상이었다. 처음에는 아침 먹기 전에 내주는 '간식'인 줄 알았다.

그래서 가이드에게 확인해 보니 그게 아침 식사란다. 조그만 접시 두 개에 밥이 각각 담겨 있었고, 또 다른 접시 하나에는 작은 빵 두 조각, 삶은 달걀 두 개가 놓여있었다. 그게 전부였다. 룸메이트와의 2인분 조찬이었던 것이다. 우리가 젓갈, 숟갈을 가지고 갔길래 망정이지 하마터면 손가락으로 먹을 뻔 했다.

밥에 검은 것이 섞여있어 자세히 보니 건포도였다. 건포도를 넣어서인지 밥이 달았다. 건포도 빵은 먹어보았지만 건포도 밥은 생전 처음이었다. 나는 가지고 간 고추장을 꺼내 밥에 비벼먹었다. 아침 식사는 그렇게 간단히 끝냈다.

출발을 위해 나와 보니 일행이 묵었던 작은 호텔 앞에는 8월 초순인데도 우리가 가을꽃으로 알고 있는 코스모스가 아름답게 피어있었다. 기온이 한국보다 낮기 때문이다. 호텔 건너편 언덕 위에 붉고 푸른색 지붕의 집들도 또 하나의 아름다운 풍경을 이루고 있었다. 길을 가다 마주친 광활한 해바라기 꽃밭도 장관이었다.

이날은 그렇게 소박한 아침을 먹고 점심은 길가의 상점에서 산 둥근 고

▲ 건포도밥 아침식사 2인분

로케처럼 생긴 러시아식 양고기 튀김 만두 호슈르 두 개씩으로 때웠다. 도중에 식당을 찾아 들어갈 수도 있었지만 그렇게 마음 편히 식사 할 상황이 못 되었다. 일행 중 여성 한 분이 아침에 호텔 화장실에서 미끄러지면서 목을 다치는 사고를 당해 울란바타르의 병원으로 급히 가야했기 때문이었다.

울란바타르에 도착해 환자를 병원으로 보낸 후 남은 일행은 오랜만에 한국식당에서 김치찌개로 저녁을 먹었다.

도시의 게르촌

저녁을 먹고 나니 7시 반쯤 되었다. 우리는 마지막 촬영을 위해 울란바타르의 달동네를 찾아 올라갔다. 우리나라의 달동네처럼 울란바타르의 달동네도 변두리의 높은 언덕에 있다. 당시(2012년) 몽골 인구 280만 중 120

만이 울란바타르에 산다고 했다. 울란바타르는 상당히 빠른 속도로 변하고 있다. 건설중인 대형 건물들이 눈에 많이 띄었다.

사람들이 일거리를 찾아 계속 지방에서 수도 울란바타르로 올라오고 있단다. 과거 우리나라에서처럼 무작정 상경이 많다는 얘기다. 달동네가 늘어나는 이유다.

예전에 우리나라에서는 달동네 하면 판자촌을 떠올렸다. 울란바타르의 달동네는 게르촌이다. 초원의 게르를 그대로 옮겨다 놓았다. 달동네라고는 해도 땅이 넓고 사람이 적은 나라여서인지 과거 우리나라의 서울이나 부산의 판자촌처럼 게르가 다닥다닥 붙어있는 것은 아니다.

저녁 무렵 달동네의 모습과 달동네에서 내려다본 울란바타르 시내의 모습을 찍다보니 어느새 어둠이 깔리기 시작했다. 숨가쁘게 진행되었던

▼ 울란바타르의 게르촌

몽골 출사 여행은 그렇게 종료 되었다. 일행은 귀국을 위해 칭기스칸 공항으로 향했다.

귀국 후, 우리는 홉스골 여행에서 찍은 사진들로 <몽골 사진집>을 만들기로 하였는데, 각자 사진집에 실을 소감을 한마디씩 보내라고 하여 나는 이렇게 써서 보냈다.

"몽골 초원. 푸른 하늘 아래 끝없이 펼쳐진 초록빛 몽골 초원은 누구나 마음속으로 동경해 왔던 바로 그곳이 아닐까?

좋은 계절에 찾아간 우리들의 눈에 비친 몽골 초원은 그처럼 아름다웠다.

물론 이곳에 사는 유목민들에게 이 드넓은 초원은 겨울에 기온이 영하 40도 이하까지 떨어지는 극한의 거친 땅이다.

그러나 그들은 이 초원을 사랑하며 이곳에서 그들 나름의 행복한 삶을 이어간다.

길지 않은 여정이었지만 오랫동안 여운이 남는 여행이었다. 수없이 셔터를 눌렀지만, 제대로 담지 못한 것이 너무나 많다. 우리는 초원에 아쉬움과 미련을 남기고 왔다."

몽골의 야생화와 에델바이스

우리가 지나던 몽골 초원에는 아름다운 야생화들이 지천으로 피어있었다. 야생화만 보면 반색을 하는 분들이 있어 차를 자주 세우지 않으면 안 되었다. 일행은 야생화들을 카메라에 잘 담기 위해 어떤 때는 모두 '엎드려 총' 자세로 열심히 셔터를 눌러댔다.

유독 나의 눈길을 끈 것은 에델바이스(Edelweiss)였다. 고산식물인 하얀 에델바이스꽃은 초원 도처에서 눈에 띄었는데, 나는 이 꽃에 대해 특별한 친근감을 갖고 있다.

수십 년 전 고등학교 때 산악반에 들어가 자주 산행을 했다. 산행 중에 당시 유명했던 영화 <사운드 오브 뮤직>에 나오는 노래 <에델바이스>를 친구들과 함께 즐겨 불렀다. 당시는 등산을 할 때 배지로 만들어진 에델바이스꽃을 모자에 붙이고 다니는 것이 유행이었다.

에델바이스는 유럽에서는 '알프스의 별' '알프스의 영원한 꽃'으로 불린다. '에델'은 고귀한, '바이스'는 흰색을 뜻한다고 한다. 에델바이스는 주로 알프스 산맥 등지의 고산 지대에서 자라는 것으로 알려져 있다. 약초로도 사용되는 에델바이스는 스위스와 오스트리아의 국화이기도 하다.

우리나라에는 에델바이스가 없을까? 고교 1,2학년 때 두 차례 설악산

▲ 몽골 초원의 에델바이스

(1708미터) 산행을 했는데 처음 설악산에 갔을 때 정상 부근에서 에델바이스를 보고 놀란 적이 있다. 우리나라의 높은 산에도 에델바이스가 있는 것을 알게 되었다. 나중에 알고 보니 그것은 알프스의 에델바이스와는 조금 다른 종류라고 했다. 설악산과 한라산 등에 자생하는데 솜다리라고 하며 에델바이스와 속은 같지만 다른 식물이라는 것이다.

그런데 몽골의 에델바이스는 알프스의 그것과 같은 종인지 여부는 알 수 없지만 모양이 똑 같다. 몽골 자체가 평균 해발 1600m 정도 되므로 어디서나 에델바이스를 볼 수 있는 것이다. 우리 일행이 지나간 지역이 대부분 해발 1700-1800미터였으니 설악산 정상 높이만한 고지대다. 야크 똥 주위의 에델바이스도 정겨웠다. 말라서 그렇겠지만 야크 똥에서는 냄새가 전혀 나지 않았다.

몽골에는 이름 모를 야생화들이 참으로 많았다. 어떤 것은 우리나라의 쑥부쟁이나 구절초 같은 들국화를 닮았는데 정확한 이름은 알 수 없었다.

제4부

홀로 떠난 히말라야 트레킹

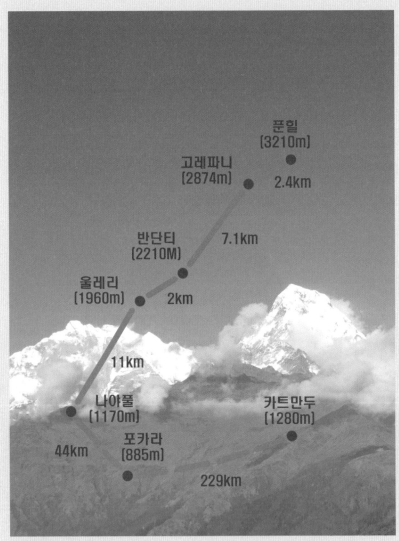

푼힐
[3210m]

2.4km

고레파니
[2874m]

7.1km

반단티
[2210M]

울레리
[1960m]

2km

11km

나야풀
[1170m]

카트만두
[1280m]

포카라
[885m]

44km

229km

▲ 히말라야 푼힐까지의 거리 및 고도

망설였던 히말라야 산행

모든 여행은 설레임 속에 시작한다. 미지의 세계에 대한 호기심이다. 준비 단계부터 그렇다. 짐을 쌀 때 무얼 넣을까 무얼 뺄까 하고 궁리할 때도 실은 그 안에 소소한 즐거움이 섞여있다. 기쁜 마음으로 떠나는 것이 아니라면 여행이라고 할 수 없다. 해외 트레킹의 경우, 육체적 고행이 동반할 수 있으므로 조금 더 고려해야 할 요소가 많다.

나는 2019년 10월 처음으로 히말라야 트레킹에 나섰다. 히말라야라면 과거 인도 북부 히말라야 산악지대의 도시인 라다크 여행 때 자동차를 타고 5300미터의 고개를 넘어 해발 4300m에 있는 판공초 호수까지 다녀온 것이 전부다. 본격적인 산행을 앞두고 걱정이 적지 않았다.

나는 중학시절부터 등산을 했고 고교시절에는 산악반에 들어가 서울 인근 인수봉, 선인봉 등에서 본격적인 암벽등반도 했으므로 산(山)하고는 꽤 인연이 있다고 할 수 있다. 그러나 오랜 사회생활 속에 산행은 이따금씩 이어졌을 뿐이고 어느 사이 반세기가 지나 스스로의 체력을 자신하기 어려웠다.

머릿속에 늘 어린 시절부터 도전을 꿈꿨던 히말라야에 한번은 다녀오

▲ 물고기 꼬리 모양의 마차푸차레 봉 세계 3대 미봉 중 하나다

고 싶었다. 그러나 여러 사람이 그룹을 이루는 트레킹팀에 끼어 함께 가기는 어렵지 않겠냐는 생각이 들었다. 만약에 내가 다른 사람들과 보조를 맞추지 못해 처지기라도 한다면 일행에 얼마나 폐가 되겠는가? 연세든 분들도 평소에 꾸준히 등산을 한 분이라면 히말라야 트레킹을 무리없이 소화해 낸다는 얘기를 들었지만 나는 그런 쪽이 아니었기 때문이다.

트레킹은 그야말로 걷는 것이다. 그동안 영상으로 보아온 히말라야 트레킹은 기나긴 계단길의 연속이었다. 산길을 계속 오르내려야 하므로 어느 정도의 체력이 요구되는 것이 사실이고, 산중에서의 예상치 못한 기후 변화에 대한 대비가 필요하다는 것은 어느 산행에서와 마찬가지로 주의할 점이다.

그러나 일반인들이 단체로 갈 경우 트레킹 가이드들이 참가자들의 체력을 고려해 일정을 짜므로 생각 밖의 강행군은 아닌 것으로 알고 있다.

나는 히말라야 트레킹을 오래 전부터 마음에는 두고 있었지만, 실천할 만한 여건이 안 되었다.

전격적으로 결정하다

그러던 중 2019년 가을 마침내 자유의 계절을 맞게 되었다. 여기서 자세히 이야기 할 수는 없지만, 은퇴를 앞두고 직장 생활 41년 만에 갖게 된 말년 휴가 같은 것이었다.

그렇지 않아도 나는 2018년부터 고교시절 산악반 후배 신인섭 사장과 히말라야 산행과 관련해 몇 차례 의논을 했었다. 그는 평생동안 산행을 꾸준히 해왔고, 히말라야에도 수없이 다녀온 등산 전문가다.

2019년 9월 어느 날 신 사장에게서 전화가 왔다. 자기가 아는 네팔의 여행사 사장이 왔는데 함께 만나 상의해 보자는 것이었다. 그래서 며칠 후 신 사장과 네팔 현지에서 트레킹 전문 여행사를 하는 네팔인 L사장을 만나게 되었다.

신인섭 사장은 이날 내게 "형, 이 걱정 저 걱정 하면 영 못 가니 저지르세요"라고 말했다. 나는 그 자리에서 결심을 하고 네팔에서 온 L사장에게 현지 가이드를 소개해 달라고 부탁하고 비행기편을 알아보기 위해 바로 아는 여행사에 전화했다. 성수기여서 한 달 후에야 예약이 가능하다고 했다. 출발날짜를 10월 22일로 정했다.

나의 히말라야 트레킹은 이렇게 혼자 가는 것으로 전격적으로 결정이 되었다.

그것도 히말라야 트레킹이라고 할 수 있소?

트레킹 코스는 안나푸르나 구역의 설봉들이 가장 잘 보인다는 푼힐 전망대까지만 다녀오는 것으로 했다. 정작 안나푸르나 베이스 캠프까지 다녀오는 코스에 비해서는 절반도 안 되는 코스지만, 무리하지 않는 범위 내에서 목표를 정했다. 오랫동안 산행을 안 했으므로 내 스스로 조심할 수밖에 없었다.

네팔의 L사장에게 물었다.

"푼힐 다녀온 것도 히말라야 트레킹했다고 할 수 있는 거요?"

"당연히 히말라야 트레킹입니다."

그의 말이 내게 용기를 주었다.

그 후 70대의 아는 선배분과 이야기를 나눠보니, 그 분은 10여 년 전에

▼ 좌로부터 안나푸르나 1봉, 안나푸르나 남봉, 히운출리 봉(푼힐 전망대에서)

푼힐에 다녀왔는데, 출발지에서 왕복 4일이 걸렸으며 매우 길고 힘들었다고 했다.

인터넷에서 살펴보니 그 사이에 자동차가 올라갈 수 있는 산길이 많이 닦여서 도보 이동 거리를 많이 줄일 수 있다는 내용들이 많았다.

나는 카트만두로 돌아간 L씨와 카톡과 메일을 주고받으면서, 자동차로 최대한 올라갈 수 있는데까지 올라가자고 했다.

푼힐은 히말라야의 주요 봉우리를 가장 많이 볼 수 있는 해발 3210m 높이의 산봉우리다. 흔히 푼힐 전망대라고 한다.

사진촬영은 언제나 나의 여행 목적의 하나였으므로 나는 진작부터 히말라야 봉우리들을 가장 잘 찍을 수 있는 푼힐 전망대까지는 가봐야겠다고 생각해 왔었다. 그래서 그렇게 코스를 결정했던 것이다.

트레킹 연습

나는 그 때부터 나름대로 트레킹 연습을 했다. 히말라야 영상을 보면 돌계단길이 많다. 서울 인근의 가까운 등산코스도 잘 정비된 돌계단길의 연속이다. 연습 장소로 부족함이 없을 듯 했다. 나는 출발 전까지 한 달 사이에 관악산과 도봉산에 여섯 차례 다녀왔다. 횟수를 거듭할수록 산에 오르는 속도가 조금씩 빨라지는 것을 느꼈다.

지하철을 탈 때는 에스컬레이터를 타지 않고 계단을 오르내렸다. 계단 오르내리기가 핵심 운동이라고 봤기 때문이다.

10년쯤 된 등산화도 상태가 나쁘지 않았지만, 만약의 경우를 대비해 새

▲ 포카라 공항에서 보이는 히말라야 설봉들

로 구입했다. 요즘의 등산화는 오래될 경우 가끔 갑자기 밑창이 떨어져 앞
이 벌어지는 경우가 있다. 나는 10여 년 전 산에 갔다가 등산화 밑창이 떨
어져 나가는 경험을 한 적이 있었다. 무릎보호대도 준비했다. 무릎보호대
의 효용성을 제대로 알 수는 없었지만 연습삼아 사용해봤다. 스틱도 새로
장만했다.

배낭은 주머니가 많은 카메라 배낭을 그대로 메고 가기로 했다. 카메라
가 여러 대였는데, 그것을 현지 포토에게 맡길 수는 없었다. 다른 짐은 포
터가 메고 갈 것이므로 카메라는 내가 직접 메는 것을 원칙으로 했다.

포터가 멜 카고 백과 침낭은 네팔 현지에서 준비해 달라고 했다. 밤에
잠잘 때 뜨거운 물을 안고 자면 좋다고 해서 뜨거운 물을 넣어도 쭈그러들
지 않는 플라스틱 통과 비 올 때 입을 우의 등도 남대문 등산점에서 구입

했다. 드디어 출발일이 다가왔다.

한국 돈 선호하는 카트만두 공항

10월 22일 오후 2시 인천공항을 출발했다. 인천공항 이륙 45분쯤 됐을 때 비행기가 갑자기 크게 흔들렸다. 그 바람에 막 시작됐던 식사 서비스가 중단됐다. 몇 차례 기체가 요동을 치다가 그후론 잠잠해졌다.

나는 비행기의 흔들림에는 별 걱정을 하지 않는다. 그렇게 된 이유가 있다.

언젠가 비행기 내에서 그 비행기의 기장을 만난 일이 있었다. 로스앤젤레스로 가던 중이었던 것으로 기억한다. 비행시간이 길었으므로 기장과 부기장이 교대로 객실로 나와 잠을 청하는 것 같았다.

마침 비어있던 내 옆자리에 기장이 앉았다. 잠시 이야기를 나눌 때 내가 물었다.

"비행기가 흔들리면 다들 겁을 내는데, 기장님은 어떠십니까?"

기장은 "비행기가 운항 중 아무리 흔들려도 사고나는 일은 거의 없습니다. 사고는 이륙과 착륙 때 나기는 하지만 날고 있을 때는 사고가 나지 않습니다. 그래서 우리는 비행기가 흔들리면 요람이 흔들리는 것처럼 편하게 생각합니다"라고 말했다.

그 말을 들은 이후로 나는 비행기 요동에 대해 걱정을 하지 않게 되었고 가끔 다른 이들에게도 그 이야기를 들려준다.

▲ 카트만두에서 포카라까지 타고 온 소형 비행기

비행기는 인천공항 출발 약 7시간 만에 네팔의 카트만두 공항에 도착했다. 한국시간 밤 9시다.

한국과 네팔의 시차는 3시간 15분이다. 네팔 시간으로는 오후 5시 45분. 해가 서서히 지고 있었다.

공항에 들어서자마자 비자 카운터가 왼쪽에 있었다. 네팔은 노비자 지역이 아니다. 그러나 한국에서 비자를 받아서 가도 되고 네팔 현지 공항에서 비자피를 내고 비자를 받으면 된다. 여권 사진을 한 장 준비해야 한다. 비자피는 30달러라고 적혀 있었다.

나는 여권과 사진, 그리고 달러를 들고 카운터 줄에 섰다.

내 차례가 와서, 달러를 주니 남자 직원이 고개를 좌우로 흔든다. 한국 돈을 내란다. 당황스러웠다. 한국 돈 내라는 나라는 처음이었다. 한국 돈으로는 3만 8천원이란다.

30달러면 당시 환율로 아무리 많이 쳐도 3만 6천원을 넘지 않을 텐데.

나는 마침 5만원 짜리가 있었으므로 그것을 주었다.

그는 한국 돈 만원과 1달러를 거스름돈으로 내주었다.

도무지 계산이 맞지 않았지만. 아무 말 하지 않고 30달러라고 적힌 비자 피 영수증을 갖고 인근 입국 카운터로 가서 사진과 함께 제출하니 그것으로 비자가 찍히고 입국수속은 끝났다.

그것 역시 희한한 경험이었다.

그리고 짐을 찾아 밖으로 나오니 가이드가 내 이름을 들고 기다리고 있었다. 그가 이후 나와 7일을 같이 할 38세의 한국인 전문 트레킹 가이드 로썬 씨다.

로썬 씨의 안내로 시내 호텔에서 여장을 풀고, 간단히 식사를 한 후 트 렁크의 짐을 그가 가져 온 카고 백에 옮겨 담는 작업을 했다. 카고 백이란 단순하게 생긴 큰 백을 말한다. 트렁크를 포터가 메고 운반하기는 불편하 기 때문이다.

이날 저녁은 호텔에서 혼자 간단히 했다. 이튿날 23일 아침 8시 공항에 서 포카라행 비행기를 탄다고 한다. 나는 포카라까지 비행시간이 30분 정 도이므로 아침은 포카라에 도착해 먹으면 되겠군 하고 생각했다. 호텔에 서 밥을 먹고 나가려면 시간에 쫓길 것 같아서였다.

그러나 로썬 씨는 비행기가 제 시간에 떠나는 일이 거의 없으므로 얼마가 지체될지 모른다며 호텔에서 아침을 먹고 출발해야 한다고 했다. 그래서 23일 6시반 경 아침을 부지런히 먹고 공항으로 갔다.

소형 비행기 타고 포카라로

로썬 씨의 말대로 비행기는 1시간 40분이나 늦게 출발했다. 포카라까지는 200km 밖에 되지 않아 실제 비행시간은 30분이 채 안 된다.

비행기는 30인승 소형 비행기다. 왼쪽에 좌석이 하나, 오른쪽에 좌석이 둘이었다. 우리의 좌석은 오른쪽이었다. 비행기가 이륙하자 오른쪽으로 히말라야 설봉들이 나타났다. 포카라가 카트만두 서쪽에 있으므로 비행기가 날아갈 때는 북쪽의 히말라야 산맥이 오른쪽으로 보이는 것이다.

로썬 씨가 설봉들을 설명했다. 처음에 유난히도 하얗게 보이는 설산 랑

▼ 나야풀로 가는 길에 만난 현지 아낙네들

탕(7,227m)을 가리켰다. 랑탕 지역도 히말라야 3대 트레킹 코스의 하나로 계곡이 아름답기로 유명하다. 그다음 마나슬루(8,165m)가 보였고, 이어서 람중 히말(6,932m), 안나푸르나 2봉(7,937m)과 안나푸르나 4봉(7,525m), 안나푸르나 3봉(7,555m), 그리고 피라미드 모양으로 뾰족하게 솟은 마차푸차레(6,997m)가 차례로 보였다.

마차푸차레가 보일 즈음 비행기

는 포카라 공항에 착륙하기 위해 하강을 시작했다.

비행장에 내리니 비행기에서 본 설봉들이 그대로 눈에 들어온다. 드디어 히말라야에 온 실감이 났다.

공항에서 가장 눈에 띄는 봉우리는 마차푸차레, 높이는 7천m에 조금 못 미치지만 공항에서 가장 가까운 위치인가 보다. 마차푸차레를 중심으로 왼쪽으로 안나푸르나 남봉(7219m), 안나푸르나 1봉(8091m), 히운출리(6441m)가, 오른쪽으로 안나푸르나 3봉과 4봉, 2봉이 펼쳐져있다.

우리는 공항에서 기다리고 있던 승용차를 타고 나야풀로 출발했다. 산간도로로 나야풀까지 간다는데 산간도로의 초입은 어느 달동네의 경사진 좁은 골목길 같은 인상이었다. 조금 지나니 집들이 줄어들면서 편안한 산

▼ 가이드 로썬과 포터 박따 씨

간도로의 느낌이 왔다. 나야풀까지는 약 1시간 반 정도 걸렸다.

나야풀에서는 차량과 포터를 기다리며 동네 가게에서 파는 라면으로 점심을 때웠다. 식사 후 포터를 만났다. 그의 이름은 박따. 31살. 순박하게 생겼다. 영어를 곧잘 했다. 맨발에 슬리퍼를 신고 있었다.

포터의 일당은 15달러(한화 1만 8천원)라고 했다. 현지 여행사에 여행비를 한꺼번에 지불했으므로 네팔 돈으로 몇 루피인지는 물어보지 않았다.

나야풀에서 반단티까지

지프로 나야풀을 출발했다. 산길을 한 시간쯤 올라가 예정대로 울레리에서 내렸다. 트레킹의 시작이다. 오늘 도착할 곳은 이곳에서 멀지 않은 반단티다. 울레리는 해발 1960m, 반단티는 2210m이므로 고도차이는 250m, 거리는 2km다.

차에서 내린 포터는 내 카고 백을 가지고 온 끈으로 묶어 어깨와 머리에 멜 준비를 했다. 이곳의 포터들은 등짐을 어깨와 이마에 연결된 끈으로 메고 가는 것이 습관인 듯했다.

예상했던 대로 돌계단길이 쭉 이어져있다. 오른쪽으로 깊은 계곡이 내려다 보인다. 계곡과 건너편 산의 경치를 보면서 천천히 올라갔다. 반단티까지는 한 시간이 채 안 걸렸다.

반단티의 예약된 숙소는 마차푸차레 롯지. 왜 그런 이름을 붙였나 했더니, 마차푸차레 봉우리가 건너편 멀리 산등성이 너머로 삐죽 올라 와 있었다.

▲ 반단티의 마차푸차레 롯지

　공항에서는 삼각형의 피라미드 모양이었으나 산 속으로 들어오니 봉우리 모양이 물고기 꼬리 지느러미처럼 변했다. 마차푸차레(생선 꼬리)라는 이름이 붙은 이유다. 저녁이 되자 마차푸차레 봉우리 끝이 황혼빛을 받아 붉게 빛났다. 마차푸차레는 히말라야 최고의 미봉으로 꼽힌다. 세계 3대 미봉 중 하나라고도 한다.

　롯지의 방에는 나무 침대 두 개가 덜렁 놓여있다. 그게 전부다. 그 침대 위에 각자 가지고 온 침낭을 올리고 그 속에서 잠을 자는 것이다. 산 속의 롯시 시설에 큰 기대는 없었다. 텐트보다 편하면 된 것 아닌가. 냉난방 시설이 있을 리 없다. 화장실과 세면장은 복도에 있다.

반단티에서 고레파니까지

다음날 아침 침낭에서 일어나니 새벽 4시다. 전날 밤 9시 조금 넘어 잠을 청한 것 같다. 알람을 5시로 해 놓았는데 한 시간 일찍 깬 것이다. 난방 시설이 안 된 방은 추웠다.

이날 일출은 6시 10분. 5시 35분쯤 되니 산의 윤곽이 보이기 시작한다. 밖으로 나가 아침 햇살에 황금빛으로 빛나는 마차푸차레 봉우리를 카메라에 담았다. 마차푸차레 봉우리의 빛은 수시로 변했다. 아침 저녁으로 붉게 물들어 멋진 모습을 자랑한다.

우리는 6시 30분에 아침을 먹었다. 나는 아메리칸 블랙퍼스트를 주문했다. 식빵과 버터, 잼, 달걀 후라이가 전부다. 네팔 전통식이라는 달밧은 이날 저녁에 먹어보기로 했다.

▼ 롯지의 방. 냉난방 시설은 없다. 나무 침대만 두개 뿐

나름대로 멋을 내어 지은 롯지의 아래는 깊은 골짜기. 산은 까마득하게 높고 골은 깊다. 그런데도 이곳에서 계단식 논을 일구며 살아가는 사람들이 있다.

7시 40분에 고레파니를 향해 출발했다. 반단티에서 고레파니는 7.1km 또는 6.3km로 안내 책자에 나와 있다. 마을이 아래 위로 분포되어 있으므로 측정 지점에 따라

▲ 저녁햇살을 받아 황금빛으로 빛나는 마차푸차레봉(2019. 10. 23.)

거리 차이가 있을 법했다. 숙련된 사람은 2~3시간이면 된단다. 나는 내심 4시간이면 충분히 갈 수 있겠구나 하고 생각했다. 둘째 날 일정은 이것 뿐이었다.

출발 후 골목 어귀에서 두 아이를 말에 태운 채 말을 몰고 산 위로 올라가는 여인을 만났다. 나중에 보니 등산로 중간에서 조그만 잡화상을 하는 사람이었다.

나는 흰 말을 부지런히 따라갔다. 거의 계단길이다. 50분을 한 번도 쉬지 않고 말을 따라갔다. 말과 같은 속도로 50분 가량을 꾸준히 올랐던 것을 보면 그 당시 컨디션이 꽤 좋았던 것으로 생각된다.

귀국 후 '말의 속도로 오르다'라는 제목으로 내 유튜브(이정식 TV)에 말 뒤를 따라가며 찍은 영상을 올리기도 했다.

▲ 반단티에서 고레파니 가는 길

그 50분 서리 끝에 계곡물이 흐르는 바로 위에 나무로 지어진 조그만 가게가 있었다. 간판에 낸지타이 리버사이드 레스토랑이라고 적혀있었다. 가게는 작아도 이름은 거창하다. 계곡물이 아니라 강이라는 거다. 간판 옆에 포니 서비스(Pony Service)라고도 써 있었다. 지친 등산객을 태우거나 짐을 운반하는 서비스도 하는 것 같았다. 우리는 다음 날 하산할 때 그 집의 밀크티와 과일을 팔아주었다.

고레파니까지의 길은 계단은 많았지만 경사가 급한 곳은 없었다. 고레파니 입구에 도착하니 11시 20분이다. 7시 40분에 출발했으니 3시간 40분 걸린 셈이다.

여기에서 로썬 씨가 도착 신고를 했다. 카트만두에서 받아 온 입산허가증을 보여주고 이름, 국적, 여권번호, 나이, 허가증 번호 등을 적는 절차다.

두 번 오른 푼힐 전망대(3210m)
도착신고를 한 후 우리가 예약한 롯지로 이동했다. 이동하던 중에 보니 푼힐 올라가는 골목길 표지가 보였다.

고레파니 롯지에 12시쯤 도착해 점심을 먹었다. 식사 후 나는 로썬 씨에게 내일 아침에 올라가겠지만, 날씨가 어떨지 모르니 오늘 오후에 푼힐 전망대에 올라가 사진을 찍고 오자고 했다. 가이드로서는 군일이 하나 더 생긴 것이지만 흔쾌히 좋다고 했다.

그래서 점심 먹고 푼힐로 출발했다. 푼힐까지의 거리는 어떤 자료엔 3.1km, 어떤 자료엔 2.4km로 나와있다. 2.4km가 맞는 것 같다.

오후 2시에 롯지에서 나왔다. 처음부터 끝까지 거의가 돌계단이다. 시간 여유가 있었으므로 중간 중간 사진도 찍으며 여유롭게 올라갔다. 1시간 15분 만에 해발 3210m의 푼힐 전망대에 도착했다. 하늘은 쾌청했다.

설봉들이 깨끗한 자태를 나타내고 있다. 다만 마차푸차레 봉우리쪽에 구름이 끼어있었다. 푼힐에서 잘 보이는 봉우리들을 보면, 전망대에서 왼

▼ 고레파니 입구

쪽부터 다울라기리 1봉(8172m), 투쿠체(6920m), 닐기리(7061m), 안나푸르니 1봉(8091m), 안나푸르나 남봉(7219m), 히운출리(6441m), 마차푸차레(6997m) 등이다.

나는 석양에 비친 봉우리들을 담으려고 시간을 보냈다. 그런데 저녁이 되어 오자 구름이 잔뜩 끼기 시작했다. 저녁때 석양에 비친 봉우리들을 찍었으면 멋있었을 테지만, 포기할 수 밖에 없었다. 이미 해가 져서 헤드 랜턴을 켜고 부지런히 내려왔는데 45분 걸렸다. 이날은 약 12km 가량 오르내린 셈이다. 전혀 피곤하지 않았다.

저녁은 롯지 식당에서 예정했던 대로 네팔식 백반인 달밧을 시켜먹었다. 쌀밥, 야채, 둥근 뻥튀기 과자 등이 식반에 담겨있다. 그런대로 먹을 만

▼ 푼힐 전망대 도착 첫 날(10. 24.)

했다.

식사 후 서울서 가져온 황태를 별미 삼아 고추장에 찍어 먹었다. 종업원인 듯한 네팔 젊은 친구가 자기도 그것을 좋아한다면서 먹고 싶어했다. 몇 개를 그에게 주었다. 고추장도 찍어가라고 했다. 그 친구는 신나하면서 그것을 가지고 갔다. 이곳에 온 한국인 누군가가 황태 맛을 보여주었나 보다고 생각했다.

고추장에 찍어 먹는 황태는 간식으로 괜찮다. 시원한 맥주와 같이 한다면 더할 나위 없이 좋은 안주다.

황태를 자주 갖고 다니는 편은 아닌데 이번엔 우연히 가지고 왔다. 이틀 후 포카라 공항에서 몇 시간씩 비행기 출발을 기다릴 때도 그것을 간식삼아 잘 먹었다.

네팔 털모자

반단티에서 고레파니로 가던 24일, 중간에 어느 노점상에서 우리 돈 만 원쯤 주고 네팔식 야크털로 짠 모자를 하나 샀는데, 이튿날 새벽 산행 때 매우 유용했다. 귀까지 잘 덮이는데다가 테가 없어서 머리에 랜턴을 쓰기에도 그만이었다. 나중에 그 사진을 유튜브에 올렸는데, 마치 어느 높은 산정에 올라가 찍은 프로 산악인의 사진처럼 보인다고 했다. 서울서 가지고 간 챙 넓은 등산 모자나 다른 겨울 모자를 썼더라면 영 안 어울릴 뻔 했는데, 도중에 우연히 산 모자가 히말라야 등산가 같은 근사한 폼을 만들어 주었다.

▲ 푼힐 전망대에서 일출을 기다리는 등산객들

히말라야 트레킹은 연중 이루어지지만, 좋은 시즌은 3,4,5, 9,10,11월이라고 한다. 그중 최적기는 10월과 11월. 12월부터는 날씨가 더 추워지고 산중에서는 눈도 본격적으로 올 가능성이 있기 때문이다.

네팔에는 해발 8천 미터가 넘는 히말라야 14좌 중 에베레스트를 비롯 8개의 봉우리가 있다. 나머지 여섯 개는 파키스탄에 5개, 중국(티베트)에 1개 등이다.

다음날 10월 25일 아침, 일출이 6시 10분이라고 하여 4시 40분에 숙소에서 출발했다. 가다보니 머리에 랜턴을 단 등산객들이 속속 등산로로 들어오고 있다. 위에 올라가서 보니 2~300명은 되는 것 같았다.

올라갈 때는 1시간 10분 정도 걸렸다. 다른 이들에 비해 많이 느린 속도였다. 이미 많은 사람들이 올라와 있었다. 한국인도 몇 명 눈에 띄었다. 이날 아침은 구름이 끼어 일출을 제대로 볼 수 없었다. 전날 한번 미리 다녀오길 잘했다는 생각이 들었다.

7시 5분에 푼힐 전망대를 출발, 7시 55분 50분 만에 숙소에 도착했다. 빵과 달걀 등으로 아침을 먹은 후 오전 9시 20분 고레파니에서 출발했다. 혹

▲ 푼힐 전망대 둘째 날. 전날 산 네팔 탈모자를 썼다.(10. 25.) 배경은 다울라기리 1봉(8172m)

시나 해서 가져간 무릎보호대를 착용했다. 효과는 알 수 없었다.

돌계단에서 미끄러졌지만 배낭 덕분에…

고레파니를 출발해서는 거의 내리막길이었으므로 수월하게 반단티까지 왔다. 내려오는 중간 돌계단에서 한 번 미끄러져 넘어졌다. 자칫 위험할 뻔한 순간이었다. 등에 맨 배낭이 쿠션 역할을 안 해줬으면 어디 크게 다쳤을지도 모른다. 앞서가던 가이드 로썬 씨를 큰 소리로 불러 그의 손을 잡고 일어났다. 디행히 아픈 곳은 없었다. 배낭을 몸에 잘 맞게 매는 것이 산행에서는 매우 중요하다는 것을 새삼 실감했다.

내려오면서 전날 보았던 흰 말을 갖고 있는 계곡 옆의 작은 가게에 들러 밀크티와 과일을 먹으며 잠시 휴식의 시간을 가졌다.

▲ 고레파니에서 푼힐로 가는 돌계단길

반단티에는 12시 45분에 도착했다. 고레파니에서 3시간 25분 걸린 것이다.

첫날엔 울레리까지 차를 탔지만, 지프가 반단티까지 온다고 했다. 트레킹 첫날 숙소였던 마차푸차레 롯지에서 점심을 먹고 잠시 기다리니 지프가 왔다. 반단티에서 2시 10분 출발, 나야풀에 3시 30분 도착. 속도는 올라올 때처럼 시속 10km 정도.

나야풀에서 4시반에 출발해 6시 넘어 포카라에 도착했다. 페와 호수 안에 있는 멋있는 피시테일 호텔에서 1박.

그 다음날은 카트만두 가는 비행기가 몇 시간 지연 끝에 오후 1시 반이 넘어 떴다. 그 사이 포카라 공항 옥상 전망대에서 설산을 원없이 봤다. 오후 2시 15분 카트만두 도착, 여기에서 카트만두 동쪽 30여 km 떨어진 나가르코트로 이동해 이곳의 유서깊은 더 포트 리조트에 여장을 풀었다. 에베레스트가 보이는 해발 2100m 정도 되는 고지대다. 이곳의 전망대에서 에베레스트를 망원렌즈로 담긴 했지만 명료도가 떨어져 사용할 만한 정도는 못 되었다.

다음날인 27일에는 카트만두로 돌아가는 길에 옛 왕궁이 있었던 박타푸르를 둘러보았다. 전체 규모가 작지 않았다. 저녁에는 카트만두 시내 언

▲ 랄릿푸르(파탄)의 옛 왕궁

덕에 있는 유네스코 세계문화유산으로 유명한 스와얌부나트 사원에도 가보았다. 원숭이가 많이 살아 원숭이 사원이라고도 불린다.

마지막 날인 28일에는 카트만두 남서쪽의 랄릿푸르로 가서 옛 파탄 왕궁과 재래시장 등을 둘러보았다. 그리고 이곳의 로컬 쿠마리(어린 소녀 여신)도 만나 보았다. 그렇게 짧은 히말라야 트레킹을 포함, 네팔에서의 6박 7일의 일정을 마치고 밤 8시 30분 인천공항 행 대한항공에 몸을 실었다.

히말라야에는 단풍이 없다

10월 하순이면 우리나라에서는 단풍이 한창일 때다. 내가 히말라야에서도 단풍을 볼 수 있을까 하는 생각을 한 것은 시기가 마침 10월 하순이었기 때문이다. 네팔은 위도가 우리나라보다 10도 가량 낮은 아열대지방이지만 고도가 높아지는 산으로 들어가면 단풍을 볼 수 있을지도 모르겠다는 기대를 했었다.

그런데 결론적으로 말하면 히말라야에서는 단풍을 볼 수 없다는 것이다.

그 이유는 이렇다.

단풍은 기후와 밀접한 관련이 있다. 사철이 뚜렷한 우리나라 같은 곳에서나 단풍을 볼 수 있지 기후 변화가 크지 않은 지역에서는 단풍을 볼 수 없다.

우리나라의 경우 가을에는 점차 기온이 내려가고 공기가 건조해지기 시작하므로 나무에 물이 부족해져 광합성 작용을 중단하게 된다.

광합성 작용이란 빛을 이용해 식물이 살아가는데 필요한 영양소를 만드는 작업인데, 사계절이 있는 온대지방에서는 가을이 되면 그것이 중단된다는 것이다.

광합성 작용이 중단되면 엽록소가 파괴되어 초록색이 사라지게 되고 이때 각각의 나무마다 가지고 있던 노란색이나 붉은 색의 색소가 드러나게 되어 아름다운 가을 단풍을 만들어 낸다. 낮과 밤의 기온차가 클수록 단풍의 색이 더욱 곱게 된다고 한다.

네팔은 아열대지방이므로 산 아래쪽 즉 수도 카트만두(해발 1,281m)나 포카라(해발 827m) 같은 곳에서는 일년 내내 눈을 구경할 수가 없다. 높이에 따른 기온 차이는 있지만, 높이가 다르더라도 계절에 따른 기온 변화는 온대지역처럼 크지 않아 산 위로 올라가도 단풍을 볼 수 없는 것이다.

내가 갔던 안나푸르나 구역인 나야풀-울레리-반단티-고레파니-푼힐 코스에는 나무가 무성했다. 말하자면 밀림지대를 지나가는 것이다. 다만 3210m인 푼힐 꼭대기에는 큰 나무가 없었다. 그 정도가 수목한계선인지 모르겠다.

▼ 히말라야 힐레 마을 인근의 계단식 논

수목한계선은 기온과 환경의 변화 때문에 나무가 자라기 어려운 한계선을 말하는데, 히말라야에서는 대략 푼힐 또는 그보다 조금 높은 정도의 고도가 수목한계선인 것 같았다.

설선(雪線)이라는 것도 있다. 만년설이 시작되는 높이다. 그 높이는 대략 4,000~5,000m로 알려져있다. 위도가 높은 지역에서는 설선이 그보다 낮아진다. 히말라야 트레킹은 아열대 밀림지대를 통과해 수목한계선을 지나면서 설선을 가깝게 볼 수 있는 기회라고 보면 될 것 같다. 여름과 겨울을 동시에 체험하므로 이에 대비한 준비가 필요한 것이다.

히말라야에서도 인색한 영국인

히말라야 트레킹 중 나의 가이드를 포함해 한국말을 아는 네팔인 가이드들과 잠시 팁에 대한 이야기를 하게 되었다. 어느 나라 사람들이 팁을 제일 후하게 주는가 하는 것이었다. 단연 일등은 한국인이라고 했다.

가이드와 포터 팁은 여행경비에 포함되어 있기 때문에 원칙적으로 별도의 팁을 더 줄 필요는 없다. 그러나 인정 많은 한국인들이 어디 그런가, 트레킹이 다 끝나면 일행이 으레 돈을 조금씩 갹출해 가이드와 포터에게 "그동안 고생했다"며 팁을 더 준다.

그러면 가장 인색한 이들은 어느 나라 사람일까? 이구동성으로 영국인이라고 했다. 한국인들처럼 팁을 별도로 더 주는 그런 일은 일체 없다고 했다. 영국인들에 대한 그같은 이야기가 사실인지 확인할 수는 없었지만 대체적으로 영국인들은 어느 나라 사람들보다 금전 문제에 대해 매우 철저하다는 인상을 주는 것 같다.

그 얘기를 듣고 보니 문득 톨스토이가 유럽 여행 중 영국인들의 인색함에 놀라워했다는 글을 읽은 것이 생각났다.

한 세기 반 전쯤, 19세기 중반의 일이다. 톨스토이는 1857년 1월 처음으로 유럽 여행을 떠났다. 그의 나이 29세 때이다. 그는 약 6개월간 유럽 여

▲ 다울라기리 봉 앞에서 기념촬영 하는 등산객들

러 나라를 돌아보면서 각국의 사람들과 문화를 접하게 되었다.

톨스토이는 프랑스 혁명의 중심이었던 파리를 둘러보고 "프랑스의 매력은 사회적 자유의 감각이다. 이 자유의 특색은 체험을 하지 않고서는 이해하기 어려우며, 체험을 해 본 사람이면 그 영향을 받지 않을 수 없다"고 일기에 썼다.

그런가 하면 파리에서 파리의 명물 구경거리라고 해서 공개적으로 단두대에서 살인범을 처형하는 장면을 목격하고는 아연 실색했다. 그리고는 "이게 무슨 넌센스인가, 기분이 좋지 않아 빨리 파리를 떠나기로 했다"고 일기에 적었다. 파리의 자유로운 분위기와 단두대 위에서의 죄수의 처형을 시민의 구경거리로 삼는 것은 어딘가 모순된 상황이라고 생각했던 것이다.

톨스토이는 그 일을 계기로 파리를 떠나 평소 좋아했던 루소의 고향 제네바로 갔다. 제네바에서는 2개월 이상 머물렀다. 그리고 다음달 7월에는 루체른으로 이동했다. 루체른은 유명한 관광지여서 관광객들이 많았다.

어느 날 루체른 거리를 지나가는데 가난한 거리의 악사가 기타를 치면서 노래를 열심히 부르고 있었다. 영국인 관광객들이 악사 주변에 많이 모여 있었는데 악사의 노래를 실컷 듣고 나서 돈은 한 푼도 주지 않고 비웃기만 하고 가버렸다.

그 모습을 보고 톨스토이는 분개했다. 근대사회의 물질적 번영 속에 인간성이 상실되어 가고 있는 것이라고 생각했다. 악사가 가엾게 보였다. 톨스토이는 악사를 불러서 둘이서 통쾌하게 술을 마셨다.

러시아인들은 정서적인 면에서는 다소 동양적이다. 서양적 합리를 앞세우기보다는 동양적 정서 즉 인정에 더 끌린다는 이야기다. 톨스토이가 영국인 관광객들로부터 팁 한 푼도 받지 못한 불쌍한 악사와 둘이 한잔한 것도 바로 그런 정서와 인정에서 비롯된 것이 아닐까 하는 생각이 든다.

영국인들이 팁에 인색하다고 해서 그들이 나쁘다는 뜻은 아니다. 불필요한 돈의 지출을 억제하는 영국인의 강한 자제심에 대해 어떻게 생각할지는 각자의 판단에 달린 것이다.

고교 산악반 시절의 회고

히말라야 등정은 등산을 좋아하는 사람은 언제고 한번 가리라고 꿈꾸는 곳이다. 나 역시 마찬가지였다. 1969년 고교 1년 때 산악반에 들어갔을 때부터 히말라야 등정을 꿈꿨다.

그때는 에베레스트 같은 산꼭대기 정복이 꿈이었지 트레킹은 아니었다. 가벼운 도보 여행의 뜻으로 하이킹이란 말은 많이 썼지만 그 때는 트레킹이란 말 자체가 없었던 것 같다. 그 후로 꼭 반세기가 지났다.

산악반 활동에 대해서는 늘 좋은 추억을 가지고 있다. 서울근교 인수봉, 선인봉 등을 찾아 다니며 어설픈 장비로 선배들을 따라 암벽등반을 다녔다. 남대문 시장에서 자일(밧줄)과 카라비너를 사고, 세검정 대장간에서 바위 틈에 박는 쇠못인 하겐을 만들었다. 하겐을 그려가서 그대로 만들어 달라고 했다. 손잡이를 둥근 고리처럼 만든 칼 같은 모양이었다. 대장간에서 만들기 어렵지 않았다. 당시엔 국내산 하겐 같은 것은 없었다. 해외에서 들여온 것이 있긴 했지만, 그런 것을 파는 곳도 찾기 어려웠다.

등산화도 제대로 된 것이 없었다. 남대문 시장에 가서 군용 워커의 윗부분을 잘라낸 것을 등산화로 신었다. 설악산 갈 때 키스링 배낭도 그림을 그려서 주문해서 멨다. 엄청나게 큰 배낭이었다. 고교 1년생이 자기 몸보다 큰 배낭을 메고 다녔으니, 힘도 좋았던 모양이다. 당시 최고로 치던 프리무스 휘발유 버너는 필수였다.

암벽등반을 위해 서울근교 북한산과 도봉산의 인수봉, 선인봉을 갈 때가 많았다. 훈련은 학교 근처 인왕산이나 세검정 암벽에서 했다. 암벽등반을 위해 별도로 준비된 옷이 있을 리 없었다. 밧줄에 교복이 상하면 안 되니까 교복을 거꾸로 입고 훈련했다.

대학시절에도 가끔 산에 갔지만, 산악클럽 같은 데는 가입하지 않았다. 고교 때 암벽등반 등 웬만한 훈련은 다 했는데, 대학 산악반에 들어가 새로 더 배우고 할 것이 뭐가 있겠느냐는 그런 생각도 있었을 것이다.

내가 고교 3년 때인 1971년 북악산 아래 경복고 교정에서 있었던 히말라야 마나슬루 원정대 김기섭 대원의 영결식이 생각난다. 김기섭 대원의 영결

▼ 고교 2학년 때 설악산에서(1970)

▼ 대학 1학년 때(1972) 여름 지리산 등반 중

식이 교내에서 열린 것은 그가 경복고 출신이었기 때문이다. 수업시간임에도 불구하고 산악반원들은 캡틴이었던 내가 인솔하여 전원 참석했었다.

당시 김호섭이 대장이고 김기섭이 대원이었다. 1971년 5월, 마나슬루(해발 8,163m)정상 정복을 코앞에 두고 갑작스런 돌풍에 김기섭이 빙하 틈새로 떨어져 숨졌다. 한국 히말라야 원정사에 최초의 사고였다.

그후 1972년 봄, 장남 김정섭과 둘째 호섭, 막내 예섭 등 남은 형제가 모두 나서서 다시 마나슬루 정복을 위한 원정대를 꾸렸으나 예기치 않게 해발 6,500m 지점에 설치된 캠프가 초대형 눈사태를 만나면서 둘째 호섭도 히말라야에서 불귀의 객이 되고 말았다. 막내 예섭은 눈사태 속에서 기적적으로 구조되었다. 당시 마나슬루에서의 눈사태로 숨진 사람은 우리 원정대원 3명과 셰르파 10명 등 모두 15명이었다. 대형 참사였던 것이다. 지금도 영결식에서 만났던 그 형제들이 희미하게 기억이 난다. 맏형 정섭씨는 그후 미국으로 이주한 것으로 알려졌다. 그분들은 우리나라 해외 원정 등반 역사의 개척자요 귀중한 증인들이었다.

제5부

민족의 애환이 서린 사할린 섬

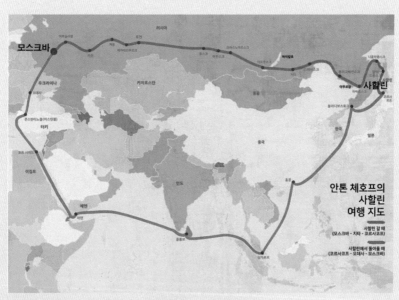

▲ 안톤 체호프의 사할린 여행 경로(갈 때는 육로, 올 때는 해로, 1890)

우리말 모르는 동포 3,4세

사할린을 향해 출발한 것은 2017년 8월 12일. 최초의 사할린 방문이었다. 나의 사할린 방문 목적은 첫째가 러시아의 극작가 겸 단편작가 안톤 체호프(1860~1904)의 흔적을 찾아보는 것이었고, 또 하나는 비극적 역사의 피해자들인 동포들을 만나는 것이었다.

이날 새벽 5시에 집을 나섰다. 스마트폰의 기온을 보니 서울은 영상 25도, 사할린의 주도(主都) 유즈노사할린스크는 13도라고 나와 있다. 인천공항에서 2시간 40분만에 사할린에 도착했다. 공항을 빠져나오는데 1시간 이상 걸렸다. 입국 수속을 담당하는 직원이 적은 탓인 것 같았다.

공항에는 사할린 우리말 방송 김춘자 국장이 마중 나와 있었다. 과거 나의 방송국 시절부터 잘 아는 분이다. 김 국장에게 이번에 동행할 젊은 통역 겸 가이드를 찾아봐 달라고 부탁했었다. 그런데 사할린에 도착해 보니 그런 젊은이는 없었다. 김 국장은 동포 3,4세는 우리말을 거의 모르기 때문에 가이드 할 만한 젊은 사람을 찾을 수 없다고 했다. 그래서 이후 내가 사할린에 머무는 내내 김 국장이 안내 역할을 해 주었다.

공항에서 시내로 들어가다 보니 건물들이 모두 나지막했다. 이유를 물

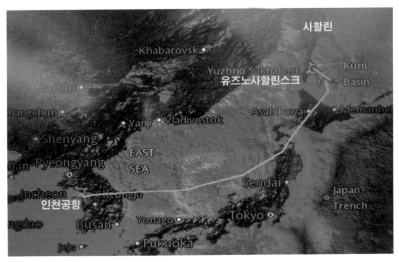

▲ 사할린까지의 비행경로(항공기 모니터)

으니 지진의 우려 때문에 오랫동안 5층 이상 집을 짓지 못하도록 규제를
했었기 때문이라고 했다. 도로는 비교적 잘 정비되어 있었다.

나는 유즈노사할린스크 시내의 체호프 박물관부터 먼저 가보자고 했
다. 박물관의 정식 명칭은 '안톤 체호프 책 사할린 섬 박물관'이다.

사할린에 체호프 박물관이 있는 이유

박물관은 아담한 2층 구조로 체호프 관련 전시실은 1층에 있었다. 전시
실에는 1890년 7월 체호프가 사할린 여정을 시작한 북쪽 도시 알렉산드롭
스크의 당시 모습과 사할린 유형수 수용소의 내부를 실물크기의 인형과
함께 재현해 놓았고 유형수들이 당시에 찼던 족쇄, 작업용 도끼 등도 전시
되어 있었다. 체호프가 사할린에 다녀와서 1895년에 펴낸 『사할린 섬』 초

▲ 유즈노사할린스크의 체호프 박물관

판본도 있다. 그 책 속에 나오는 이곳 원주민인 길랴크 인(니브흐 인)과 아이누 인에 대한 설명도 사진과 함께 벽면에 적혀 있었다.

박물관 입구 바로 앞에는 체호프의 흉상이 박물관을 찾는 이들을 반갑게 맞는다. 박물관과 연결된 공원에는 체호프의 책 『사할린 섬』을 형상화한 조형물이 눈길을 끈다.

모스크바에서 거의 1만 km나 떨어져 있는 러시아의 변방 사할린에 이처럼 인톤 체호프 박물관이 있는 이유는 이렇다.

체호프는 서른 살 때인 1890년 4월, 두 달 20일 즉 81일에 걸쳐 마차를 타고 시베리아를 횡단하는 모험을 감행했다. 그의 본업은 의사였다. 그는 '의학은 본처, 문학은 애인'이라고 말하곤 했다. 당시 폐결핵에 걸려있

▲ 안톤 체호프(1860~1904)

었는데도 그 멀고 위험한 어행을 홀로 강행했다. 그는 수보린이 사장인 <신시대>지의 특파원 자격으로 모스크바에서 출발했다. 가는 도중 몇 차례 후회도 했으나 마침내 그해 7월 사할린에 도착해 석 달간 섬의 이곳저곳을 다니며 주민과 유형수들의 실태를 집중 취재했다.

돌아올 때는 남쪽 코르사코프 항에서 배를 타고 블라디보스토크를 경유, 남중국해, 인도양, 수에즈 운하, 흑해를 통과해 1890년 12월, 8개월만에 모스크바로 귀환했다. 배편으로 돌아올 때는 56일이 걸렸다. 시베리아 횡단열차 완공 전인 당시까지만 해도 배편이 육로보다 훨씬 빨랐다.

유형수들의 비참한 실태를 담은 『사할린 섬』

그로부터 5년 후인 1895년 체호프는 절망적 상황에 처해있는 사할린 유형수들의 비참한 실태를 『사할린 섬』이라는 책으로 펴냈다. 이 책은 사할린에 대한 사회적 관심을 불러 일으켰으며 차르 정부가 일부나마 문제점을 개선하는 단초를 던져 주었다. 사할린이 안톤 체호프를 기리는 이유다. 『사할린 섬』에는 사할린 한인에 대한 기록도 담겨있다. 사할린 한인에 관한 최초의 기록이다.

▲ '사할린 섬' 책 조형물

체호프의 모험적인 사할린 여행은 그의 문학에도 커다란 전기가 되었고, 그의 인생관을 크게 바꿔 놓았다. 불후의 명작이 된 희곡『갈매기』『바냐 아저씨』『세 자매』『벚꽃동산』 등이 모두 사할린 이후의 작품들이다.

사할린에는 체호프 동상이 몇 개씩 있고, 체호프 박물관 뿐만 아니라 체호프 극장, 체호프 마을까지 있다. 그는 사할린 최고의 문화 아이콘이었다.

체호프가 사할린 행을 결심한 계기

그러면 당시 폐결핵에 걸려있던 체호프는 어디에서 어떤 자극을 받아 사할린 행을 결심하게 됐을까.

체호프가 사할린 행을 결심하게 된 가장 큰 동기는 여배우 클레오파트라 카라트이기나와의 만남에서 비롯됐다는 것이 정설이다.

체호프는 사할린으로 출발하기 열달 전 쯤인 1889년 6월, 바로 위의 형 니콜라이의 죽음을 겪은 후 동생 이반을 데리고 흑해 연안 크림 반도의 얄타로 여행을 떠났다. 그런데 당시 흑해의 항구 도시 오데사에서는 모스크바 말르이 극장이 순회공연 중이었다. 체호프는 그 소식을 듣고 오데사로 가서 말르이 극장의 공연을 보았다. 그리고 여기에서 여배우 클레오파트라 카라트이기나를 만난다.

클레오파트라 카라트이기나는 한해 전인 1888년 시베리아의 이르쿠츠크와 극동 지역을 돌며 공연했고, 사할린 남단의 코르사코프까지 갔었다. 카라트이기나의 시베리아와 사할린에 관한 흥미진진한 이야기는 체호프에게 커다란 자극으로 다가왔다. 체호프는 사할린에 가기로 마음을 먹고

▼ 박물관 앞의 체호프 흉상과 저자

준비에 들어간다.

체호프는 사할린으로 출발하기에 앞서 사할린에 관한 많은 자료와 서적을 찾아 읽었다. 그 가운데 주의 깊게 읽은 책이 이반 알렉산드로비치 곤차로프(1812~1891)가 쓴 『전함 팔라다』였다. 19세기 러시아의 저명한 작가 중 한 사람인 곤차로프는 40세 때인 1852년 10월 제독 뿌짜찐의 비서로 전함 팔라다호를 타고 세계 일주 항해를 떠난다. 팔라다호의 항해 목적은 극동의 국가들과 통상교섭을 하는 것이었다. 팔라다호는 상트페테르부르크를 출발, 발틱해를 지나 영국과 프랑스 사이의 해협을 거쳐 적도를 넘어갔다. 그리고 아프리카 남단을 돌아 인도양으로 들어가 극동으로 향했다. 아직 수에즈 운하가 개통되지 않았을 때였다.

팔라다호에는 400명 이상의 해군이 승선해 있었으며, 아시아에서 조선, 중국, 일본, 필리핀 등을 오가며 교섭을 벌였다.

그리고는 동해를 지나 북으로 올라가 러시아 본토와 사할린 사이의 타타르 해협을 지나 오호츠크해의 해안까지 갔다. 곤차로프는 이곳에서 배에서 내려 시베리아를 횡단해 1855년 2월 상트페테르부르크로 귀환했다. 그 후 1858년 여행기 『전함 팔라다』를 출간했다.

이상한 모자 쓴 조선인

곤차로프의 『전함 팔라다』에는 조선에 대한 이야기가 적지 않게 실려 있다. 우리말 번역본으로 50여 페이지에 달한다. 팔라다호는 1854년 4~5월 우리나라 남해의 거문도와 동해안 여러 곳에 들렀다. 이 때 곤차로프도 해

▲ 곤차로프의 '전함 팔라다', 동북아역사재단(2014)

군들과 함께 육지에 올라가 조선사람들을 만났다. 1854년이면 조선 말기 철종 때다. 뿌짜찐 제독은 거문도에 상륙했을 때 조선의 지방관리를 통해 철종에게 개항을 청원하는 글을 냈으나 답은 받지 못했다.

곤차로프는 조선인들의 모습과 관습 등을 기록으로 남겼다. 유럽인의 시각으로 본 조선인의 모습이 그 속에 있다. 백의민족인 우리나라 사람들이 입고 있는 옷이 마치 수의(시체에 입히는 옷) 같다는 등 흥미로운 이야기들이 많다. 그 대목은 이렇다.

"자그마한 만의 생기 없는 바닷물 위 여기저기에 조선인의 농가들이 다닥다닥 붙어 있다. 보이는 것은 초가지붕뿐이고, 드물게 군데군데 주민들이 왔다 갔다 하고 있다. 모두들 마치 수의를 입은 것처럼 흰옷을 입고 있다. 마침내 우리는 극동에 속한 맨 마지막 민족을 보게 되었다.

조선은 정치적인 측면에서 독립국이라 부를 수 있다. 조선은 자신의 군주가 통치하고, 국가의 일을 스스로 결정하며, 자신의 언어를 가지고 있다. 하지만 조선의 군주들은 왕위에 오를 때 중국 황제의 승인을 받는다. 이 승인 하나로도 조선의 중국에 대한 종속이 잘 나타난다. 그리고 중국에 대한 종속을 알 수 있는 또 다른 사실은 중국 황제에게 새해 축하를 하기 위해 매년 200명에 달하는 사람들이 중국에 다녀온다는 것이다. 이것은 자기 집에 살고 있는 독립한 아들이 아버지의 집에 의존하는 것과 비슷해 보인다." (『전함 팔라다』, 398쪽, 문준일 옮김, 동북아역사재단, 2014)

조선의 양반들이 쓰고 다니던 갓에 대한 다음과 같은 세밀한 묘사도 있다.

"가장 놀라운 것은 모자 종류였다. 그들은 머리를 유구인들처럼 사방에서 위로 빗어 올려 하나로 묶었고(상투 튼 것을 말함), 그 위에 모자를 썼다. 이런 모자라니! 모자의 꼭대기는 너무 좁아서 하나로 묶은 머리채를 거우 가릴 뿐인데 반해 챙은 마치 우산처럼 넓었다. 이 모자들은 갈대 같은 것으로 만들었고(실제로는 말총 즉 말꼬리털이다), 마치 머리카락처럼 촘촘히 엮어져 있다. 그리고 실제로 머리카락과 비슷해 보이기도 한다. 더욱이 모자는 검은색이다. 그들이 왜 이런 모자를 쓰는지 추측하기 힘들었다. 그 모자들은 투명하고 내비쳐서 머리를 비와 햇빛, 먼지로부터 보호해주지 못한다. 게다가 여러 다른 형태와 종류

▼ 갓 쓴 양반이 그려진 조선시대 화가 신윤복의 18세기 또는 19세기 초로 추정되는 작품 '월하정인(月下情人)'의 일부

의 모자들이 많이 있다. 피나무 껍질로 만든 것도 있고, 바다 식물로 만든 고깔 모자도 있다." (『전함 팔라다』, 400쪽)

현대를 사는 한국인들도 우리 조상들이 쓰고 다니던 갓의 실용성에 의문을 갖고 있는 것이 사실이다. 비나 햇빛을 막아주지도 못하는 불편해 보이는 모자이기 때문이다. 그런 의문을 곤차로프가 그의 저서를 통해 제기했던 것이다.

곤차로프는 전함 팔라다를 타고 다니며 그가 본 조선, 중국, 일본, 필리핀 등에 대해 기록했다. 그는 조선에 대해, "조선사람들은 거칠고 강하며 가난하나 생활력이 강하고 문학에 깊은 민족"이라고 기술했다. 또 동양의 다른 나라 사람들에 비해 솔직했다며 이렇게 적었다.

"조선인들에게서 내가 발견한 특징이 하나 있다. 그들 나라나 도시들의 상황에 대한 질문에 그들은 정말로 이야기를 해주고, 그들이 무얼 하는지 어떤 일에 종사하는지 기꺼이 말해준다. (一) 또 알려주기를 여기서 남쪽으로 배로 하루 정도 가면 이 나라의 상품들이 모이는 큰 교역장이 있다고 했다. 우리는 그 곁을 이미 지나쳐 왔다.

"어떤 상품들인가?" 그들에게 물었다. 곡물들, 즉 밀·쌀 그리고 금속류로는 철·금·은 그리고 다른 다양한 많은 상품들이라고 했다.

심지어는 그곳에 교환을 위해 물건을 가져가도 되겠냐는 우리의 물음에도 그들은 긍정적으로 대답했다. 일본인·유구인·중국인들이라면 이런 것을 모두 이야기해주었을까? 결코 아니다. 보건대 조선인들은 아직 경험을 통해 배우지를 못했고, 대외적인 삶을 살아보지 못해서 자신의 정책을 만들어 내지 못한 것 같다. 아직 만들어내지 못했다면 그게 더 좋을 수도 있다. 유럽인과의 친교와 자신의 재교육으로 향하는 불가피한 발걸음을 더 빠르고 더 쉽게 뗄 수도 있을 것이다."

▲ 이반 곤차로프(1812~1891)

조선인은 좋은 군인의 기질을 가진 민족 같다 - 곤차로프

곤차로프는 일본인, 유구인, 중국인들보다 솔직한 조선인들에게 한층 친근감을 보였다. 여기서 유구인이란 1879년 일본에 강제 병합되기 전 독립왕국으로 유지됐던 오키나와섬과 그 일대를 영토로 했던 유구국(琉球國) 사람을 말한다. 『전함 팔라다』에서 곤차로프는 또, 조선인은 좋은 군인의 기질을 가진 민족 같다며 다음과 같이 호감을 나타낸다.

"…… 조선인들은 우리를 따라왔다. 키가 크고 건장한 민족으로 운동선수들 같았다. 거칠고 검붉은 얼굴과 손을 가졌다. 그들은 일본인들처럼 행동거지가 나약하거나, 꾸미거나 간교하지 않고, 유구인들처럼 겁이 많지도 않으며, 중국인들처럼 이해가 빠르지도 않다. 좋은 군인이 이 민족에게서 나왔을 법하다."

물론 조선인에 대해 모든 것을 호의적으로 쓴 것은 아니지만, 곤차로프는 조선인을 동양의 다른 민족들에 비해 훨씬 높게 평가했다.

체호프는 사할린에 가기 전 곤차로프의 『전함 팔라다』와 함께 미국의 여행가이며 극동 연구가인 조지 캐넌(1845~1924)의 저서인 『시베리아와 유형제도』(1885)도 열심히 읽었던 것으로 전해진다. 조지 캐넌은 한때는 러시아의 유형제도를 비교적 좋게 평가한 사람이었으나 그가 직접 시베리아의 유형소를 둘러 본 후에는 시각이 바뀌었다. 그것이 『시베리아와 유형제도』에 담겨있다.

인간의 출생을 반가워하지 않는 사할린

체호프는 사할린에 석 달 가량 머무는 동안 유형수들의 비참한 실태와 사할린 주민들의 생활상 등에 대해 많은 조사를 했다. 그는 유형수들과 주민들을 만나 8천 장에 이르는 조사카드를 작성한다. 당국은 정치범 접촉을 제외한 일반 유형수의 접촉은 허용했다.

체호프는 이 카드를 토대로 유형수들의 실태는 물론, 형이 끝난 후 이곳에서 이주민으로 살아가는 사람들의 절망적인 현실을 『사할린 섬』에 담았다. 의사였던 그는 유형지의 각종 질병에 대해서도 상세히 기록했다. 의사로서 진료를 하기도 했다. 사할린에 머무는 동안 체호프는 수용소에서 유형수에게 피가 터지도록 수십 대의 태형을 가하는 장면을 목격하기도 한다. 그는 이 절망적인 유형지에서는 아기의 출생도 반가워하지 않는다며 이렇게 썼다.

▲ 사할린 체호프 마을의 체호프 흉상

　"(사할린의) 가족은 새로운 인간의 출생을 반가워하지는 않는다. 아이의 요람 위에서 아무도 노래를 불러주지 않으며 들리는 것은 오로지 슬픈 푸념 소리뿐이다. 아이에게 먹일 것도 없고 사할린에서 아이들이 배울 만한 것이라고는 아무것도 없다. 그래서 가장 좋은 일은, 자비로운 주님이 아이를 가능한 빨리 데리고 가버리는 일"이라고 아버지와 어머니가 말한다. 만약 아이가 울거나 보채기라도 하면 화가 나서 소리친다. "시끄러워. 그냥 뒈지든지!" 그러나 뭐라고 말하고 슬프게 푸념을 늘어놓든지 간에 사할린에서 가장 유익하고 가장 필요하며 가장 기분 좋은 인간이 바로 아이들이며 유형수들도 스스로 이것을 잘 알고 아이들을 소중히 여긴다. 거칠고 도덕적으로 너덜너덜해진 사할린의 가정에서 어린아이들은 부드러움, 깨끗함, 상냥함과 기쁨을 가져다준다. 순진무구한 그들은 결함 있는 어머니와 강도인 아버지를 세상의 무엇보다도 사랑한다. ("안

톤 체호프 사할린 섬』, 396~397쪽, 동북아역사재단, 2013)

체호프의 『사할린 섬』은 적지 않은 분량이다. 번역서로도 560여 페이지에 이른다. 3개월밖에 머물지 않았는데, 사할린의 세세한 부분까지 잘 파악하고 있다. 훌륭한 글 솜씨와 더불어 놀라운 관찰력과 취재력이다.

체호프가 사할린에 간 해인 1890년 그곳의 징역유형수의 수는 약 6천 명이었다. 체호프가 목격한 징역유형수의 상황은 이렇게 열악했다.

"징역유형수는 침대도 없고 농민외투를 입은 채, 퀴퀴하고 냄새만으로 공기를 더럽히는 누더기 위에서 잠을 자기 때문에 어쩔 수 없이 옷이나 신발을 부패하게 만든다. 즉 그에게는 옷이나 몸을 말릴 장소가 없다. 종종 그는 젖은 옷을 입은 채 잠을 잔다." (같은 책 423쪽)

체호프, 악에 대한 무저항 철학에 회의를 갖다

사할린에서는 유형수들의 탈주 사건이 빈번히 발생했다. 체호프는 탈주를 줄이기 위해서는 육체적으로 억압하려 하기보다는 처우를 개선해야 한다고 말한다. 그는 "간수들이 모든 에너지와 궁리를 오로지 죄수들을 탈주가 불가능한 복합적인 육체적 상황에 두는 데만 매일 쏟아 넣는다면, 이것은 이미 교정이기는커녕 죄수를 짐승으로 바꾸고 교도소를 동물원으로 바꾼다는 말밖에 되지 않는다"면서 다음과 같은 방안을 제시한다.

"소위 인도적 수단으로서 모든 면에서 죄수생활을 개선시키는 것 즉 그것이 여분의 빵 조각이든 아니면 더 나은 미래에 대한 희망이든 간에 탈주자의 수를 상당히 감소시킬 것이다. 예를 들어보자. 1885년에 25명의 이주유형수가 도망을 갔는데 1886년 풍작 후인 1887년에는 겨우 7명이 도망을 갔다.(…) 죄수들이 편안하게 살면 살수록 그가 도망갈 위험은 더 적어지며, 이런 점에서 교도소의 제도 개선, 교회 건축, 학교와 병원 설립, 유형수 가족의 보장 등은 매우 바람직한 수단으로 인정할 수 있다"(같은 책 484쪽)

여기서 말하는 이주유형수란 징역유형수 다음 단계인데, 수용소에서 징역유형수로 강제 노동형을 마친 후 수용소 밖에서 농민으로 살아가는 유형수를 말한다. 제정러시아의 유형법은 한번 유형수가 되면 징역형을 마

▼ 박물관에 전시돼 있는 '사할린 섬' 초판본(1895)

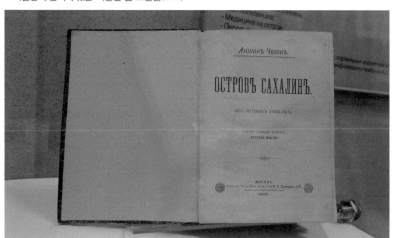

친 후에도 자기 집으로 돌아갈 수 없었다. 이주유형수가 되어 그 지역에서 종신토록 살도록 되어 있었다. 매년 탈주하는 징역유형수의 숫자는 이주유형수의 수보다 훨씬 많았다.

황량한 시베리아와 죄수의 섬 사할린 여행은 체호프에게 큰 영향을 주었다. 사할린에 가기 전까지 그는 톨스토이주의자였다. 악에 대한 무저항, 비폭력에 공감했었다. 그런데 유형지에서 극한의 비참한 처지에 떨어져 있는 인간의 삶의 모습을 본 후 악에 대한 무저항 철학에 회의를 갖게 되었다. 체호프는 마침내 "나는 두 번 다시 톨스토이주의자가 되지 않겠다"는 다짐을 하게 된다.

남북으로 길쭉한 사할린 섬

사할린은 남북으로 길쭉한 섬이다. 북쪽이 육지에 가까워서 1849년까지 '반도'로 잘못 알려졌었다. 사할린은 남북의 길이 950km, 폭은 27~160km다. 면적은 72,492km²로 남한면적 99,720km²의 약 73%에 달한다. 체호프는 그의 책에서 어느 작가의 말을 빌려 사할린의 모양이 철갑상어를 연상시킨다고 했는데 실제 남쪽 끝은 철갑상어의 꼬리와 비슷하게 생겼다.

사할린은 20세기 전반에 40년간 절반인 남쪽 지역이 일본의 지배를 받은 역사가 있으나 제2차 세계 대전 후 다시 러시아의 영토가 됐다.

러시아의 사할린 주(州)는 사할린 섬과 쿠릴 열도를 관할하는 주인데 그 역사가 간단하지는 않다.

러시아와 일본은 1855년 러일화친조약을 맺어 쿠릴 열도 아래쪽에 있

▲ 사할린의 주도 유즈노사할린스크 전경

는 이투루프 섬과 그 위의 우르프 섬 사이를 국경으로 정했다. 이때까지 사할린 섬은 어느 나라 영토인지 자체가 다소 애매한 상태였다.

그 20년 후인 1875년 러-일 양국은 상트페테르부르크 조약에서 사할린 섬 전체를 러시아의 영토로 인정하고, 쿠릴 열도의 섬들은 모두 일본이 지배하기로 했다.

이런 상태에서 1904년 러일전쟁이 발발했고 1905년 7월 일본은 승리의 여세를 몰아 북위 50도선 이남의 사할린 섬 남부를 점령했다. 일본은 1917년 러시아 혁명 후 러시아가 내전상태에 있을 때인 1918년부터 1925년까지 7년간 섬 전체를 점령했던 적도 있다.

그러나 1945년 태평양전쟁 패전 후 일본은 사할린 남부와 쿠릴 열도의 모든 섬을 소련에 넘겨야 했다. 소련은 1951년 샌프란시스코 강화조약으로

이 지역에 대한 영토권을 확정했다.

일본은 지금도 쿠릴 열도 남쪽의 네 개 섬을 자국의 영토라고 주장하며 러시아에 반환을 요구하고 있다. 그러한 요구의 근거는 앞에서 말한 1855년 러일화친조약시 설정한 러-일 양국간의 국경이 쿠릴 열도 남쪽 네개 섬 바로 위였다는 데 있다.

사할린은 석탄 등 천연자원이 풍부한 곳이다. 사할린 대륙붕에는 방대한 양의 석유자원이 있다. 일본이 사할린 남부를 점령하고 있을 때 일제 식민지 하의 많은 조선인들이 탄광에 강제 징용되었다.

사할린 한인들의 한 맺힌 과거

사할린의 한인에 대한 최초의 기록이 담긴 책이 체호프가 사할린에 다녀와서 쓴 책『사할린 섬』이라는 것은 앞서 언급한 바 있다.

기록은 매우 간단하다. 체호프가 사할린에 갔을 때인 1890년 7월, 사할린 남부 서쪽 해안 마을 마우카(현재 이름은 홈스크)에서 세묘노프라는 러시아 상인이 다시마 채취사업을 하고 있었는데, 중국인 한국인 러시아인들이 거기에서 일하고 있었다는 내용이다. 또한 이 책 뒤쪽의 주석에 1880년의 자료에 마우카 주민의 구성이 유대인 3명, 러시아 군인 7명, 그리고 한국인, 아이누인, 중국인 등 700명이라는 것이다. 한국인의 구체적인 숫자는 나와 있지 않다.

사할린의 전체 인구는 제정러시아 말기인 1897년 러시아 제1차 인구조사 결과 2만 8천명이었다. 이 가운데 조선인은 67명이었다. 1897년 사할린에는 러시아인 7,000명에 죄수가 11,000명 있었다는 기록도 있다. 러시아는 19세기 후반부터 사할린에 유형수들을 보냈다. 유형수 가운데는 정치범들도 있었다. 사할린의 본격적인 개척은 유형수들에 의해 이루어졌다.

▲ 조선인들의 사할린 이동 경로

1905년 일본이 러일전쟁에 이겨 북위 50도 이남의 사할린 남부를 점령한 후부터 남사할린의 인구는 급격히 늘기 시작했다. 조선인의 숫자는 1920년대부터 차츰 늘기 시작해 태평양 전쟁이 발발한 1941년 무렵 크게 증가한다.

남사할린의 경우 1907년 약 2만명이었던 인구는 1941년 40만 6500명으로 20배 가량 늘어난다. 이 가운데 조선인의 수는 8천명이었다. 1920년에 실시된 인구조사 때 남사할린에는 934명의 한인이 있었다는 기록이 있다.

(『사할린 한인사』 69쪽, 아나톨리 쿠진, 한국 외대 지식출판원, 2014)

조선인은 1941년을 전후해 처음에는 자유(일반) 모집에 의해 사할린으로 왔다고 한다. 사할린의 임금 수준이 높았기 때문이었다. 큰 돈을 벌 수 있다는 거짓 선전도 한몫 했다. 그러나 차츰 반 강제적인 관(官) 알선 형태로 바뀌었다. 태평양 전쟁의 전선이 확대되면서 군수 산업을 가동하기 위한 석탄생산의 필요성 등이 커졌기 때문이다. 자연히 광부의 충원이 필요했다. 일제는 당시 식민지 조선에서 군 단위로 인원을 할당했다. 각종 압박에 못 이겨 가장이나 아들 중 하나가 반 강제로 사할린에 끌려갔다. 전쟁이 막바지로 치닫던 1944년 9월 이후에는 '국민징용령'을 근거로 길에 가던 젊은이들을 마구잡이로 트럭에 태워 끌고가는 강제징용으로 상황이 악화되었다.

이같은 강제 유입의 결과, 1945년 8월 일본 패망 무렵 조선인의 수는 4만 3천명으로 늘어나 있었다. 당시 남사할린 전체 일본인 주민 총수 41만 3천명의 10.4%에 달하는 숫자였다. 해방전 이중징용(일본은 이를 전환배치라고 한다)으로 사할린에서 다시 일본 본토로 끌려간 약 3천명은 여기 포함되어 있지 않다. 사할린에서 다시 가족들과 헤어져 군함도(하시마) 등으로 간 한인 광부들은 일본 패전 후 뱃길이 끊겨 사할린으로 돌아갈 수 없었다. 그들은 대부분 가족들을 다시 만나지 못한 채 더러는 한국에서, 더러는 일본에서 세상을 떴다.

일본인의 악행 - 사할린 한인 학살 사건

1945년 8월 15일 일왕 히로히토의 무조건 항복 선언에도 불구하고 일본의 항복 명령이 전선에 제대로 전달되지 않은 탓에 사할린에서는 8월 15일 이후에도 일본군과 소련군간의 교전이 계속되었다. 조국에서는 온 민족이 해방의 기쁨으로 들떠있을 때 사할린에서는 일본인들의 시퍼런 살의(殺意)가 우리 동포들의 주위를 감돌고 있었다. 그러다 마침내 1932년 관동대지진 때와 같은 조선인 학살 사건이 사할린에서도 벌어지고 말았다. 아직까지도 드러나지 않은 것들이 많지만, 알려진 사례 중 대표적인 것이 미즈호(현재의 이름은 포자르스코예) 학살사건과 가미시스카(레오니도보) 학살사건이다.

1. 미즈호 학살사건

일본의 항복선언 닷새 후인 1945년 8월 20일~22일(3일간) 사할린의 서부 해안 도시 홈스크에서 내륙으로 40km 가량 들어간 미즈호 마을에서 벌어진 일인들에 의한 한인 집단 살해 사건이다.

일본 히로시마에 원폭이 투하된 이틀 후인 8월 8일 그동안 일본과의 전쟁에 소극적이던 소련이 일본의 패망이 임박했음을 알고 뒤늦게 대일 선전포고를 하고 극동의 일본군에 대한 공격을 개시했다. 일본이 점령하고 있던 남사할린에서는 소련군이 북쪽에서 진격해오자 일인들이 공황상태에 빠졌다. 일인들은 마을별로 제대군인들과 마을 청년들로 의용전투대를 결성했다.

그런 상황에서 미즈호 마을에서 일인 의용전투대가 이 마을 한인 27명을 일본 군도와 죽창 등으로 무참하게 살해하는 끔찍한 사건이 발생했다. 살해된 27명에는 3명의 여성과 어린이 6명이 포함되어 있었다. 냉동창고에 갇혔다가 바다에 던져진 사람도 있었다. 이 마을에서는 일인들과 한인들이 함께 살아와 서로 잘 아는 사이였다. 그럼에도 불구하고 그 일인들이 어느 순간 야수로 변했던 것이다.

학살은 일본 헌병의 사주와 비호 아래 저질러졌다. 당시 일인들 사이에

▲ 포자르스코에의 한국인 피살자 27인 추
념비

는 '조선인들 속에 소련의 스파이가 많다' '조선인들이 소련군에 협력하여 일본인들에게 해를 입힐 것이다' '조선인들이 폭동을 일으키려고 한다'는 등의 유언비어가 깊숙이 퍼져있었다. 소련군 속에는 우리와 생김새가 비슷한 부랴트족 등 몽골계통의 군인도 있었고 러시아에 귀화한 고려인도 섞여있었다. 일인들은 사할린의 조선인들이 소련군 내의 그들과 내통한다고 의심했다.

미즈호에서의 참혹한 학살 사건은 자칫 역사 속에 그대로 묻힐 뻔 했다. 그런데 1946년 초, 이상한 소문이 소련 정보기관의 귀에 들어가기 시작했다. 1945년 8월 소련군이 사할린으로 진격할 당시 미즈호 지역 어딘가에서 일본 경찰들이 한인 몇 가족을 학살했다는 소문이다.

그같은 소문을 접한 방첩기관 스메르쉬의 고라쇼브 소령은 꼬레니프스키 소위에게 진상 조사를 지시했다. 일인들을 전범으로 처벌할 증거를 찾기 위한 것이었다. 꼬레니프스키 소위는 마침내 한국 출신 61세 농민 윤양원의 다음과 같은 증언을 듣는 성과를 올린다.

2월 말에 저는 지금 일하고 있는 어류 공장에서 미즈호 마을로 소를 사러 갔습니다. 그곳에는 한국 이름 채정환이라고 하는 친한 친구가 살고 있었습니다. 그런데 그 친구는 집에 없었고 대신 일본인 아내 사토 미사코시가 자기 남편은 이미 작년 8월에 없어졌다고 말했습니다. 우리 마을에서는 여자 혼자 사는 것이 일반적이지 않은지라 사람들은 그녀를 마오카의 다른 한인과 결혼시켰지요. 저는 때를 엿보다가 그녀에게 "당신이 재혼했는데 남편이 살아있으면 어떻게 하느냐"고 물었습니다. 그러자 그녀는 남편이 살해당했다고 고백했습니다. 8월에 러시아인들이 마오카에 상륙했을 때 일본헌병의 명령에 따라 미즈호 마을의 모든 한인들이 살해 당했다고 했습니다. (『사할린 미즈호 마을의 비극』, 꼰스딴찐 가쁘넨코 지음, 장한나 번역, 새문사, 2015)

▼ 유즈노사할린스크에 있는 구 일본 총독부 건물. 현재는 향토 박물관

스메르쉬는 마침내 1946년 6월 학살 가담 일인 18명을 전원 체포해 전범 재판에 회부했다.

이 가운데 7명은 1947년에 블라디보스토크에서 총살형에 처해졌고, 11명 중 2명은 시베리아 수용소에서 사망, 나머지는 약 10년간 시베리아 유형 후 일본으로 송환 된 것으로 전해진다.

포자르스코에 지역의 도로에서 북쪽으로 조금 들어간 나지막한 언덕에 1996년 대한민국 사단법인 해외희생 동포 추념사업회가 세운 '한국인 피살자 27인 추념비' 가 서있다. 비 뒷면에는 다음과 같은 설명이 적혀있다.

1945년 8월 20일부터 22일까지 3일간 뽀쟈르쓰코에서 일본인들이 제2차 세계대전에 패망한 분풀이로 곧 진주할 소련군에 협력하여 일본인들에게 해

▼ 유즈노사할린스크에 있는 한인문화센터

를 입힐 가능성이 있다는 이유로 한국인 27인을 학살한 천인공노할 만행을 기억하며 희생 당한 동포 영령들을 위령하기 위해 비를 세운다. 우리 모두 과거를 영원히 기억하고 전쟁의 허망을 깨닫고 인류 평화를 애호하며 희생자들의 명복을 빌자. 서기 1996년 8월 3일

2. 가미시스카 경찰서 학살사건

이 사건 역시 1945년 8월 18일, 북위 50도 소련과의 사할린 국경 바로 아래 포로나이스크 지역 가미시스카(현재 이름은 레오니도보)경찰서에서 발생한 조선인 집단 학살사건이다.

소련이 8월 8일 일본에 대해 선전포고를 한 후 탱크를 앞세워 남사할린으로 쳐내려오자, 최북단 군사도시인 가미시스카 지역의 일본군경과 일인들은 급격히 혼돈상태로 빠져들었다. 일본군은 8월 17일 지역내 모든 주요 시설에 대한 파괴를 결정하고 일본인 주민들에게는 안전한 곳으로 대피하라는 명령을 내렸다.

그런 한편으로 일본 헌병과 경찰은 '조선인들이 소련군과 내통한다'는 유언비어에 따라 의심스럽다고 여겨지는 조선인들을 체포해 경찰서 안에 가두었다. 체포된 조선인은 18명에 달했다. 대부분 영문도 모르고 잡혀온 사람들이다. 일부는 일본군의 시설에 대해 잘 아는 사람들이었다는 이야기도 있다.

소련군과 부딪히기 전에 급히 피신해야했던 일본 경찰은 8월 18일 경찰서 유치장에 갇혀있는 조선인 18명을 무참하게 살해하고 증거인멸을 위해

시신을 불태웠다. 상부의 지시 없이는 저지를 수 없는 일이었다.

당시 사할린에서 살아나와 지난 2014년 한국에서 세상을 떠난 김경순 씨는 이날 아버지와 오빠를 잃었다. 기록에 따르면 김경순 씨는 당시 상황을 이렇게 증언했다.

"일본 놈들이 조선인들을 잡아다 죽이고 도망가면서 온 동네에 다 불을 놨어. 우리 집에도 불을 놓고, 그냥 있다가는 남은 우리까지 다 학살당할 것 같아서 일본 사람들 속에 섞여서 도망나왔지. 엄마랑 동생을 데리고. 그리고는 오도마리(코르사코프)로 가서 일본 가는 배를 탄 거야." (『사할린』, 최상구, 미디어 일다, 2015)

그야말로 구사일생으로 홋카이도에 도착한 김경순 씨 가족은 기차를 타고 아오모리로 간 뒤 아오모리 항에서 부산으로 귀국했다.

김경순 씨는 한-소(러) 국교 재개 후 유골이라도 찾을까 하여 당시 학살 현지를 가 보았으나 아무 것도 찾을 수 없었다.

김경순 씨는 사할린 레오니도보 마을에 피맺힌 심정으로 다음과 같은 내용의 추모비를 세웠다.

"1945년 8월 17일 일본헌병은 나의 아버지 김경백(53세)과 오빠 김봉재(18세)를 체포하여 다음날 다른 조선인 수십 명과 함께 경찰서에서 살해하고 불태웠다. 그분들의 영혼을 위로하고 1945년 일본군국주의자들에 의해 자행된 악행을 전 세계에 알게 하기 위해 이 비를 세운다. 1992년 8월, 김경순, 대한민국"(비 문 속에는 날짜가 8월 17일로 하루 다르게 적혀있다.)

사할린 동포들에 대한 일인들의 이같은 학살만행은 그로부터 13년 전 인 1932년 관동대지진 때의 조선인들에 대한 대규모 학살 사건의 연장선에 있다고 할 수 있다.

1932년 9월 1일 일본 도쿄와 요코하마 일원인 관동지역에서 발생한 관 동대지진 때 14만명의 사망자를 포함 40만명의 사상자가 발생했다. 이때 일인들 사이에서 '조선인이 우물에 독을 넣었다', '혼란을 틈타 곳곳에 불 을 지르고 있다' '폭동을 일으키려고 한다'는 등의 유언비어가 급속하게 퍼졌다. 일본 전역에 자경단이 만들어졌고, 조선인 사냥이 벌어져 6천 6백

▼ 사할린 남부 코르사코프 항구 위 망향의 언덕에 서있는 '일본 군국주의에 의한 한인 희생자 위령탑'

명 이상의 조선인이 영문도 모른 채 일본도와 곤봉, 죽창 등으로 살해되었다. 이와 같은 판박이 조선인 학살사건이 일왕의 항복 선언 직후 사할린 곳곳에서 일인들에 의해 자행되었던 것이다.

일본은 패전 후 사할린 철수 대상에서 조선인을 배제시켰다. 동포들은 고향으로 돌아가기 위해 남쪽 코르사코프 항까지 갔지만 일본은 조선인을 배에 태우지 않았다. 당시 남사할린을 점령한 소련은 일본인의 본토 귀환에 따른 사할린의 노동력 부족을 우려해 일본의 조선인들에 대한 그같은 처사를 방관했다는 설도 있다.

코르사코프 망향의 언덕의 위령탑

사할린 동포의 70% 가량은 고향이 경상도나 전라도 등 남한쪽 사람들이었다. 동포들은 귀향할 날을 기다리며 무국적 상태로 오랜 세월 고난의 삶을 이어갔다. 한국과 소련이 국교를 수립할 때(1990년)까지 해방 후 무려 45년이라는 세월이 걸렸다. 코르사코프 항이 내려다보이는 망향의 언덕에 2007년 세워진 '일본 군국주의에 의한 한인 희생자 위령탑' 아래에는 서울대 김문환 교수가 지은 다음과 같은 글이 검은 돌 위에 새겨져있다.

1945년 8월, 애타게 그리던 광복을 맞아

동토의 사할린에서 강제노역하던 4만여 동포들은

고국으로 돌아가기 위해

이 코르사코프 항구로 몰려들었습니다.

그러나 일본은 일본 국적이 아니라는 이유로

이 분들을 내버린 채 떠나가 버렸습니다.

소련 당국도

혼란상태에 있던 조국도

이들을 돌보지 못했습니다.

——(중략)——

조국이 해방되었어도

돌아갈 길이 없어

아직도 서성이는 희생동포들의 넋을

조국으로, 세계로 자유롭게

모시라는 뜻을 모아

이 '망향의 언덕'에

단절을 끝낼 파이프 배를 하늘높이 세웁니다.

(주: 위의 글에서 '일본 국적이 아니라는 이유로'는 '일본 호적이 아니라는 이유로'로 해석해야 할 것 같다. 당시 일본은 일본 호적에 등재된 사람만을 일본인으로 간주하여 조선인을 제외했기 때문이다.)

영화 <군함도>와 <박열>

지난 2017년에 개봉된 영화 <군함도>와 <박열>은 일제하에서 우리 민족이 겪은 비참한 현실을 다루고 있다. 사실과 허구가 섞여있지만, 식민지 백성으로서 우리 민족이 당한 고통의 일단을 영상을 통해 보여주고 있다

▲ 부모님 묘에 절하는 동포 가족

는 점에서 제작자의 노력에 박수를 보내고 싶다. 역사를 모르고 역사에서 배우지 않는 민족에게 미래는 없는 것이다. "일본군국주의자들에 의해 자행된 악행을 전 세계에 알게 하기 위해 이 비를 세운다"고 사할린의 추모비에 새긴 학살 희생자의 딸 김경순씨의 한(恨)을 우리는 또한 기억해야 한다.

나는 체호프의 자취를 찾아 사할린에 갔지만, 그곳에서 1945년 일본의 항복 선언 직후 일본 군경과 일인들에 의해 무참하게 학살된 동포들의 위령비를 보고 참담한 심정이었다. 강제 징용되어 그곳에 갔다가 해방 후에도 수십 년간 돌아오지 못하고 불귀의 객이 된 동포들의 서러운 사연 또한 가슴에 깊이 안고 돌아왔다.

8·15 광복절 연휴를 이용해 짧은 일정으로 사할린에 갔던 것인데 마침

동포들은 8·15를 추석으로 쇠고 있었다. 여건상 음력 8월 15일을 챙기기 어렵기 때문이었다.

귀국하던 날인 15일 유즈노사할린스크 공동묘지에 가서 많은 동포들을 만나고 그들이 성묘하는 모습도 보았다. 묘 앞에 작은 음식상을 차리고 러시아 며느리와 함께 절을 하는 가족도 있었다. 묘지의 주인공들은 대부분 고향을 그리워하다가 귀향의 꿈을 이루지 못하고 이곳에 잠든 분들이다. 슬픔을 느끼지 않을 수 없었다. 묘지는 모두 쇠 울타리로 둘러싸여 있다. 러시아식이다.

사할린은 가깝게 있지만, 왠지 멀게 느껴져 우리나라 사람들이 자주 찾지 못하는 곳이다. 그러나 그곳까지 직행으로 오가는 국적기가 있으므로 마음만 먹으면 언제든 쉽게 갈 수 있다. 사할린에 가 보면 그곳이 우리와 얼마나 가까운 곳인가를 금세 느끼게 된다.

관광지로 좀 더 개발이 된다면 섬으로서의 운치도 있을 뿐 아니라 과거 우리 민족의 슬픈 근대사를 기억하는 역사 탐방지로서의 가치도 있는 곳이라는 생각이 들었다.

(*사할린 여행에는 문승용 화백이 동행했다.)

일본의 항복선언 후 무국적자로 방치된 사할린 동포

역사에서 가정이란 다 소용없는 일이지만, 일본의 항복선언이 일주일만 빨랐다면 남북분단이라는 비극은 없었을 것이다.

한반도가 남북으로 분단된 것은 태평양전쟁 막바지에 소련이 패망해가는 일본에 선전포고를 함으로써 승전국이 되었기 때문이다. 소련의 참전은 일본의 8.15 항복선언 꼭 일주일 전인 1945년 8월 8일이었다. 참전을 선언한 소련군이 파죽지세로 남하할 경우 한반도 전체가 소련측에 넘어가는 것은 시간문제였다. 소련군은 대일 선전포고 3일 후인 8월 11일 두만강을 넘어 북한에 진입하고 있었다.

당장 한반도에 미군을 보낼 수 없었던 미국은 일단 소련군의 남하를 저지할 필요를 느꼈다. 미국은 8월 10일 대통령 직속 최고안보기구였던 SWNCC(국무부, 육군부, 해군부 3부 조정위원회)를 열어 그 대처방안을 협의했다.

위원회는 딘 러스크 대령과 찰스 본스틸 대령에게 방안을 마련토록 했는데, 이들이 소련의 남하를 저지할 수 있는 적절한 선으로 택한 경계가 38도선이었다.

미국의 제안은 일본의 항복 선언 하루 전인 8월 14일 소련측에 전달됐고 소련은 이를 즉각 수락했다. 일본의 히로시마(8월 6일)와 나가사키(8월 9일)에 원자폭탄을 투하한 미국의 위력을 본 소련은 미국의 제의에 이의제기를 할 생각을 못했을 것으로 보인다. 38선은 그렇게 그어졌고, 6.25 전쟁 후 휴전선으로 대체되어 오늘날에 이르고 있다.

미군은 소련군이 북한을 완전히 장악한 9월 8일에야 인천항을 통해 남한에 들어왔다. 미군과 소련군은 승전국의 군대, 즉 점령군으로 남북한 지역에 들어왔다. 이들의 주된 목표는 조선에 주둔하고 있던 35만에 달하는 일본군의 무장해제와 치안유지였다. 일본군의 수가 그렇게 많았던 이유는 만주의 관동군이 최후 항전을 위해 조선반도로 이동했었기 때문이다.

미군과 소련군은 일본의 입장에서는 점령군이요, 우리 민족의 입장에

▼ 해방전 미군 본스틸 대령이 벽걸이 지도위에 그린 38선 모습

서는 우리를 일제의 압제에서 해방시켜준 해방군이었다.

당시 38선 획정에 관여했던 딘 러스크 대령은 후일 국무장관까지 올랐고, 본스틸 대령은 그 후 주한미군사령관을 지냈다.

일본이 일주일만 일찍 항복을 했더라면 소련이 막바지에 참전할 여지가 없었을 것이다. 그랬다면 한반도는 분단 없이 온전히 해방이 됐을 것이다. 6.25 전쟁도 없었을 것이고, 오늘날까지 민족이 남북으로 갈리어 극심하게 대립하고 반목하는 일도 없었을 것이다. 안타까운 일이 아닐 수 없다.

어떤 자료를 보면 소련은 당시 미국에 일본 홋카이도의 분할을 제의했었다고 한다. 자신들의 땅이었던 남사할린을 되찾고, 홋카이도를 미국과 나누어 점령하자는 제안을 했다는 것이다.

▼ 사할린과 쿠릴열도 위치도(구글지도)

미국이 38선을 제안한 데 대해 소련이 홋카이도 분할 점령을 제안한 것인지는 확실하지 않다. 아무튼 종전 후 소련은, 러일전쟁 이후 40년간 일본이 점령하고 있던 남사할린을 되찾고 쿠릴열도의 모든 섬을 차지했다. 그러나 홋카이도를 미국과 나누지는 못했다.

쿠릴열도는 캄차카 반도에서 일본 홋카이도까지 길게 늘어선 56개의 크고 작은 섬들을 말한다. 길이는 약 1300km에 달한다.

제정러시아 시절인 1875년 러시아와 일본은 상트페테르부르크 조약에서 사할린섬 전체는 러시아가, 쿠릴열도의 섬 전체는 일본이 지배하기로 했었다.

그러나 일본은 러일전쟁 승리의 대가로 사할린섬의 절반을 차지했고, 쿠릴열도 전체 역시 그들의 지배하에 있었다.

1945년 일본 패망 후 사할린 남부는 물론 쿠릴열도의 섬들도 그처럼 전부 소련의 수중에 들어갔다. 일본은 지금도 여전히 쿠릴열도 남쪽 네 개 섬의 영유권을 주장하고 있다.

1945년 종전 당시 본스틸 대령이 그렸다는 지도를 보면 쿠릴열도는 미국측이 점령하는 것으로 그려져있다. 그런데 그것이 소련쪽으로 넘어간 것을 보면, 홋카이도를 분할하지 않는 대신 쿠릴열도 전체를 소련에 넘겨준 것이 아닌가 하는 생각도 든다.

한편, 해방 후 사할린의 우리 동포들은 무국적자가 되어 말할 수 없는 고난을 겪었다. 본문에서 말한 것처럼, 해방 당시 사할린에는 4만 3천 여명의 우리 동포가 살고 있었다. 그런데 전쟁에서 패망한 일본은 소련군이 남사할린에 진주한 후 일본인 본국 송환이 시작됐을 때 일본 호적의 일본인만 귀국시키고, 조선 호적의 일본인이었던 우리 동포는 일본으로 가는 배에 태우지 않았다. 전쟁이 끝나면서 조선인들의 일본 국적이 상실되었다는 이유를 댔다. 한편으로는 조선인이 대거 일본 본토로 들어올 경우 사회

▲ 사할린 한인 이중징용 피해 광부 추모비. 한인 문화센터 앞

적 문제를 야기할 수 있다고 보았기 때문이다. 용케 일본인 틈에 섞여 빠져나간 사람들도 있었지만, 대부분의 동포들은 사할린에 그대로 방치됐다.

더욱이 해방과 동시에 한반도에는 38선이 그어져 남북이 갈리고, 분단 5년 후 소련과 중국의 승인과 지원을 등에 업은 북한의 불법적인 기습 남침으로 한반도에서는 3년 넘게 전쟁의 포성이 계속됐다. 수백만의 사상자를 낸 우리 민족 최대의 비극이었던 6·25가 끝난 후에는 동서 냉전으로 인해 대한민국과 소련의 적대적 관계가 계속되는 바람에 정부에서도 오랫동안 사할린의 우리 동포들을 챙기지 못했다. 사할린 동포들 중에는 남한으로 돌아가기를 원하는 사람들이 많았는데, 그 이유는 경상도 전라도 등 남부 출신이 많았기 때문이다.

한-러 관계가 개선된 후인 지난 2000년을 전후해 대규모 사할린 한인 송환이 시작되면서 그동안 동포 1세를 위주로 약 3700명의 사할린 동포가 귀국해 정착했다.

사할린에는 현재 2만 5천명 가량의 동포가 살고 있다. 이는 사할린 전체 인구 50만명의 5%에 해당하는 수이다. 러시아인 다음으로 많은 숫자다.

역사의 격랑에 휩쓸려 오랜 세월 고통의 삶을 살아 온 사할린 동포 등 해외의 우리 동포들에 대해 우리 정부와 국민이 늘 관심을 가져야 할 것이다.

제6부

천산산맥, 신장 중천산(中天山) 초원 기행

▲ 신장 위구르 자치구 위치(구글지도)

신장(新疆) 중천산(中天山)이란 중국 서부 신장위구르자치구의 남북 두 갈래로 이어지는 천산산맥(千山山脈)의 산맥과 산맥 사이 중간지역을 일컫는다. 길을 가다 보면 드넓은 초원 양 편으로 산정(山頂)이 만년설에 덮여있는 산들이 도열을 하고 있다. 천산산맥이 아래 위로 흐르고 있기 때문에 그 가운데를 중천산이라고 하는 것이다.

신장 중천산 여행은 2013년 7월 20일부터 28일까지 진행됐다. 여느 때와

▼ 신장의 초원

마찬가지로 매일매일 강행군의 연속이었다. 일행은 청주의 포토클럽 '10인 10색 청평포토' 회원들이다. 신장은 중국어 발음이며 우리말로는 신강으로 읽는다. 여기서는 중국어인 신장을 사용한다.

중국에서 가장 큰 성(省)

중국 북서쪽에 위한 신장위구르자치구는 면적이 166만km²로 중국에서 가장 큰 성(省)이다. 몽골보다 조금 더 크다. 중국 전체 면적의 6분의 1을 차지하며 한반도 남북면적(22만km²)의 7.5배. 인구는 2500만 가량이다.

대륙의 중앙에 위치한 복잡한 지정학적인 위치로 인해 민족 구성이 다양하다. 그래서 신장위구르자치구는 그야말로 민족박물관이라고 말하는 이들도 있다. 중국이라고는 하지만 이국적인 소수민족들이 많이 살고 있

▼ 천산산맥

으므로 중동지역 어느 나라에 와있는 것 같은 착각을 불러일으킨다.

신장은 원래 위구르인의 땅으로 불렸다. 그러나 지금은 한족, 위구르족, 카자흐족, 회족, 몽골족, 키르키즈족 등 다양한 소수민족들이 섞여 살고 있다.

위구르인, 카자흐인, 몽골인

신장에서 처음 본 위구르인들은 남녀 모두 인물이 좋았다. 수염을 길게 기른 노인들은 품위가 있었다. 젊은 여인들의 미모도 눈길을 끌었다. 얼굴 모습이 서양인에 가까운 동양인이라고 할까.

카자흐인은 중국식 발음으로는 하사크인으로 불리는데 대체로 갸름하고 남자들은 용맹하게 생겼다. 위구르인들이 주로 농사를 짓는 것과 달리

▼ 전통 모자를 쓴 위구르 노인

카자흐인들은 유목생활을 많이 한다.

몽고자치주도 있었는데, 이곳의 몽골인은 과거 13세기 칭기스칸의 차남 차가타이가 지배하던 지역에 남아있던 몽골인들의 후손들이란다. 1200년대 세계 최대의 제국을 세운 칭기스칸은 아들들에게 정복지를 분할해 주었는데 둘째인 차가타이에게는 지금의 중동지역을 포함한 서역(현재의 신장지역을 포함)의 광대한 땅을 주었다. 그 후손들이 이 지역에 남아있다는 얘기였다.

유목민의 주식 '낭'(Nan)

7월 24일 나라티 공중초원에 갔을 때, 그 초원의 주인은 카자흐족이었다. 소나기가 내리다 그친 후 무지개가 떴다. 타고가던 지프에서 급히 내렸

▼ 화덕에 낭을 굽고 있는 유목민들(나라티 초원)

는데, 무지개는 금세 희미해지고 있었다. 마침 길가에 카자흐족 여인이 집 앞 옥외 화덕에 이 사람들의 주식인 둥근 빵을 굽고 있는 모습이 보였다. 빵의 이름은 낭(또는 난)이다. 속이 항아리처럼 생긴 둥근 화덕의 벽에 밀가루로 반죽하여 둥글게 만든 낭을 붙이고 있다. 가운데는 얇고 가장자리는 두툼한데 크기는 우리가 시장에서 보통 보는 빈대떡만 하였다. 카자흐인 등 유목민들의 주식이며 농사를 주로 짓는 위구르인의 주식이기도 하다.

이 집 앞에는 당시 나와 이정호 사진작가, 그리고 가이드 K모 씨 셋뿐이었다. 사진만 찍고 오기 미안하여 낭을 몇 개 샀다. 하나에 10위안 달라고 했다. 10위안이면 1800원이다. 우루무치에선 보통 5위안 한다고 했다. 7일째인 7월 26일 꿍나이스에 갔을 때 보니 길가에서 3위안에 팔고 있었다.

꿍나이스 길가에서 낭을 팔고 있는 이들은 위구르인이었다. 자기 집 앞

▼ 길가에서 갓 구운 낭을 팔고 있다

인 듯 했다. 집은 매우 허름하였으나 사람들의 인물은 모두 훤했다.

카자흐인, 위구르인들은 이 낭을 말려서 먹기도 하고 차에 넣어 먹기도 한단다. 낭은 고래로부터 유목민이 먹는 빵으로 불렸다.

원래 중앙아시아에서 유래한 음식인데 이슬람교가 신장에 들어오면서 낭도 같이 들어온 것으로 알려져 있다. 우리는 양고기 같은 내용물이 들어 있는 낭은 보지 못했는데, 낭도 내용물에 따라 이름이 다르며 크기도 다르다고 한다. 우리가 몇 번 맛 본 것은 아무 것도 들어있지 않은 조금 딱딱한 맨 빵이었다. 밀가루에 약간의 소금물과 효모를 섞어 숙성시켰다가 구워낸다고 했다. 따뜻할 때 먹으면 참 구수하다.

양꼬치 구이

신장지역에서 가장 유명한 요리 중 하나인 양꼬치구이를 언급 안 할 수 없다. 7월 26일 오후 꿍나이스 장터 옆 천막 식당에서 금방 구워낸 꼬치를 맛보았다. 굽기 전 고기에 뿌리는 양념과 향신료의 종류에 따라 맛이 다르다고 하여 우리는 소금과 고추를 넣으라고 했는데, 가져온 뒤 맛을 보니 짜고 매웠다. 현지인들이 먹는 모습을 보니 낭을 접어 그 사이에 구운 양꼬치를 넣어 샌드위치처럼 먹었다.

다음날 우루무치 공항 앞 식당에서는 소금만 친 양꼬치 구이를 먹었다. 나는 별로 불편하지 않았는데, 대체로 우리 일행에게 양꼬치 구이는 별로 구미에 잘 맞는 음식은 아닌 듯 했다.

▲ 양꼬치 구이와 청포도

납작한 복숭아 판타오(蟠桃)

첫날 일정을 시작하며 목적지인 싸이리무호 호수로 가던 중 가이드가 도로변에서 산 판타오는 일행이 모두 처음 보는 과일이었다.

도넛처럼 둥글납작하게 생긴 복숭아인데, 아마도 7월에 나오는 과일인 듯 했다. 우리나라 복숭아도 7월부터 나오니 비슷한 시기이다. 우리는 판타오를 납작복숭아라고 불렀다.

판타오 복숭아는 우리가 흔히 먹는 복숭아와 맛이 별로 다르지 않았다. 다만 우리 복숭아의 경우 단단하면 단맛이 적은데 이 판타오 복숭아는 단단하면서도 단맛이 제법 있었다. 단단하니 즙이 흐르지 않아 먹기에 좋았으므로 우리 일행은 판타오를 미니버스 안에 두고 여행 내내 디저트

▲ 도넛처럼 생긴 복숭아 판타오

삼아 먹었다.

7월 21일에 세 박스를 사서 27일까지 먹었으니 일주일 동안 내내 먹은 셈인데 단단함을 꽤 오래 유지하는 것 같았다.

7월 26일 시장에서 산 적이 있는데, 1킬로그램에 중국 돈 15위안(한화 =2700원)을 받았다. 판타오는 근년에 우리나라에서도 판매되는 것을 보았다.

하미과(哈密瓜)와 수박

신장은 원래 과일로 유명한 지역이다. 물론 7월부터 9월까지 여름 한 계절이지만 이곳 특유의 건조한 기후 덕에 과일의 당도가 높아 최고의 맛을 자랑한다는 것이다.

신장의 과일 가운데서 우리 일행의 관심은 단연 과거 황제에게 진상되었다는 하미과에 있었다. 얼마나 달고 맛있길래 운반도 불편하였을 그 옛날에 황궁에까지 보내졌을까.

우리는 길옆 과일 가게에서 하미과 10여개를 사서 차에 실어놓고 시간 될 때마다 꺼내 먹었다. 하미과는 우리가 알고 있는 멜론의 한 종류이다. 이것 역시 우리가 보통 보는 둥근 멜론보다는 과육이 비교적 단단하여 먹기에 좋았

▲ 수박과 노란색의 하미과

고 맛도 훌륭했다.

신장에 가기 전에 내가 사진으로 본 하미과는 타원형의 노란색이었는데, 수박색도 있고 누런 바탕에 얼기설기 흰 무늬를 띤 것도 있었다. 수박도 둥근 것, 갸름한 것, 여러 종류인 것처럼 하미과도 여러 종류라고 했다. 크기는 럭비공만 했다. 거리마다 과일 노점상이 자주 눈에 띄었다. 주로 하미과, 수박, 복숭아가 많았다.

수박 역시 신장이 유래 깊은 산지이다. 중국어로 수박을 시과(西瓜)라고 한다. 서쪽에서 온 박과 과일이라는 뜻이다. 그 서쪽이 바로 옛날의 서역(西域), 지금의 신장지역이라고 가이드는 설명했다.

청포도

신장은 청포도로도 널리 알려진 곳이다. 우루무치 동쪽에 있는 투르판 지역이 청포도 산지로 유명하다. 우리 일행은 청포도를 꿍나이스에서 양 꼬치 구이 먹을 때 조금 맛보았다.

신장 사람들은 하미과, 수박, 참외, 포도 등 과일을 식량더미 속이나 모 래 속에 저장하여 겨울에도 즐긴다고 한다.

신장 국수, 스파게티의 원조인가?

이탈리아의 스파게티가 중국의 짜장면을 모방한 것이라는 얘기를 들어 보신 분들이 많을 것이다. 마르코폴로가 중국에서 배워 가서 전파한 것이 라고 농반 진반으로 말하곤 한다.

그런데 신장에서 일반적으로 먹는 국수를 보니 모양이 스파게티와 꼭 닮았다. 마르코폴로가 정말 여기서 배워간 것일까? 국수의 굵기도 딱 스파 게티만한데 더 쫄깃쫄깃 하다. 국수위에 얹는 소스의 내용이나 색깔도 스 파게티와 비슷해 보였다.

다만 이탈리아식은 토마토 소스, 크림 소스에 소고기, 조개, 해산물, 치 즈 등 여러 가지가 들어가지만 신장식에는 해산물은 없고, 주로 양고기에 피망처럼 보이는 야채가 들어있었다. 고기가 들어있는 소스가 접시에 따 로 담겨져 나오는데 면 위에 소스를 붓고 비벼 먹었다. 평이 대체로 괜찮았 다.

21일 우르무치에서 싸이리무호로 가던 중 점심으로 국수를 먹은데 이

어 22일 싸이리무호에서 자오쑤로
가다가 점심을 먹기 위해 들른 식당
도 국수집이었다. 식당 주인은 회족
(回族)이었다. 가이드가 주문한 국
수를 먹었는데 모양은 전날 먹었던
것과 비슷했지만 약간 매웠다.

우리가 먹은 국수의 이름이 무엇
이냐고 물었더니 벽에 커다랗게 써
놓은 메뉴판을 가리키며 라즈로우
빤몐(辣子肉拌面, 랄자육반면)이라고
가르쳐주었다. 음식에 랄(辣)자가

▲ 쫄깃한 신장국수를 먹고있는 김명희 작가

들어가면 맵다는 뜻이다. '신랄하게 비판한다'는 그 '신랄(辛辣)'의 랄이다.
가이드가 한국인들이 매운 것을 좋아하니 매운 면을 시킨 것 같았다.

신장의 소수민족은 회교도가 많다. 회교도는 돼지고기는 일체 안 먹는
다. 양고기가 주된 육류여서 길거리에서 양고기를 걸어놓고 파는 풍경을
자주 볼 수 있었다.

초원

신장위구르자치구는 높은 산악지역과 초원과 사막을 함께 갖고 있는
광대한 지역이다. 쉽게 구분하기를 신장의 가운데를 동-서(실제로는 남서에서
동북방향)로 가로지르는 천산산맥 북쪽은 초원지대요, 남쪽은 사막지대라

고 말한다. 초원은 해발이 높은 분지 같은 지형에 형성되는 것이므로 신장의 초원은 천산산맥의 품에서 생겨난 것이라고 해야 할 것 같다.

신장여행에서 본 본격적인 초원은 카라준과 나라티 초원이다. 빠인부르크도 초원지대지만 구곡십팔만으로 더 유명하다. 초원들은 모두 천산산맥의 해발 2000m 이상의 고지대에 형성돼있다. 카라준 초원은 세계문화유산으로 등재되었다고 하며, 나라티 초원은 세계 4대 초원의 하나로도 불린다.

우리가 이번 여행에서 관심을 가진 것은 설산과 초원이었다. 몽골 출사 때 초원은 많이 봤다. 그러면 신장의 초원은 어떤 모습이며 그곳의 사람들은 과연 어떻게 살고 있을까? 날짜별로 다시 돌아본다.

▼ 신장성 중천산 지역 여행(구글지도)

7월 21일, 싸이리무호로 출발

설산과 초원을 보기 위하여 출발한 첫 목적지는 신장 서쪽 끝 카자흐스탄 가까이에 있는 고산 호수 싸이리무호였다. 싸이리무호는 몽골어로 '산 위의 호수'라는 뜻이란다. 신장 지역은 과거 몽골제국의 지배를 받던 땅이어서 아직도 몽골 이름이 붙은 지명이 많다. 우루무치도 '아름다운 목장'이라는 몽골말이라고 한다.

싸이리무호는 우루무치에서 500킬로미터 거리에 있다. 도중에 붉은 진흙색 구릉이 겹겹이 펼쳐져있는 마나스 아단지모의 풍광을 촬영한 후 길가 식당에서 신장 쟁반국수로 점심식사를 한 것 외에는 거의 쉬지 않고 달려 싸이리무호에 도착했다.

우루무치 자금호텔에서 오전 9시 5분에 출발하여 싸이리무호에 도착

▼ 싸이리무호의 아침

해 시계를 보니 밤 10시 06분이었다.(*중국은 단일 시간대여서 서쪽의 오후 10시는 실제 저녁 8시 정도임) 13시간을 더 온 것이다. 해가 저물어 어둠이 내리고 있었다. 호숫가에서 차에서 내렸는데, 쌀쌀하고 바람이 매우 거셌다. 모두 바람막이를 꺼내 입었으나 추위를 이기지 못하고 금세 차로 돌아왔다.

해발 2072미터에 위치한 싸이리무호는 수심이 100미터나 되는 깊고 큰 호수다. 호수변 여기저기에 철조망이 쳐져 있었다. 이곳은 카자흐족 유목민 지역인데 호숫가에 함부로 방목을 못 하게 하기 위해서라고 했다. 인공의 제약이 여기저기 많이 눈에 띄어서 맘에 걸렸다.

원래는 싸이리무호에 도착해 일몰을 찍을 계획이었다. 그러나 이미 해가 져버린데다가 하늘이 잔뜩 흐려 호숫가를 잠시 둘러보는 것으로 만족해야했다.

그런데 문제는 그 다음에 발생했다. 버스가 호숫가에서 호텔로 출발할 때 날은 이미 완전히 어두워졌고 비까지 내리기 시작했다. 20분이면 간다고 했는데 안개가 점점 짙어지기 시작한다.

천천히 조심조심 가던 차가 급기야 멈춰 섰다. 짙은 안개 때문에 시야가 전혀 확보가 안 된다는 것이었다. 우리는 완전히 안개 속에 갇혀버렸다. 한 발짝도 나갈 수가 없는 상태가 되었다. 우째 이런 일이… 산중의 날씨가 변덕이 심하다고는 하여도 이처럼 갑작스런 짙은 안개로 인해 차를 세워야 할 정도의 사태는 처음 당해보는 것이어서 모두 당황스러워했다. 비는 계속 세차게 내렸다. 어두움과 안개에 갇혀버린 어이없는 상황에 모두 할 말을 잊었다.

그때 마침 호텔 측과 전화로 연락이 닿았다. 안개가 조금씩 걷힐 무렵 호텔차가 버스가 있는 곳으로 와서 우리를 안내했다. 우리 일행의 첫날 일정은 이처럼 험한 상황 후에 마무리 되었다. 호텔에 도착하니 11시 12분이었다. 늦은 시간이었지만 식당에 밥이 남아있어 후다닥 저녁 식사를 하고 잠자리에 들었다.

7월 22일, 천산북로의 마지막 도시 자오쑤

이튿날인 22일(월). 새벽 5시에 기상. 4성급 호텔이라는데 전기가 들어오지 않았다. 플래시 불빛으로 옷을 챙겨 입고 밖으로 나갔다. 호텔에서 20분 가량 걸려 싸이리무호에 가서 일출촬영을 시도했으나 구름으로 실패.

▼ 트럭에 싣고 온 노과를 흥정하고 있다

모두 잔뜩 긴장하여 한겨울 차림으로 나갔기 때문에 추위에 떨지는 않았다. 아침기온은 10도 가량이었다고 한다. 아침 공기가 상쾌하기 이를 데 없었다. 일출촬영은 실패했지만, 호수주변의 야생화는 실컷 찍었다. 고산에만 자라는 에델바이스도 지천으로 피어있었다.

다시 호텔로 돌아가 아침을 먹고 9시 30분에 자오쑤를 향해 출발했다.

산중 도로는 비교적 잘 정비되어 있었다. 비가 계속 오락가락했다. 오전 11시 50분쯤 이닝 도심을 지났다. 자오쑤는 인구 50만명의 카자흐족 도시다. 천산북로의 마지막 큰 도시로 카자흐스탄으로 가는 길목에 있다.

도중에 수박과 멜론을 접붙인 '노과'라는 과일을 대형 트럭에 싣고와 파는 장면이 눈에 띄어 차를 세우고 열심히들 셔터를 눌러댔다. 다시 갈 길을 재촉했다.

▼ 백양나무 가로수길의 과일 노점상

가로수는 대부분 백양나무였다. 자작나무처럼 길쭉하게 생겼는데 물론 자작나무보다 훨씬 굵고 높이 자라 바람막이 나무로 제격이란다.

앞서 말한대로 회족이 주인인 식당에서 두 번째로 신장식 매운국수를 먹고 2시 30분 식당을 출발했다.

자오쑤의 호텔로 들어가기 전에 이 지역 곳곳에 펼쳐져있는 드넓은 유채밭과 멀리 있는 설산을 카메라에 담았다.

7월 23일, 카라준 초원

다음 날인 23일. 대초원으로 유명한 카라준을 방문하기 위해 터커스로 출발했다. 터커스는 멀지 않았다. 호텔에 여장을 푼 뒤 호텔 식당에서 점심을 먹고 대기하고 있던 두 대의 지프에 분승해 카라준으로 향했다. 그런데

▼ 카라준 초원의 카자흐인 유르트

문제가 또 발생했다. 이날부터 셔틀버스로만 카라준 초원을 둘러볼 수 있다는 것이다.

입구의 관계자들과 실랑이 할 여지도 없었다. 무슨 힘으로 실랑이를 하겠는가? 모두 얌전히 중국 관광객들이 대부분인 셔틀버스를 타고 카라준 초원으로 한참 동안 올라갔다. 버스는 중요한 지점 서너군데 정차하여 관광객을 내려놓은 후 15분 후에 경적을 울려 다시 불러 태우는 식으로 운행되었다.

종점까지 그렇게 그 버스를 타고 갔다. 그리고 돌아갈 때는 저녁 8시 반에 있는 마지막 버스를 타기로 했다. 종점이라고 하지만, 마치 초원의 초입처럼 거기서부터도 끝 모를 초원이 멀리 눈 덮인 흰 봉우리들로 이어져있는 천산산맥 아래까지 굽이굽이 펼쳐져 있었다.

변화무쌍한 초원의 날씨

카라준 초원을 한참 걷다가 주위보다 높고 평평한 곳에서 잠시 휴식을 취할 때 한 카자흐 청년이 다가왔다. 옷차림은 허름했지만 훤칠하니 잘 생겼다. 우리가 가진 사진 장비나 배낭들을 구경하는 듯했지만 다가온 진짜 목적이 무엇인지는 알 수 없었다. 낯선 곳이었으므로 약간의 경계심을 품지 않을 수 없었다.

우리는 그에게 가져간 육포 등 간식거리를 주려고 내밀었다. 그는 다른 것들은 거부하고 초코파이만 받았다. 그리곤 누군가에게 담배를 한 대 달라고 해 피웠다. 이런 초원 오지가 아니라면 대학을 다닐 만한 나이 같

▲ 유르트 앞의 어린이

았다.

환경이 사람의 운명을 지배한다는 것은 여기서도 예외가 아닌 것이다. 초원에서 유목민의 자식으로 태어나고 자라 같은 곳에서 선조들과 비슷한 생활을 이어가는 것이다.

"사는 곳이 어디냐"고 물었다. 멀리 몇 채의 유르트와 많은 말과 양들이 보이는 초원을 손가락으로 가리켰다. 풍경이 그림같이 아름답다.

나중에야 그 청년의 의도를 알게 되었다. 처음에는 말을 타고 나타나지 않았기 때문에 알 수 없었지만, 우리가 쉬고 있던 언덕 아래 그의 말이 있었다. 돈을 내고 말을 타라는 것이었다. 얼마냐고 물으니 1백 위안이란다.

우리는 말 타는 것에 관심이 없었고 정확한 값도 알 수 없었으므로 웃음과 손짓으로 거절의 뜻을 대신했다. 나중에 알고 보니 그 지역에서 말

타는 값은 50위안이었다.

초원에 쏟아져 내린 우박

일행은 버스가 기다리고 있는 쪽으로 발길을 돌려 야생화 만발한 즐거운 초원길을 또다시 한참동안 걸었다.

저녁 8시쯤 되었는데 하늘이 갑자기 어두워지기 시작했다. 아니나 다를까 비가 뿌리기 시작한다. 우리는 서둘러 버스에 올랐다. 버스는 곧 출발했다.

잠시 후 비가 퍼붓기 시작했다. 비는 곧이어 우박으로 바뀌었다. 푸른 초원이 쏟아져 내린 우박으로 흰 꽃을 점점이 수놓은 카펫처럼 변했다. 차에서 잠시 내려 소형 갤럭시 카메라로 그 광경을 몇 컷 찍었다. 곧바로 버

▼ 말을 타고 카리준 초원을 지나는 유목민

스로 돌아와 일행의 손바닥 위에 우박 몇 개를 놓고 인증샷. 큰 것은 1cm 쯤 됐다. 우박은 손바닥 위에서 금방 녹아 없어졌다. 우박은 오래 내리지 않았고 비는 계속 오락가락했다.

우리는 카라준 초원 중간에서 버스에서 내려 우리를 태우러 올라온 지프를 다시 타고 터커스의 팔괘(八卦)호텔로 돌아왔다. 밤10시 넘어 저녁 식사.

7월 24일, 이른 아침에 다시 찾은 카라준 초원

이튿날인 24일 아침 일찍 다시 카라준 초원으로 향했다. 일출을 찍기 위해서였다. 그러나 싸이리무호 때처럼 구름으로 인해 또다시 실패. 하지만 초원의 아침 공기는 매우 신선했다.

멀리 유목민의 조그만 가옥에서 연기가 피어올랐다. 가족들의 아침을 준비하는 것일게다. 그 역시 한 폭의 그림 같았다.

우리가 서있는 지점의 남쪽으로는 구릉이 물결치듯 넓게 펼쳐져 있었고 멀리 설산이 보였다. 일출은 보지 못했지만 아침의 상쾌하고 아름다운 풍경을 카메라에 담은 것만으로도 만족이었다. 이날(24일) 수첩에 적힌 메모를 보니 다음과 같다.

"오전 4시20분 기상, 4시 40분 출발. 5시20분 카라준 초원 입구(초원 입구란 산위의 초원이 시작되는 지점을 말함) 도착, 8시 50분 카라준 출발, 9시 50분 호텔 도착, 10시 40분 호텔 출발, 산간도로를 거쳐 나라티로 향함. 11시 50

분 평야지대로 나옴."

초원의 신선한 아침을 5시 20분부터 8시 50분까지 3시간 반이나 즐긴 셈이었다. 팔괘호텔에서 간단하게 아침을 먹고 다음 목적지인 나라티 공중초원으로 출발했다. 나라티에 대해서는 기대가 컸다. 나라티는 카라준 초원보다 먼저 개발된 초원이다. 카라준 초원의 버스 안에서 만난 중국인이 내게, 카라준 초원보다는 나라티에 볼 것이 훨씬 많다는 말을 해주었는데 그 얘기도 나라티에 대한 기대감을 부풀리는데 일조했다.

나라티 공중 초원

그런데 나라티 초원으로 가는 길은, 산 아래 셔틀버스의 티켓을 끊는 정류장에서부터 관광지 냄새가 너무 많이 났다. 순서를 기다렸다가 셔틀버스에 올랐다. 중국의 유명 관광지는 어디나 똑같은 패턴이다. 우리 일행 말고는 거의가 중국인들이다.

역시 한참을 올라가니 넓은 초원이 펼쳐져 있다. 이곳에 사람들은 공중초원이라는 이름을 붙여놓았다. 이름이 제법 근사하다.

초입부터 소와 양과 말들이 카라준 초원보다 훨씬 많이 눈에 띄었다. 그러나 카라준 초원보다 더 볼 것이 많다든지 풍경이 색다르다든지 하는 느낌은 가질 수 없었다. 일반적 유목민 지역의 모습일 뿐이었다. 버스가 도착한 종점 지점은 관광지답게 전설적 인물의 동상을 포함, 이런저런 목조 시설들을 지어놓았다. 다들 시들해 했다.

▲ 유목민 부자와 함께 포즈를 취한 이정호 사진작가. 나라티 초원

　종점 앞에 지프가 여러 대 서 있었다. 요금을 내면 산 위로 올라갔다 올수 있다고 했다. 호기심이 발동했다. 다녀오는데 1시간 가량 걸리며 1인당 150위안이라고 한다. 일행은 예정에 없던 지프 여행을 잠시나마 하게 되었다. 그러나 그 산속에 기대한 만큼의 새롭거나 아름다운 경치가 기다리고 있지는 않았다. 그저 초원과 만나는 산속 계곡의 끝과 그 위의 풍경을 보았을 뿐이었다.

　산 아래 초원으로 돌아오는데 갑자기 비가 내렸다. 비는 한참을 내리다 그쳤는데 누군가 멀리 무지개가 떴다고 소리쳤다. 지프에서 급히 내렸다. 나무들에 가려 무지개가 한눈에 들어오지 않았으므로 작은 계곡을 건너가야 했는데 그 사이에 무지개는 점점 희미해지고 있었다. 먼저 내려간 앞의 지프에 탄 일행은 비교적 또렷한 무지개를 만난 것 같았다.

그리고 다시 차로 돌아오다가 카자흐 유목민의 천막 앞으로 지나게 되었고, 앞에서 이야기 한 것처럼 여인의 낭 굽는 모습을 보게 되었던 것이다.

나라티 방문은 초원의 무지개와 유목민의 낭 굽는 야외 화덕을 처음 본 것 외에는 그렇게 시들하게 끝났다. 나라티는 인공의 요소가 훨씬 많이 가미된 곳이었다. 오히려 아직은 순수한 자연상태인 카라준과 비교가 되었다. 나라티는 미국의 인디언 보호구역 같은 곳이라고 할까.

7월 25일, 위구르인의 땅, 나라티에서 빠인부르크까지

나라티에서 구곡십팔만이 기다리고 있는 빠인부르크로 가던 25일은 이동 중 촬영을 제일 많이 한 날이 아닐까 한다. 산위 도로 옆에서 라면을

▼ 함께 포즈를 취해준 위구르 여인들

끓여 먹었고, 많은 위구르인들을 만났다.

위구르인들과 조우한 곳은 산길에서였다. 산길이라고 하지만 우리나라 강원도의 옛날 산길처럼 나무가 빽빽하게 우거진 깊은 산 속에 난 그런 길이 아니다. 도로는 산의 7-8부 능선을 따라 아스팔트로 잘 포장되어 있고 대개 멀리 설산이 보이는 확 트인 산길이다.

위구르인은 생김새가 우리가 보통 보아온 중국인(한족)과는 완연히 다르다. 터키인에 가까운 돌궐족(투르크족)과 같은 계통이라고 한다. 서구인과 중동인이 섞인 대체로 잘 생긴 외모다. 모두 첫 인상이 좋았고 낙천적으로 보였다.

신장은 원래 위구르인의 땅이었다. 그래서 신장웨이얼(신장위구르)자치구 아닌가. 도로표지판도 한자와 아랍어 닮은 꼬불꼬불한 위구르어를 함께 쓰고 있다. 위구르인들은 과거 8-9세기 경 현재의 신장 지역을 포함한 중앙아시아 지역에 방대한 위구르 제국을 세워 1백여년간 통치했던 역사가 있다. 그러나 이후 칭기스칸의 몽골과 청나라의 지배를 받았다. 역사를 통해서 그들은 수없이 분리 독립을 위한 투쟁을 해왔고, 20세기에 들어선 후 잠시 독립국을 세운 일도 있었다. 현재도 '동투르키스탄 이슬람운동(ETIM)'이란 무장분리독립운동단체가 지하에서 활동하고 있다고 한다. 위구르인들은 모두 이슬람교도다. 민족과 종교, 문화의 정체성이 한족과는 완전히 다르다.

점점 줄어드는 위구르인의 분포

중국은 소수민족의 분리 독립운동 움직임에는 매우 단호한 입장이다. 가차없이 무력진압을 한다. 현재 분리독립운동 움직임이 가장 강한 지역이 변방인 티베트와 신장지역이다.

중국이 분리독립을 용인할 수 없는 이유는 정치적, 경제적으로 이 지역이 갖는 부존자원의 중요성 때문이다. 신장 지역에는 중국 석유 매장량의 30%, 천연가스 매장량의 34%가 묻혀있는 것으로 추정되고 있다.

1950년대만 해도 이 자치구에는 위구르인이 전체 인구의 76%를 차지했다. 그런데 1993년에는 한족의 증가로 그 비율이 46%로 줄었다. 2021년 현재는 2500만 신장 인구 가운데 위구르인이 약 45%, 한족이 40% 가량인 것으로 알려져있다.

▼ 위구르 노인들

한족은 이 지역의 행정, 경제, 사회 등 각 분야의 주도권을 장악하고 있는데 이로 인한 위구르인들의 박탈감은 더 커지고 있다.

14억 중국 인구 가운데 한족은 91.5%다. 나머지 55개 소수민족이 8.5%를 차지하고 있다. 소수민족 지역은 중국 전체 면적의 60%가 넘는다. 그러나 많은 소수민족 지역에 한족의 숫자가 급속도로 늘어나고 있어 자치구란 이름이 무색해지고 있다. 중국정부의 민족동화정책의 결과다.

길에서 만난 위구르인들은 대체로 친절했고, 사진 촬영에도 잘 응해주었다. 그들이 입고 있는 고유의 복장을 통해서 전통과 종교를 잘 지키고 사는 민족이라는 느낌이 들었다. 여자들은 어른 아이 할 것 없이 머리에 히잡(두건, 스카프)을 썼다. 옷 색깔도 원색에 가까운 화려한 것을 좋아하는 듯 했다. 유목을 주로 하는 카자흐족과 달리 위구르족은 주로 농업에 종사한다.

우리는 산길을 가다가 도로변의 벌꿀과 버섯류를 파는 노점상 옆에서 가지고 간 햇반과 라면으로 점심을 때웠다. 얼굴을 알 수 없도록 철저히 가린 여주인은 친절하게 우리에게 작은 의자까지 내주었다. 일행은 고마움의 표시로 꿀을 몇 병 사주었다. 1킬로그램 짜리 한 병에 40위안. 내용물의 품질은 알 수 없었다.

빠인부르크 구곡십팔만
아름다운 곡선의 강줄기, 굽이굽이 아홉 번을 돌아흐른다는 멋진 경치

▲ 빠인부르크의 구곡십팔만

로 이름있는 '구곡18만'이 있는 빠인부르크 천아호(天鵝湖) 자연공원은 빠
인(巴音)몽고자치주 내에 있다.

점심을 먹고 빠인부르크에 도착한 시간은 오후 3시. 나라티처럼 터미널
에서 티켓을 산 후 버스를 타고 이동해야 했다.

입구에는 천아호라고 쓴 커다란 글씨가 걸려있었다. 천아란 흰색의 자
연 거위를 말하는데 여기선 영어로 백조(Swan)라고 써놓았다. '백조의 호수
공원'으로 해석하면 될까. 우리가 가지고 온 지도상에는 '빠인부르크 천아
보호구'라고 적혀있다. 나중에 이곳을 '천아호 습지'라고도 부른다는 것을
알게 되었다. 빠인부르크 풍경구내 '백조의 호수 습지 자연 공원'으로 생
각하면 되겠다. '구곡18만'은 바로 이곳의 습지 안을 흐르는 강이다.

도착하니 제법 쌀쌀했다. 건물 내에서는 옛날 6.25 전쟁 때 중공군이 입

었던 것 같은 두툼한 녹색 겨울 외투를 50위안에 빌려주고 있었다. 위로 올라가면 날이 추우니 빌려 입으라는 것이다. 우리 일행 중에는 한 분이 그 옷을 빌렸다.

30분 가량 차로 이동했다. 다른 초원지대 갈 때처럼 가파른 오르막길은 아니었다. 초입부터 초원지대인 걸 보면 이 지역이 해발이 꽤 높은 곳 같다. 안내서에 보니 이곳의 해발은 약 2500미터다.

천아호에는 거위가 몇 마리 보였는데 묶어 놓은 것처럼 꼼짝도 하지 않았다. (관광객들을 위해 실제 묶어 놓았는지도 모른다.)

호수는 크지 않았다. 잠시 둘러본 후 최종 목적지인 구곡십팔만 쪽으로 이동, 종점에 내려 골프카트처럼 생긴 전동차를 타고 전망대로 올라가려는데 갑자기 비가 억수같이 쏟아졌다. 관리 건물 앞에서 약 20분간 비를 피했다.

비가 그치기를 기다리는 동안 이곳의 몽골족 청년과 대화할 기회가 있었다. 중국말로 이야기했다. 청년은 내년에 내몽고(內蒙古)에 진학하여 동물학을 공부하겠다고 포부를 밝힌

▼ 말을 모는 우산모자 쓴 소녀(빠인부르크)

다. 우리 일행을 보더니 반 이상 몽골인처럼 생겼다고 했다. 우리 민족이 몽골반점이 있으니 비슷하게 보일 것이라고 생각했다.

일행이 비를 피하고 있던 관리 건물 앞에는 관광객들을 태우는 말들이 모여 있었다. 비가 막 쏟아지고 있을 때 조그만 우산모자를 쓴 작은 소녀가 말을 타고 나타났다. 몽골인 소녀 같았는데 비나 햇빛을 피하기 위해 만든 우산모자를 쓰고 있었다. 옛날 생각이 났다. 오래전 어렸을 적에 아버지를 따라 낚시다닐 때 햇빛 차단용으로 내가 썼던 것과 똑같이 생긴 모자였다.

한참만에 비가 그쳐 전동차를 타고 5분쯤 올라가니 유명한 '구곡십팔만'이 드디어 눈 아래 펼쳐졌다. 자연이 그린 오묘한 그림이다. 모두들 그 광경에 감탄을 하고 또 했다. 다만 작은 모기가 극성인 것이 문제였다.

▼ 신장의 마차

일몰을 찍기로 하고 올라온 터라 이리저리 사진을 찍으며 시간을 보내고 있을 때였다. 이정호 선생이 비가 또 쏟아질 것 같으니 내려가자고 했다. 그 당시 이정호 선생은 날씨를 족집게처럼 맞추는 신통력을 보여주고 있었으므로 모두 이 선생의 말을 따랐다. 일행은 전동차를 타고 종점으로 내려와 돌아가는 셔틀버스에 올랐다. 과연 잠시 후 비가 쏟아졌다.

돌아가는 길에 버스에서 보니 비가 그치면서 무지개가 피어올랐다. 우리 일행이 차를 세우라고 아우성을 치자 버스 기사가 잠시 차를 세웠다. 1분도 안 되는 짧은 시간이었다. 몇 컷을 찍고 부리나케 버스에 올라탔다. 버스기사가 우리를 내려놓은 채로 출발할 태세였기 때문이었다. 우리는 그날 밤 빠인부르크 은등호텔에서 일박했다.

(* 몽고자치주 안의 자연공원 빠인부르크는 독일지명처럼 들린다. 과연 올바른 발음일까? 여행사의 자료에 빠인부르크로 표기했으므로 여기서도 같은 표기를 썼지만, 현지의 발음, 중국어 실제 발음은 조금씩 다른 것 같다. 현지에서 보니 영어로 'BaYanbulak'라고 써놓았다. '바얀불락'이라는 몽골어인데 '샘이 많은 곳'이라는 뜻이란다. 이를 중국어로 巴音布魯克라고 표기하였다. 우리말로 읽으면 '파음포로극'이다. 중국어 발음부호를 한글로 적으면 '빠인부뤼커'가 된다.)

7월 26일, 꿍나이스로 가는 길

빠인부르크에서 마지막 경유지인 꿍나이스로 출발한 시간은 7월 26일 오전 9시. 꿍나이스로 가는 길 역시 나라티에서 빠인부르크 가는 길처럼 7-8부 능선의 산중턱 길을 한참 지나야 했다. 도로를 비교적 잘 닦아놨다는 생각이 들었다. 가는 길에 잠시잠시 차를 세우고 말과 양과 유목민들의 모습과 멀리 설산을 카메라에 담았다. 점심은 전날처럼 도로 옆에서 라면과 햇반으로 해결했다.

점심을 먹고 출발한지 얼마 지나지 않았을 때였다. 앞에 가던 차들이 모두 서 있었다. 가이드가 차에서 내려갔다 오더니 교통사고가 나 어린이가 한명 사망했다고 한다. 그 때가 오후 1시 20분. 사고처리가 끝나 통행이 시작되기까지 두 시간 가까이 기다려야 했다. 꿍나이스는 사고 지점에서 멀지 않았다.

꿍나이스의 작은 장터에서

꿍나이스는 도시라기보다는 조그만 마을이었다. 마침 이날 길 옆에는 작은 장터가 서 있었다. 수박, 하미과, 복숭아, 포도 등 과일과 옷, 말안장, 칼을 파는 천막 상점들이 자리를 잡고 있다.

도로 옆 간이식당 앞에는 양고기가 주렁주렁 매달려있었다. 이 양고기를 베어내어 양꼬치 구이를 현장에서 만들어 팔았다. 우리 일행도 이 간이식당에 들어가 양꼬치를 조금씩 맛 보았다. 가격이 얼마인지도 모르고 일단 1백 위안 어치를 달라고 했는데 스무 꼬치를 주었다. 한 꼬치에 5위안인 셈이다. 만들어져 있던 것이 아니라 현장에서 식구들이 꼬치를 그때그때 만들었다.

구울 때 소금과 고추가루와 향신료를 뿌린다며 선택을 하라고 했다. 소금과 고춧가루를 뿌려달라고 했는데 구워진 후 먹어보니 짜고 매웠다. 그

▲ 천산산맥과 유채밭

런 경험 덕에 다음날 밤 우루무치 공항에 들어가기 전에 야외 식당에서 양꼬치 구이 주문할 때는 소금만 뿌려달라고 했다.

이날 촬영의 백미는 뭐니 뭐니 해도 산 아래 드넓은 유채꽃밭이었다. 양 꼬치 구이를 먹고 거리를 좀더 둘러본 후 이곳으로 이동했다. 꿍나이스에 사는 산림관리원이자 사진작가 장젠(42세)씨가 우리를 안내했다. 차를 타고 20분쯤 간 것 같다. 유목민의 통나무집이 드문드문 보이는 아주 한적한 곳 이었다. 노란 유채꽃밭이 산아래까지 넓게 뻗어있고 말들이 한가롭게 노니 는 모습이 평화로웠다.

돌아오는 길에 저녁 짓는 연기가 피어오르는 유목민의 둥근 천막(유르 트)을 찍기 위해 도로 옆의 가파른 언덕을 한참 올라갔다. 그러나 기다렸던 언덕 아래 천막에선 연기가 피어오르지 않았고 한참 후 저 멀리 산기슭의 유르트에서 연기가 올라왔다.

푸른 초지와 뾰족한 침엽수림과 그 앞의 작고 하얀 유르트와 양떼. 그곳에서 피어오르는 저녁 짓는 연기. 그들에게는 그것이 삶의 현장이고 일상이지만 우리에게는 그 자체가 아름다운 풍경이었다.

우리는 이날도 밤 10시 넘어 저녁식사를 했다. 여행 중 밤 10시 전에 식사한 일이 없는 것 같다. 밤 10시 무렵 해가 완전히 지기 때문이다. 일몰 전에 호텔로 들어가는 상황은 생각하기 어려웠다.

저녁 식사가 차려진 곳은 꿍나이스의 장젠 씨 식당이었다. 작고 허름했다. 가이드가 그곳을 식당으로 정한데 대해 미안한 기색을 했다. 그러나 우리는 장젠 씨의 안내가 고마워 개의치 않았다.

▼ 유르트와 말

야크고기와 말고기가 식단에 올라왔다. 특별히 만든 맛있는 요리라고 했다. 야크고기는 소고기와 비슷하여 괜찮았지만 말고기는 일행에게 인기를 끌지 못했다. 가이드가 중간에 "좋은 건데.."하며 말고기 접시를 들고 나갔다. 주인 장 씨와 가이드, 운전기사가 맛있게 먹었을 것으로 믿는다.

우리는 신장에서의 마지막

밤을 마을 언덕에 있는 천보호텔에서 묵었다. 3성급이란다. 다음 날인 27일은 아침 6시 반 출발이다.

가이드

이쯤에서 가이드 이야기도 잠깐 해야겠다. 신장 여행 때 가이드에 대한 불평들이 있었다. 불평의 원인은 가이드의 퉁명스러움 때문이었다. 가령 이런 식이다.

어느 때인가 차가 검문소에 서 있을 때 몇 사람이 차 안에서 바깥 풍경을 찍었다. 가이드는 경찰을 찍지 말라고 제지했다. 공연히 시비를 당할 수 있다는 것이었다. 그럴수도 있겠다고 생각했다. 그런데 이 가이드는 처음에는 현지인도 찍지 말라고 했다. 싫어한다는 이유에서다. 어느 나라 사람인들 타인에게 마구 사진 찍히길 좋아하는 사람이 있을까. 현지인들을 찍을 때는 대개 양해를 구하고 찍는다.

일행 중 한 사람이 가이드에게 말했다.

"관광객이 경찰, 군인, 행인을 찍는 것은 보통 있는 일 아니요?"

"여기는 중국입니다." 가이드의 대답이다.

"중국도 다른 데서는 안 그런데---" 하니까

"신장은 다릅니다"라고 대꾸한다. 단답형이다.

가이드의 그러한 태도에 대해 인솔자인 사진작가 이정호 선생이 '좀 친절하게 설명하라'고 충고했다고 한다. 그 후 좀 달라진 것 같기도 하고 아닌 것 같기도 하고… 그것이 천성이라면, 타고난 천성이 쉽게 달라지겠는

가. 가이드라는 직업에 안 맞는 성격임에는 틀림없었다.

7월 27일, 다시 우루무치로

자고 깨니 화장실에 물이 나오지 않았다. 싸이리무호의 산장호텔에선 아침에 전기가 들어오지 않았는데, 이번엔 물이 문제였다.

일행 중엔 생수로 대충 세수를 한 사람도 있고 물 티슈로 얼굴만 닦은 사람도 있었다. 겨울이 길기 때문에 연중 호텔이 영업할 수 있는 날이 석 달 밖에 안 되므로 신장의 시골호텔에서 그 정도의 불편은 감수해야 하는 일들이라고 했다.

우루무치까지 갈 길이 멀었으므로 우리는 차안에서 가이드가 준비한 조그만 빵과 우유로 아침을 대신했다.

▼ 꿍나이스 고갯길

꿍나이스를 출발해 꼬불꼬불한 길을 한참 올라갔다. 이 고갯길은 산세 좋고 물 맑고 초지 풍부한 천산산맥의 품을 떠나 메마르고 거친 동쪽 땅으로 가는 초입에 있었다. 물 많은 곳에서 물 없는 곳으로 넘어가는 고갯길이었던 것이다.

고갯길을 넘어온 후부터는 동쪽을 향하여 위-아래 두 줄로 달리는 천산산맥의 중간 평원지대를 한참 동안 지났다. 평원지대라고 하지만 초원지역과는 분위기가 완연 달랐다. 풀이 드문드문 인색하게 돋아나 있는 건조한 지역의 풍경이 서서히 보이기 시작한다. 이러한 곳을 준평원이라고 부르는지는 모르겠다. 산맥은 동쪽으로 가면서 점점 낮아지고 있었다. 풀이 있어서인지 아직은 말을 끌고 다니는 유목민도 보였고, 평원을 뛰어다니는 마못(*몽골에서는 타르박이라고 부르는 초원에 사는 다람쥐과 동물. 다람쥐과 동물 중에는 가장 크며 굴을 파고 산다) 같은 동물도 눈에 띄었다.

가이드는, "중국에서는 이처럼 건조하고 풀을 잘 볼 수 없으나 모래사막이 아닌 지역은 '고비'라고 부르고 모래로만 된 지역은 '사막'이라고 부른다"고 설명했다. '고비'는 "풀이 잘 자라지 않는 거친 땅"이란 몽골말이다.

오래전 몽골의 고비사막에 갔을 때가 생각났다. 끝없는 모래벌판인 사막인 줄 알았더니 마른 풀이 어쩌다 보이는 단단한 맨땅이 평탄하게 펼쳐져있는 그야말로 끝이 보이지 않는 황야지역이었다. 모래로만 형성된 지역은 몇 시간을 일부러 찾아가서 비로소 볼 수 있었다. 그 크기도 그리 넓지 않아 한눈에 들어올 정도였다. 고비를 암석사막이라고 부른다는 말도 있는데 고비란 말 속에 모래사막도 일부 포함되어 있는 것으로 이해하면 될 것 같다.

초원의 나라에서 황무지로

차는 계속 동쪽을 향해 갔다. 산맥은 점차 낮아지고 있었고 풍경은 점점 삭막해졌다. 이날 차로 달릴 거리는 500km. 도로가 비교적 잘 닦여져 있어서 우리식으로 계산하면 하루 종일 걸릴 거리가 아니다. 그런데 납득할 수 없는 속도 제한 구역이 많아 우루무치로 다가가면서 고속도로로 진입하기 전까지는 답답한 운행을 계속하지 않을 수 없었다.

우리는 우루무치로 가는 길목에 있는 휘징(和靜: 화정)의 '금홍루반점'이라는 식당에서 점심을 먹었다. 휘징은 고비 땅(타클라마칸 사막)이 시작되는 오아시스 지역이라고 하는데, 건조한 탓에 거리의 가로수에는 모래먼지가

▼ 신장의 고속도로 고갯길

하얗게 앉아 있었다. 휘징은 빠인몽고자치주의 중심도시였다.

과거 러시아 지역에 살던 몽골족(토루구드 부족)이 제정러시아의 통제와
박해에서 벗어나기 위해 18세기 중엽 천신만고 끝에 청나라로 귀환했을
때 청조는 이들의 귀환을 열렬히 환영하고 지금의 빠인몽고자치주의 초원
을 삶의 터전으로 주었다고 한다.

점심을 먹은 후 얼마 가지 않아 길이 막혔다. 교통사고가 난 모양이었다.
혹시나 공항에 제시간에 못가는 것이 아닐까 하는 걱정도 들었다. 다행히
오래가지 않아 1차선으로 통행이 가능했다. 지나면서 보니 대형 화물차가
앞 차를 들이받은 모양이었다. 화물차의 앞머리가 앞 트럭의 화물칸에 올
라가 있는 모습이 보였다.

우루무치로 가는 길에는 대형 트럭들이 많았다. 대형도 보통 대형이 아

▼ 우루무치로 가는 길의 대규모 풍력발전소

니다. 한국에서는 컨테이너 부두에서나 어쩌다 볼 수 있을까 도로상에서는 좀처럼 보기 힘든 큰 트럭이다. 바퀴가 22개나 되는 것들이 대부분이다. 한번 사고가 나면 크게 나겠다 싶었다. 화물칸에 삼중으로 염소를 실은 대형트럭도 눈에 띄었다.

우루무치로 들어가면서 날이 서서히 저물기 시작했다. 우루무치 주변에는 풍력발전소가 눈에 많이 띄었다. 풍력발전소의 규모도 대단했다. 우루무치 가까이 도로 왼편으로 소금호수가 보였다. 염호(鹽湖, 소금호수)라는 도로표지판도 서 있다. 이곳에서 많은 양의 소금이 생산된다고 했다.

그렇게 종일 차를 달려 서쪽 하늘이 붉게 물들 무렵 우루무치에 도착했다. 앞서 말한대로 중국은 전국이 같은 시간대이므로 신장지역은 밤 10시가 되어야 해가 진다. 시내에 들어서니 날이 완전히 저물었다.

▼ 우루무치 야경

우루무치의 밤 풍경은 세련된 가로등과 새로 지어진 고층 건물들이 조화를 이루며 나름대로 현대적인 아름다움을 발하고 있었다.

귀국 비행기 출발시간은 다음날인 7월 28일 1시 20분. 약간의 시간 여유가 있었으므로 일행은 밤 10시 반 쯤 공항 인근의 한 옥외식당에서 간단하게 저녁 식사를 했다. 그동안 가끔 먹었던 신장식 국수와 양고기가 들어간 노란 볶음밥, 양꼬치 구이가 메뉴였다. 그리고 곧바로 공항으로 들어가 출국 수속을 했다.

다행히 그동안 아픈 사람도 다친 사람도 없었다. 급히 서두르며 다녔다는 것, 호텔의 이것저것이 엉성했고 호텔을 떠나면 화장실이 불편했다는 것 외에는 모든 것이 순탄했다.

날씨는 한 여름에서 초겨울 날씨를 동시에 경험할 수 있었다. 해발 2천 미터가 넘는 고산 초원지대에서 묵을 때는 밤마다 추위를 걱정했다. 일출을 찍으러 나갈 때는 내복까지 입는 겨울 복장의 중무장을 했었다. 7박 9일의 신장 중천산 여정은 그렇게 숨가쁘게 마무리되었다.

에필로그

초원은 우리를 다시 부를 것 같다.

초원에 미련을 두고 떠나왔기 때문이다.

그 미련의 시작은 무엇일까?

나는 거기에 우리의 현실하고는 동떨어져 있지만, 그러나 마음만 먹으면 만날 수 있는 가상의 세계가 있기 때문이 아닐까 생각한다. 그 가상의

▲ 카라준 초원 풍경

세계는 변화무쌍한 미래의 것이 아니라 단순 소박한 과거의 것이다.

대자연과 사람과 가축 등 초원에 남아있는 원시 이래의 순수함과 정결함에 대한 그리움이 미련의 시작이 아닐까 한다.

한편 생각해 보면 우리는 너무나 좋은 계절에 초원의 푸르고 아름다운 모습만을 보고 왔다. 그 좋은 계절은 일년의 4분의 1인 6,7,8월 석 달에 불과하다고 한다.

그래서 마음속에 숙제가 생겼다. 다른 계절, 특히 겨울의 초원은 어떤 모습일까? 물론 그때는 초원이란 말을 쓸 수도 없을 것이다. 꽁꽁 얼어붙은 차가운 대지 아니면 눈밭일 테니까.

하얗게 변한 초원의 모습과 극한의 계절을 이기며 살아가는 사람들과 말, 소, 양, 염소 등 동물들의 겨울을 보고 싶었다.

신장의 이상한 속도제한과 삼엄한 분위기

서울로 돌아오기 전날인 27일엔 아침 6시 반에 꿍나이스 호텔을 출발해 우루무치 공항 인근 식당에 밤 10시 반쯤 도착했다. 하루 16시간의 버스 여행이었다.

거리는 500km. 물론 도중에 길가의 초원과 고비(여기서는 모래 사막이 아닌 생명체가 거의 살지 못하는 황량한 지역을 고비라고 부른다) 풍경을 찍기 위해 몇 차례 서기도 했지만 불과 5-6분의 시간 밖에 주어지지 않았다. 도로는 비교적 괜찮았다.

우리 상식으로는 500km인데 무슨 16시간이나 걸리겠느냐고 하겠지만, 신장에서는 이해할 수 없는 속도 제한 규정이 있었다. 버스의 경우 어떤 구역은 100km 이상이나 되는 긴 구간을 시속 30km 정도로만 달리도록 해놓았다. 얼핏 계산해도 세 시간 이상 걸리게 되어있다. 길에 통행하는 차가 적어도 그 이상 속도를 낼 수가 없다. 물론 신장 전 구간이 똑같은 것은 아니다. 차의 종류에 따라서도 제한 속도가 조금씩 다르다.

우리 일행이 탄 미니버스의 운전기사도 우루무치로 가던 도로 중간의 한 검문소에서 그곳에서부터 140km를 3시간 20분에 가라는 문서를 받아들고 올라왔다. 계산해 보니 시속 42km로 이하로 달리라는 명령서다. 그

▲ 도로위의 대형 트레일러트럭

시간 이내에 통과해선 안 된다는 것이다. 무인측정기로 다 측정이 된단다.
갈 길은 먼데 차는 마냥 거북이 걸음을 할 수 밖에 없다. 과속에 의한 사고
를 방지하기 위한 것이라는데 차도 많지 않은 도로에서 그런 규정이 도무
지 납득이 안 됐다.

　그런데 가끔 보면 엄청나게 큰 화물차들이 있다. 이런 화물차들의 최대
안전 속도라면 조금 이해는 된다. 그런가 하면, 혹시 신장의 위구르 분리주
의자들의 이동을 감시하기 위한 방책의 하나가 아닐까 하는 의문도 들었다.

　신장은 위구르인의 분리 독립운동과 관련된 유혈폭동과 테러가 종종
발생하는 지역이어서인지 검문이 잦았다. 2009년에는 우루무치 지역에서
200명 가까운 사망자가 발생한 대규모 유혈폭동이 있었고, 우리가 다녀온
다음해인 2014년과 2017년에도 테러로 인한 크고 작은 유혈사태가 있었다.

우리는 여행 중 검문을 여러 차례 받았다. 경찰이 차에 올라 한번 째려보고 내려간다. 과거에 우리나라의 군경은 차에 올라와 검문할 때 일단 정중하게 경례를 하면서 "잠시 검문이 있겠습니다"라고 고지한 후 차 안의 사람들을 둘러보고 내렸다. 그런데 이 친구들은 인사성이 전혀 없다. 2016년 이후에는 검문소가 이전보다 훨씬 더 늘어났다고 한다.

신장의 위구르인 인권 문제는 현재 미국과 중국간에 매우 민감한 신경전의 대상이다. 미국은 신장에 위구르인들을 억압하기 위한 대규모 재교육 캠프들이 설치되어 있으며 그곳에서 인권유린이 공공연히 자행되고 있다고 비판한다. 한때 수용자의 규모는 1백만명에 달한다는 보도도 있었다. 이에 대해 중국은 그것은 직업교육을 위한 시설일 뿐이라면서 미국은 부당한 내정간섭을 중단하라고 반발한다.

신장의 하얀 설봉을 머리에 인 천산산맥과 드넓은 푸른 초원은 참으로 매력적이었지만, 거리 곳곳에서 총을 들고 검문하는 삼엄한 분위기는 신장에 대한 매력을 반감시켜 아쉬웠다.

(*2021년 8월 15일, 아프가니스탄에서 미군 철군의 와중에 탈레반이 아프간 정부를 축출하고 카불을 장악했다. 이후 중국은 탈레반에 대해 가장 먼저 유화 제스처를 취했다. 이는 탈레반과 같은 무슬림인 신장위구르자치구의 위구르 분리 독립 세력과의 연계 가능성에 대한 우려와 희토류, 리튬, 구리 등 아프간 부존자원에 대한 관심 때문인 것으로 분석됐다.)

제7부

시베리아 횡단열차로 가는 바이칼 호수

▲ 시베리아 횡단철도의 블라디보스토크~이르쿠츠크 구간 노선도(청색선)

시베리아의 푸른 눈으로 불리는 바이칼 호수는 많은 사람들의 버킷 리스트에 들어있다. 바이칼 호수는 전세계 담수의 20%를 저장하고 있는, 세계에서 제일 크지는 않지만(여덟 번째) 제일 깊은 호수다. 표면적은 3만 1494km²로 남한 면적 9만 9700km²의 약 3분의 1이며, 길이는 636km, 최장 너비 70km, 최단 너비 27km로 오이처럼 길쭉하다. 최고 수심은 1637m. 바이칼이란 타타르어로 풍요로운 호수라는 의미라고 한다.

나는 바이칼 호수를 봄, 여름, 가을, 겨울에 걸쳐 여러 차례 다녀왔다. 그런데 가장 인상적인 계절은 겨울이었다. 여름 호수의 풍경은 여느 호수와 다를 바 없다. 그러나 얼어붙은 호수 위를 차로 달리거나 호버크래프트(공기부양선)를 타고, 빙상투어를 할 수 있는 겨울의 바이칼이 가장 인상적이었다.

여기서는 내가 최근에 다녀왔던 2017년과 2019년, 시베리아 횡단열차를 타고 갔던 두 차례의 겨울 바이칼 여행을 하나의 여행기로 재구성했다. 두 여행은 7박 8일로 일정이 거의 같았다.

두 번 다 2월에 있었는데, 바이칼 호수의 겨울은 얼음이 가장 두껍게 어는 2월이 절정이기 때문이다. 기온은 1월이 가장 낮지만, 물의 양이 많아서

▲ 시베리아 횡단열차

얼음의 두께는 2월에 최고에 달한다.

얼음 두께는 보통 40cm~1m 가량이다. 위치에 따라서 1.5m의 두께로 어는 곳도 있다.

미리 이야기 하지만, 시베리아의 영하 20도는 한국의 영하 20도와 다르다. 건조하기 때문에 같은 온도의 한국보다 추위가 덜 느껴진다. 2월의 바이칼호 인근 지역의 평균 최저기온은 영하 25도다. 그러나 시베리아의 겨울은 바람이 별로 없기 때문에 체감온도가 높아 추위에 대한 두려움을 너무 가질 필요는 없다.

2019년 출발일이었던 2월 8일 오후의 서울 기온은 영하 2도, 시베리아 횡단열차 출발지인 블라디보스토크는 영하 11도, 바이칼 호수에서 가까운 이르쿠츠크는 영하 24도였다.

밤 기차를 타고 이르쿠츠크로 출발

시베리아의 추위는 과연 어떤 맛일까? 시베리아 횡단열차를 타고 며칠을 기차 안에서만 지내야하는 긴 기차여행은 어떤 기분일까?

시베리아의 한 겨울, 세계 모든 여행자들의 꿈이라고 하는 횡단열차를 타고 꽁꽁 얼어붙은 시베리아의 푸른 눈이라고도 불리고 시베리아의 진주라고도 불리는 바이칼 호수의 겨울 진풍경을 보기 위해 일행은 이날 오후 인천 공항을 출발했다.

2시간 가량의 비행 후 블라디보스토크에 도착한 일행은 한식으로 저녁 식사 후 독수리 전망대에 올라 시내 야경을 감상하고 해양공원 등을 둘러본 다음 자정 넘어 횡단열차에 탑승했다. 탑승시간은 블라디보스토크 시간 새벽 1시 02분. 블라디보스토크는 시간대가 한국보다 1시간 빠르므로 한국시간은 밤 12시 02분이다. 블라디

▼ 4인 1실 침대방 쿠페

보스토크 역사 위에는 보름달이 높이 떠 있었다.

시베리아 횡단열차의 객실은 세 종류다. 비행기의 퍼스트, 비즈니스, 이코노미 클래스를 생각하면 된다. 열차에서는 객실에 침대가 두 개 있는 것이 일등실 룩스, 침대가 네개 있는 방을 쿠페라고 한다. 말하자면 2등실이다. 그리고 침대가 6개라고는 하지만

오픈되어 있는 3등칸을 플라츠카르트(플라취)라고 한다.

　이 여행은 열차의 4인1실 쿠페를 2인 1실로 쓰는 격을 올린 여행이었지만, 처음엔 그것도 좁게 느껴진다. 그러나 차츰 적응되면서 두 사람만의 호젓한 작은 공간의 묘미를 알게 된다.

　쿠페 객실의 공간은 4명이 잘 수 있도록 양편에 이층 침대가 있는 구조인데, 1층 침대를 들면 가방을 넣을 수 있는 공간이 나온다. 또 2층 출입문 위에도 큰 크렁크를 넣을 수 있는 공간이 있다. 열차의 복도 끝에는 뜨거운 물을 제공하는 사모바르(*멋진 모양의 러시아 전통 주전자의 이름이지만 열차의 그것은 전기로 물을 끓이는 장치로 작은 드럼통 같이 생겼다. 그렇지만 그냥 사모바르라고 부른다)가 있다. 그 덕에 언제나 뜨거운 물을 이용할 수 있어 차를 마시거나 라면을 먹을 때 매우 유용하다. 러시아에서는 뜨거운 물은 공짜, 찬 물

▼ 플랫폼에서 연어알 등을 파는 상인들과 여행객

은 돈을 내고 사 마셔야 한다.

객실은 남녀 구분이 없다. 열차의 복도 양쪽 끝에 있는 화장실은 크지 않지만, 비행기 화장실처럼 답답하지는 않다. 이곳에서 양치와 세수를 할 수 있다. 볼일을 보고 작은 발판을 누르면 변기 아래의 뚜껑이 열리면서 변기에 담겼던 것이 그대로 철로로 떨어진다. 그래서 역에 정차하기 20~30분 전에는 화장실을 못 쓰도록 잠근다. 오물이 역앞 철로에 그대로 떨어지지 않도록 하는 조치다.

겨울철에는 아래로 바로 떨어지지 않고 열차에 얼어붙는 수가 많아서 열차 승무원들이 차가 오래 정차하는 곳에서는 열차에 얼어붙은 오물들을 철봉을 이용해 떼어내는 것도 중요한 일의 하나다. 화장실에서 양치, 세수 이상의 것은 각자의 요령에 달렸다.

기차는 밤을 새워 달려 오전 11시 바야젬스카야 역에서 15분간 정차했다. 열 시간 만에 처음으로 기차밖으로 나가니 훈제연어니 연어알 등을 갖고 플랫폼으로 나온 상인들이 보였다. 이곳은 바다에 가까운 연해주 지방이어서 이런 식품을 파는 것이다. 일행들의 즐거운 미니 장보기가 잠시 있었다.

이어 두시간 후 하바로프스크 역에서는 정차시간이 약 1시간이나 되어 일행은 모두 역사 밖으로 나와 이 도시를 세운 하바로프의 동상이 있는 역광장을 산책했다.

이광수가 본 100년 전이나 비슷한 기차역 노점상 풍경

열차 안은 항상 22~26도를 유지한다는데, 낮 시간에는 반팔 옷을 꺼내 입어야 할 정도로 온도가 많이 올라갔다.

이르쿠츠크까지 가는 76시간 동안 많은 역들을 거쳐갔다. 대개의 역에서는 정차시간이 2,3분에 불과하므로 내리지 못하지만, 15분 이상 오래 정차하는 역도 종종 있어서 이 때는 모두 열차밖으로 나와 역사 주변을 둘러보거나 상인들이 만들어 온 먹거리들을 사기도 했다.

치타 역 가는 중간에 있는 체르니셰프스크 역은 40분간 정차하는 큰 역이다. 밤중에 도착했는데, 역사의 온도계를 보니 영하 31도였다. 몇 년 전 낮시간에 도착했을 때는 겨울인데도 역 주변에 노점상이 많았다. 그런데 밤중이다보니 노점상의 모습은 보이지 않았고, 플랫폼에 나와있는 열

▼ 영하 31도의 체르니셰프스크 역에서(2019. 2. 11. 오전 1시)

차 승무원 곁에 개 한 마리가 추위 속에서 열차에 오르내리는 승객들을 멀거니 쳐다보고 있었다. 체르니셰프스키 역 이후 비교적 오래 정차하는 역이 치타역으로 36분간이며, 그다음 울란우데 역에서 25분간 정차한다. 그리고 슬류지안까 역에서 22분간 섰다가

목적지인 이르쿠츠크 역에 내린다.

노점상들의 모습은 지금이나, 100여년 전인 1914년 하얼빈을 지나 치타로 가던 춘원 이광수가 어느 역에서 빵과 고기와 우유를 샀던 그 때나 별로 달라진 것이 없는 것 같았다. 이광수는 후일『그의 자서전』(1936)에서 "열댓 살 된 계집애들이 우유병을 (식지 않도록) 두 팔로 꼭 껴안고 서서 사는 사람이 있기를 기다렸다"고 그때를 회고했다.

1914년 22세의 춘원 이광수가 6개월간 머물렀고, 19세기 초반인 1825년 12월 차르체제를 전복시키려던 혁명의 실패로 유형수가 되어 시베리아로 온 귀족 죄수 데카브리스트들의 흔적이 있는 치타에는 기차가 30분 이상 머물렀다. 동이 텄으므로 열차에서 내려 역사 주변을 둘러보았다. 치타의 아침 기온은 영하 30도.

▼ 치타 역

데카브리스트란 1825년 12월 차르전제체제를 무너뜨리기 위해 봉기를 일으켰던 일단의 귀족과 장교집단을 말한다. 비록 실패했으나 이를 데카브리스트 혁명이라고 부른다. 혁명의 실패로 5명이 사형을 당하고 110여명의 귀족이 시베리아 유형에 처해졌다.

나지막한 치타 역 앞에는 오래된 아름다운 러시아 정교회 성당이 자리를 잡고 있었다.

데카브리스트들이 치타에서 옮겨져 오랫동안 노역을 했던 페트롭스키 자보드는 치타에서 서쪽으로 3시간 거리에 있었다. 정차 시간이 2분이어서 내리지는 못하고 열차 안에서 이 역의 외벽에 그려진 데카브리스트들이 토론하는 장면이 담긴 대형 벽화를 카메라에 담을 수 있었다. 이보다 조금 떨어진 역사 바로 앞 플랫폼 쪽에는 레닌 동상 앞에 데카브리스트들의 얼굴이 부조된 상징물도 보였다.

열차 식당칸에서 이틀에 걸쳐 저녁 식사 후 시베리아와 바이칼 호수, 데카브리스트 혁명과 러시아 문학, 춘원 이광수의 시베리아 방랑과 소설 『유정』 등에 대한 인문강좌도 진행됐다. 저자가 강사였다. 여행 참가자들은 열차에서의 인문강좌를 매우 인상깊게 기억했다.

우리와 얼굴이 비슷한 부랴트족의 도시 울란우데를 지나 이르쿠츠크에 도착한 시간은 현지시간 새벽 3시02분(한국시간 4시02분). 역사의 온도계를 보니 영하 16도였다. 모두들 벌써 적응이 되어서 영하 16도쯤은 우습게 생각하는 것 같았다.

호버크래프트를 타고 얼음 위를 달리다.

메리어트 호텔에 들어가 잠시 자는 둥 마는 둥 하고 아침을 맛있게 먹은 후 드디어 바이칼호 알혼섬을 향해 출발했다. 얼음이 시작되는 샤후르따 선착장까지의 거리는 270km, 소요시간은 5~6시간.

시베리아의 겨울은 온 천지가 하얀 눈의 세계다. 그러나 도로의 눈은 말끔히 치워져있다. 길가의 자작나무숲은 하얗게 내려앉은 서리꽃이 햇빛을 받아 눈부시게 반짝였다. 버스로 이르쿠츠크를 출발, 알혼섬으로 가는 도중 식당에서 점심을 먹고 샤후르따 선착장에 도착했다.

2017년에는 버스에서 내려 우리나라의 봉고차만한 4륜 구동차 우아직 (몽골에서는 푸르공으로 부른다)으로 옮겨타고 50분 가량 얼음 위를 달렸다. 얼음위를 달려 통나무집 숙소가 있는 알혼섬 후지르마을 앞의 신령한 바위

▼ 바이칼호 얼음위의 호버크래프트

로 유명한 부르한 바위를 먼저 보고 숙소로 들어갔다.

　그런데 2019년에는 샤후르따 선착장에서 호버크래프트(공기부양선)를 탔다. 호버크래프트는 11명 정도가 탑승 가능한 크기였다. 선착장에서 맞은편 알혼섬 선착장까지의 중간에 얼음이 약한 부분이 있어 호버크래프트를 운영하는 것이라고 했다. 나도 호버크래프트는 처음 타 보았는데 얼음 위에서 속도가 매우 빨랐다. 호버크래프트는 맞은편 알혼섬 선착장까지만 나룻배처럼 운영됐다. 호버크래프트는 얼음이 녹을 때까지 계속 운행할 수 있는 장점이 있다. 2019년에는 신형 호버크래프트가 6대나 투입됐다고 한다. 일행은 알혼섬 산착장에서 우아직 차량으로 갈아타고 후지르 마을의 숙소로 향했다.

　통나무 숙소는 따뜻했고 객실은 호텔에 버금가는 수준이었다.

빙상 투어, 화장실도 설치돼

　다음날 알혼섬 북단 하보이곶까지의 빙상투어는 여행의 백미였다. 알혼섬의 아침 기온은 영하 24도. 춥다는 사람은 없었다. 바람이 없기 때문인가 보다. 섬의 바위 끝에 고드름이 켜켜이 쌓여 만들어진 고드름 동굴이 인기였다. 투명한 얼음 위에 엎드려 호수 속을 관찰하는 이도 있다. 중국인들이 전에 없이 많이 보였다.

　점심은 목적지인 하보이곶 얼음 위에서 빵과 바이칼의 연어과 어종인 오믈탕을 선 채로 먹었다.

　식사 후에는 차도 한 잔씩 했다. 얼음 위에 불을 피워 끓인 차맛은 일

▲ 바이칼호 알혼섬의 부르한 바위

품이었다. 그 곳의 수심은 1200m 정도 된다고 했다. 장작을 피워서는 기껏 5cm 정도 밖에는 녹지 않는다고 한다. 얼음 두께는 보통 50~60cm지만, 곳에 따라 더 두껍게 어는 곳도 있다.

하보이곶 인근 얼음 위에는 상어 이빨같이 깨어진 얼음조각들이 모여 있었는데 초겨울에 얼었던 얼음이 파도에 깨졌다가 다시 얼고 하는 바람에 그런 구역이 생겨난다고 하였다.

2019년 겨울에 달라진 것이 있었다. 바이칼 빙상투어 관광객들을 위해 이동식 화장실을 설치해 놓은 것이다. 하보이곶까지 가는 중간에 하나가 있었고, 하보이곶에 하나가 있었다. 그전까지는 용변을 보려면 바위 뒤나, 얼음이 튀어나온 곳 등을 찾아 헤매곤 했는데 화장실이 생겨 그런 고생을 덜 하게 되었다. 그런데 줄서서 기다리는 사람이 많을 때는 화장실 이용도

▲ 바이칼호 얼음위에서. 좌로부터 한상완 전 연　　▲ 사륜구동 우아직 옆에 얼음위 화장실이 보인다
세대 부총장, 유명석 전 교장, 박상규 사장

쉽지 않은 일이었다.

　빙상투어는 하보이곶에서의 점심 후 샤먼들이 많이 찾는다는 후지르 마을 끝의 유명한 부르한 바위 앞 얼음 위에서의 산책과 사진촬영을 끝으로 마무리됐다. 일행들은 여기에서 모두 숙소로 돌아갔고 나는 사진을 더 찍기 위해 혼자 남았다. 오후 3시가 조금 지난 시간이었다. 빙판 위를 어슬렁거리다 한참 후에 보니 일행 중 한 분인 노중일 사진 작가도 나처럼 얼음 위를 다니며 여러 가지 형태로 갈라진 빙판의 모습을 카메라에 담고 있었다.

　부르한 바위 앞 빙판 위에는 마을의 개들이 많이 나와 있었다. 개들은 자동차가 다가오면 그 뒤를 따라 뛰기 시작했다. 그러나 차를 따라 멀리 가지는 않았다. 스케이트를 지치는 사람들도 보였다. 어떤 젊은이 하나가 멀리서 스케이트를 탄 채 양 손에 스키 스틱을 쥐고 캠핑할 짐 같은 것을 실은 작은 썰매를 허리에 연결한 채 나타났다. 젊은이는 부르한 바위 앞을 지나 북쪽 하보이곶 쪽으로 사라졌다. 길이 600km가 넘는 호수 횡단에 도전한 사람인지는 알 수 없었다. 우리나라 여성 중에도 그런 횡단 모험에 도전한 이가 있다고 들었다. 우리가 샤후르따 선착장에서 탔던 호버크래프트 몇 대가 지나가는 모습도 보였다.

이날 바이칼의 낮 최고 기온은 영하 17도쯤 되었다. 바람은 한 점도 불지 않았고 하늘은 우리나라 가을하늘처럼 청명했다. 그런 상황에서 황혼의 바이칼 모습을 카메라에 담기 위해 3시간을 계속 얼음 위에 있었다. 그런데 전혀 추위가 느껴지지 않았다. 옷을 단단히 입었고 털모자에 방한화까지 신어 보온이 잘 된 이유도 있겠지만, 노출된 손도 장갑을 꼈다 벗었다

▼ 날카로운 유리조각 같은 얼음

하긴 했지만 덜 시렸다.

순전히 나의 추측이지만, 태양의 복사열이 얼음에 반사되어 얼음 위 대기의 온도를 조금 올려준 게 아닐까 하는 생각이 들었다. 해가 서쪽으로 완전히 넘어가고 난 후 숙소로 돌아왔다.

데카브리스트 발콘스키 집 방문

귀국 하루 전날, 이르쿠츠크의 데카브리스트 기념관 등을 둘러보기 위해 아침 8시 알혼섬을 출발했다. 오후에 이르쿠츠크에 도착하여 먼저 데카브리스트 기념관이 된 발콘스키(공작)의 집을 방문한 후 바로 옆 공원에 서 있는 발콘스키 부인 마리야의 동상을 둘러보았다.

귀족 출신인 데카브리스트 부인들은 1825년 12월 혁명의 실패로 유형수

▼ 데카브리스트 발콘스키의 집

가 된 남편들을 찾아 당국의 만류에
도 불구하고 위험을 무릅쓰고 5천 km
도 더 떨어진 시베리아 유형지로 왔다.
부인들은 광산에서 족쇄를 차고 중노
동을 하는 남편과 혁명 동지들을 헌신
적으로 뒷바라지했음은 물론 현지 주
민에게도 친절하고 겸손하게 처신해
칭송을 받았다고 한다. 특히 마리야는
이르쿠츠크 최초의 예술극장을 세우
는 등 이 지역의 문화발전에 큰 공헌

▲ 발콘스키 공작 부인 마리야 동상

을 한 것으로 알려져 있다. 그녀의 동상이 세워져 있는 이유이다.

　발콘스키의 집에 이어 시베리아로 유형 온 남편을 최초로 찾아온 데카
브리스트 트루베츠코이의 부인 예카테리나와 몇 명의 데카브리스트들의
무덤이 있는 즈나멘스크 수도원을 찾았다. 그리고 수도원 밖의 러시아 내
전 당시 백군 즉 볼셰비키 혁명군에 맞서 싸운 백군의 수장이었던 콜착제
독의 동상도 둘러보았다.

　이날 근사한 식당에서 러시아 전통 음식인 샤슐릭으로 맛있게 저녁 식
사를 한 후 일행이 향한 곳은 폴란드 가톨릭 성당이었다.

바이칼호 얼음 위의 노익장들

악기를 쓰지 않는 러시아 정교회 성당과 달리 이곳에는 파이프 오르간

▲ 바이칼호 얼음 위에 누운 7080 노익장들(2019. 2. 13.)

이 있다. 우리 일행을 위한 특별한 음악회가 준비되어 있었다. 프로그램은 오르간 연주 뿐 아니라 성악곡 등으로 다양했다. 대체로 우리에게 익숙한 곡으로 선정한 것 같았다. 음악회는 엘가의 '위풍당당 행진곡'으로부터 시작하여 10여곡의 연주로 이어졌다. 이날 소프라노는 구노, 토스티, 슈베르트의 아베마리아 등 각각 다른 세 곡의 아베마리아를 차례로 불렀다. 세종류의 아베마리아를 한 자리에서 감상한 만나기 드문 자리였다. 파이프 오르간의 반주는 마치 오케스트라가 내는 소리 같았다.

데카브리스트 박물관을 통한 러시아 근대 역사 탐방에 이어 감동의 음악문화 체험까지 시베리아에서의 마지막 밤은 그렇게 깊어갔다.

2017년 여행 때는 2030세대가 몇 명 있었지만, 2019년 2월 여행 때는 2030세대는 없었고, 40대에서부터 80대까지 고르게 참여했다. 남녀 비율은 반반. 80대 남성이 세 분 계셨는데 아무 탈 없이 모든 일정을 잘 소화해 내셨다. 얼음 위에서는 여행사에서 제공한 간편한 아이젠을 착용해 한 사람도 미끄러져 넘어진 일이 없었다. 개인적으로 아이젠을 준비한 분도 있었다. 7080 노익장들이 바이칼호 얼음 위에서는 가장 즐거운 모습이었다. 앉아도 보고 누워도 보며 동심의 세계로 돌아간 듯 했다.

(*본문의 일부 내용은 저자의 책 『시베리아 문학기행』(2017)에서 인용하였다.)

[작가노트]

시베리아 겨울여행시의 복장과 신발에 대하여

한국인들 인식 속에 시베리아는 엄청나게 추운 지역이라고 생각하기 때문에 겨울여행시 복장에 많은 신경을 쓰게 된다.

나의 경험으로 보아서, 시베리아일지라도 우리나라 가장 추울 때의 복장이면 큰 어려움은 없다고 본다. 요즘은 겨울에 야외에서 입는 옷들이 워낙 잘 나와서 웬만한 겨울 외투나 점퍼면 시베리아의 겨울에도 아무 문제 없다. 나는 두꺼운 내복도 입었다.

모자와 신발은 조금 신경을 쓰는 것이 좋다.

대개의 외투나 겨울점퍼에는 머리를 덮는 후드가 달려있으므로 너무 두꺼운 겨울 모자를 준비할 필요는 없다. 우리가 일반적으로 고구마 장사 겨울모자라고 하는 두 뺨을 모두 가려주는 그런 형태의 모자가 편리하다. 귀까지 가려지는 털모자라면 다 무난하다. 목도리도 필요할 수 있으므로 가벼운 것이라도 준비하는 것이 좋다.

신발은 방한화가 좋다

나는 세 번 겨울 바이칼 여행을 했는데, 갈 때마다 다른 신발을 신었다. 처음에는 등산화를 신었다. 일반 등산화다. 그런데 일반 등산화는 양말을

▲ 좌로부터 박대일 바이칼BK투어 사장, 황여정 시인, 저자

두껍게 신더라도 발을 보온하는 데는 조금 부족한 점이 있는 것 같았다. 발이 시릴 때가 여러 차례 있었다. 발이 시리면 차에 들어가거나 숙소로 들어가면 되니 오랫동안 발 시림을 느낀 것은 아니지만, 등산화로는 왠지 부족한 느낌이었다.

그래서 두 번째는 영등포 시장에서 산 3만원 짜리 방한화를 신고 갔다. 시장에서 싼 방한화를 산 것이어서 걱정이 되어 비상용으로 가벼운 등산화를 하나 트렁크에 넣었다. 그런데 이 시장 방한화가 의외로 따뜻했다. 역시 겨울엔 방한화가 좋겠다는 생각이 들었다. 이 방한화는 떠나기 전날 이르쿠츠크에서 현지 우리나라 청년에게 주고 왔다.

그리고 세 번째 갈 때는 양털이 들어간 가죽 방한화를 제화점에서 맞췄다. 가볍고 따뜻했다. 시베리아에서 세 차례, 몽골에서의 한 차례의 겨울 경험을 통해 나는 겨울에 시베리아나 추운 곳에 가려면 재래시장에서 산 것이든 제화점이나 백화점 또는 아웃도어 매장에서 산 것이든 가급적 방한화를 신고 가라고 권한다.

제8부

시베리아 여행 Q & A

시베리아 횡단열차의 궁금한 점들

시베리아 횡단열차는 어디에서 타나요?

시베리아 횡단열차의 동쪽 끝은 블라디보스토크, 서쪽 끝은 모스크바입니다. 우리나라에서는 대개 비행기로 블라디보스토크로 가서 출발합니다.

▼ 옛 기관차가 전시돼 있는 블라디보스토크 역 플랫폼

블라디보스토크 역에 시베리아 횡단열차 기념탑이 있지요?

아름다운 외관의 블라디보스토크 역에서 플랫폼으로 내려가면 검정색의 옛 기관차가 전시되어 있습니다. 그 앞에 9288이라고 숫자가 새겨진 시베리아 횡단열차 기념탑이 서 있습니다. 9288이란 블라디보스토크에서 모스크바까지 철로의 길이입니다. 제정 러시아의 마지막 황제인 니콜라이 2세가 황태자 시절인 1891년 5월 31일 기공식을 주관한 장소입니다. 시베리아 횡단열차는 이곳에서 출발합니다.

안중근 의사가 하얼빈 거사를 위해 출발한 곳도 블라디보스토크 역 아닙니까?

그렇습니다. 안중근 의사는 1909년 10월 조선침략의 원흉인 초대 조선통감 이토 히로부미를 죽이기 위해 동지 우덕순과 함께 블라디보스토크

▼ 블리디보스토크 역 플랫폼에 서 있는 시베리아 횡단열차 기념탑

역에서 시베리아 횡단열차를 타고 하얼빈으로 갔습니다.

당시의 시베리아 횡단철도 노선은 블라디보스토크에서 출발해 우수리스크에서 중국 땅으로 들어가 하얼빈, 치치하얼 등 만주를 거쳐 시베리아로 연결됐습니다. 하얼빈 역은 시베리아 횡단열차가 지나던 역이었습니다. 지금의 시베리아 횡단철도 동쪽 노선은 1916년에 완공된 것입니다.

기차 탈 때에 여권 검사를 한다던데?

러시아에서는 기차 탑승시 여권을 검사합니다. 도중에 잠시 내렸다 탈 때는 검사하지 않지만, 여권은 늘 몸에 지니는 것이 좋습니다. 여행 얼마 전에 여권을 바꾸었다면 구 여권도 같이 갖고 다니는 것이 좋습니다.

블라디보스토크에서 바이칼 호수 인근 이르쿠츠크까지는 기차로 얼마나 걸리나요? 거리는요?

열차에 따라 조금 다르지만, 76시간 정도 걸립니다. 만 3일 조금 더 걸린다고 보면 됩니다. 블라디보스토크에서 이르쿠츠크까지의 거리는 4,106km로 횡단열차 전체 길이 9288km의 44%에 해당됩니다.

시간대는 어떻게 되나요?

블라디보스토크는 서울보다 한 시간 빠르고, 이르쿠츠크는 한 시간 늦습니다. 이르쿠츠크의 낮 12시는 우리나라 시간 오후 1시입니다. 시베리아 횡단열차는 7개의 시간대를 달립니다.

▼ 2인1실(룩스) 객실. 2층침대가 없을뿐 실내 공간은 4인1실과 똑같다

기차안의 객실은 어떻게 생겼나요?

객실은 2인1실인 룩스, 4인1실인 쿠페, 그리고 일반실인 개방형 침대차 플라츠카르트 등 세 종류입니다. 여행사에서 주관하는 단체 여행객들은 주로 2등실에 해당하는 4인1실 쿠페를 이용합니다. 여행사에 따라서는 요금은 조금 더 내지만 쿠페를 2인 1실로 쾌적하게 사용하는 융통성을 발휘하기도 합니다

객실에서 음주나 흡연이 되나요?

객실에서의 음주와 흡연은 금지되어 있습니다. 승강장에서의 흡연도 원칙적으로는 안 됩니다.

식사나 세면은 어떻게 해결하나요?

식사는 승객들이 준비해 타는 것이 보통입니다. 단체 여행의 경우는 큰

▼ 개방된 형태인 일반실 플라츠카르트

도시를 지날 때 고려인이 만든 한식 도시락을 제공하기도 합니다. 식당칸에서 식사를 할 때도 있습니다. 세면은 화장실을 이용하면 되는데 비행기 화장실보다는 조금 큽니다.

열차의 화장실이 정거장에 서기 전후 20~30분간 폐쇄된다는데?

그렇습니다. 화장실에서 용변을 보면 철로로 바로 떨어지게 되어 있습니다. 정차 중 그렇게 되면 곤란하므로 정거장 도착 전후에 그런 조치를 취하는 것입니다.

기차 안에 마실 물이 있나요?

식수는 제공하지 않지만, 객실 복도 끝에 놓여있는 사모바르(끓는 물을 제공하는 러시아식 큰 주전자)의 뜨거운 물을 이용하면 좋습니다.

객실은 춥지 않나요?

객실 온도는 영상 22~26도를 유지하도록 되어있습니다. 낮에는 반팔 옷이 필요할 정도로 객실의 온도가 올라갑니다. 밤에는 객실 온도도 조금 내려갑니다.

▼ 열차 복도의 사모바르

바깥 기온은 어떤가요?

곳에 따라 다르지만, 겨울 여행의 최적

기인 2월에는 대체로 영하 25도에서 영하 10도 사이입니다. 예를 들어 바이칼 호수 인근 이르쿠츠크의 2월 평균 최저 최고 기온은 영하 22도/영하 10도입니다. 장소와 시간에 따라 영하 30도 이하로 내려갈 때도 많습니다.

바람이 많이 불지 않나요? 옷은 어떻게 준비해야 좋은가요?

시베리아에서는 기온이 영하 20~30도 이하로 떨어지면 바람이 거의 불지 않습니다. 옷은 우리나라 혹한 때 입는 옷이면 되고, 신발은 두꺼운 양말을 신을 수 있는 넉넉한 것이 좋습니다. 방한화를 권장합니다.

계속 열차 안에만 있으면 지루할 것 같은데?

열차는 큰 역에서 20~30분, 또는 그 이상 서기 때문에 가끔 열차 밖으

▼ 체르니셰프스크 역의 노점상

로 가볍게 산책을 할 수 있습니다. 차 안에서 어떻게 지낼지는 각자가 선택하기 나름입니다.

정거장 주변의 노점상이 파는 음식은 괜찮은가요?

경험삼아 음식을 조금 사먹어 보는 것도 여행의 재미라고 생각합니다.

이르쿠츠크는 왜 시베리아의 파리라고 불리나요?

이르쿠츠크는 제정러시아 시절 동시베리아의 중심도시였습니다. 도시 옆으로는 앙가라강이 흐르고 도심에는 아름다운 서구식 건축물들이 많이 있습니다. 그래서 그렇게 불립니다.

바이칼 호수

이르쿠츠크에서 바이칼 호수는 가까운가요?

가까운 호반도시 리스트비얀카까지는 1시간이면 되고, 호수안의 큰 섬인 알혼섬에 가기 위해서는 4~5시간 정도 차를 타고 가야합니다.

바이칼 호수는 언제쯤 어나요?

바이칼 호수는 11월부터 얼기 시작해 12월이면 거의 얼지만, 가장 두껍게 어는 때는 2월입니다. 그래서 2월에 바이칼 호수를 찾는 여행객들이 많습니다. 얼음은 5월이 되어야 다 녹습니다.

▲ 바이칼호 여름 풍경

얼음 위의 차량 운행이 위험하지 않은가요?

차량이 통행하는 얼음 위에는 안전을 위해 교통표지판이 서 있습니다. 10톤 이상은 운행할 수 없고 속도도 제한됩니다. 차량은 안전한 곳으로만 다니도록 되어 있습니다. 요즘은 안전을 위해 얼음이 깨져도 문제없는 호버크래프트(공기부양선)를 운영하기도 합니다.

과거 1904년 2월 러일전쟁 발발시에는 바이칼 얼음 위에 철로를 깔고 열차를 운행한 적도 있습니다.

통나무집은 따뜻한가요?

통나무집은 옛날처럼 페치카를 쓰지는 않지만, 전기 난방으로 아주 따뜻합니다.

바이칼호 빙상투어에선 무얼 하나요?

빙상투어에서는 차를 타고 호수 안의 가장 큰 섬인 알혼섬 북단의 하보이곳까지 얼음 위를 달리면서 중간중간 내려 호수 위의 작은 섬들과 고드름으로 만들어진 얼음동굴을 감상합니다. 얼음 위에서 식사도 하고 차도 끓여 마십니다.

추워서 카메라 배터리가 금방 방전이 된다는데?

날이 차면 카메라 배터리가 빨리 방전될 수 있습니다. 그런데 요즘은 배터리 성능이 개선되어 과거같이 빨리 방전되지는 않지만, 되도록 카메라를 추위에 오래 노출시키지 않는 게 좋습니다. 스마트폰도 찬 공기에 오래 노출시키지만 않으면 잘 작동합니다.

▼ 얼어붙은 바이칼호 위를 달리는 사륜구동 우아직

식당 등에 들어갈 때는 외투를 보관소에 맡겨야 한다는데?

러시아에서는 대개의 식당과 극장에 외투와 짐을 맡기는 휴대품 보관소가 있습니다. 겉옷은 이곳에 맡기고 들어가야 합니다. 외투를 입구의 보관소에 맡기는 것은 매우 중요한 관습입니다.

카톡은 잘 되나요?

카톡은 큰 도시 근처에서는 잘 되지만 도시와 도시 사이에서는 안 되는 구역이 아직 많습니다.

이르쿠츠크에서는 '데카브리스트 박물관'이 유명하던데, 무슨 박물관인가요?

'데카브리스트'란 '12월에 혁명을 일으킨 사람들'을 일컫는 말입니다. '12월 당원'이라고 번역하기도 합니다. 1825년 12월에 있었던 실패한 러시아 최초 혁명의 주인공들로 그 수는 120여명에 이릅니다. 귀족과 장교들이

▼ 이르쿠츠크의 아름다운 정교회 성당

▲ 전설의 동물인 바브르가 담비를 입에 물고 있는 이르쿠츠크의 상징 동상

었던 이들은 차르체제 전복과 농노제도 철폐를 내걸고 봉기를 일으켰다가
실패해 시베리아에서 30년간 유형과 유배 생활을 했습니다. 또 11명의 부
인이 시베리아로 남편을 찾아와 생사고락을 같이한 것도 시베리아에는 전
설처럼 남아 있습니다. 러시아는 이들의 혁명정신과 부인들의 헌신을 기리
기 위해 데카브리스트 발콘스키 공작과 트루베츠코이 공작 두 사람이 살
던 집을 각각 박물관으로 개조해 일반에 공개하고 있습니다.

이광수의 소설 『유정』이 바이칼 호수가 등장하는 우리나라 최초의 소설인가요?

그렇습니다. 춘원 이광수는 22살 때인 1914년에 시베리아 횡단열차를
타고 하얼빈을 거쳐 바이칼 호수 인근 치타에 가서 6개월간 머물렀던 적이

있습니다. 앞에서 말씀드린 것처럼 당시의 시베리아 횡단열차 노선은 지금과 달랐습니다.

이광수는 치타에서 돌아온 19년 후인 1933년 <조선일보>에 그 때의 경험을 바탕으로 바이칼을 무대로 한 소설 『유정』을 발표해 큰 인기를 끌었습니다.

시베리아 횡단철도와 한국의 역사

Q 시베리아 횡단철도가 우리나라의 역사에 커다란 영향을 미쳤다는 이야기가 있는데, 어떤 연관성을 이야기하는 것인가요?

쉽게 말하면, 시베리아 횡단철도 때문에 1904년 2월, 일본이 러시아를 기습공격해 러일전쟁이 일어났고, 러시아가 일본에 져서, 우리나라가 일본의 식민지가 됐다는 그런 역사를 말하는 것입니다.

19세기 말~20세기 초 한반도 주변정세를 간략히 설명하겠습니다. 19세기 말엽, 일본과 러시아는 조선반도와 중국의 만주지역(현재의 요녕, 길림, 흑룡강 동북 3개 성과 내몽골 동부)을 서로 탐내고 있었습니다. 일본은 조선과의 강화도 조약(1876년) 이후 조선 병탄과 대륙 진출의 기회를 호시탐탐 엿보고 있었고, 러시아 역시 동아시아에서의 부동항 확보를 위해 남하정책을 추진하면서 만주 땅과 조선반도를 집요하게 노렸습니다. 20세기에 들어와서도 러-일 두 나라의 실랑이는 계속됐습니다.

마침내 두 나라는 1903년 협상테이블에 앉아 위의 문제들을 논의합니

▲ 시베리아 횡단열차와 여승무원

다. 일본은 만주에서의 러시아의 우위를 인정하는 대신 조선반도에 대한 일본의 지배권을 인정하라고 러시아에 요구했습니다. 이에 대해 러시아는 조선반도의 평양과 원산을 잇는 39도선의 북쪽은 러시아가, 남쪽은 일본이 나누어 지배하는 안을 제시했습니다. 오늘날 38선으로 남북이 갈라져 있지만, 약 120년 전 러·일 간에 39도선 분할 논의가 있었던 것입니다.

일본은 러시아의 39도선 분할 지배 제안은 일본에 불리한 것이라고 보고 거부합니다. 러일 간의 관계는 점점 전쟁이 불가피한 상황으로 치달아 갔습니다.

이러한 때에 주 러시아 일본 대사관의 무관인 아카시 모토지로 (1864~1919) 대령으로부터 온 비밀 전문은 '러시아가 시베리아 횡단철도가 완공될 때까지는 개전을 어떻게든 미루려고 한다'는 것이었습니다. 다시 말해 러시아는 시베리아 횡단철도가 완공되어야 전쟁에 유리하다는 판단을 하고 있다는 얘기였습니다. 병력과 장비의 수송을 감안할 때 러시아측의 그러한 판단은 당연한 것이었습니다. 1891년부터 시작된 모스크바-블라디보스트크 간의 시베리아 횡단철도는 중간지점인 시베리아 바이칼 호수 구간이 난공사 구간이어서 그때까지 연결을 못하고 있었습니다. 공사 진척도로 보아 완공은 1905년 10월에야 가능했습니다.

일본은 아카시의 정보 보고를 토대로 마침내 1904년 2월 4일 어전회의에서 개전을 결정했습니다. 개전을 결정하게 된 데는 일본이 1902년 영국과 체결한 영일동맹이 매우 중요한 배경이 되었음은 물론입니다. 개전 결정 4일 후인 2월 8일, 일본은 여순항의 러시아 함대에 대해 선제공격을 가했습니다.

기습을 당한 러시아는 극동으로의 병력과 물자 수송을 위해 1904년 2월 얼어붙은 바이칼호 위에 레일을 깔아 열차를 이동시킨 일도 있습니다. 바이칼 공구가 미완성 구간이었기 때문입니다. 말 3천 필이 동원돼 얼음이 녹기까지 한달 가량 분리시킨 객차와 화차를 끌었다고 합니다.

Q 러시아는 일본이 선제공격을 해오리라고 예상하지 못 했다던데?

러시아는 일본이 감히 대국인 러시아를 선제공격하지 못할 것이라고 생각했습니다. 허를 찔린 것이지요. 러시아는 육지에서도 바다에서도 고전을 면치 못했습니다. 발틱함대의 해전에 마지막 기대를 걸었지만, 발틱함

▲ 러일전쟁 발발 직후 바이칼호 얼음 위에 깔렸던 철로

대마저 1905년 5월 말, 쓰시마 해전에서 전멸되다시피 했습니다. 러시아는
1905년 1월, 수도 상트페테르부르크에서 발생한 피의 일요일 사건 (* 평화적
인 시위대를 황제의 근위대가 총칼로 진압해 수천 명의 사상자가 발생한 사건) 이후 국
내의 정치 상황마저 날로 악화되고 있어 일본과 강화조약에 나설 수 밖에
없게 되었습니다.

Q 독도도 러일전쟁 때 일본이 점령한 것 아닌가요?

그렇습니다. 일본은 러시아와의 해전을 치르기 위해 동해의 한가운데
있는 독도에 러시아 함대의 움직임을 감시하기 위해 망루를 설치했습니다.
그리고는 1905년 1월 독도를 시마네현에 편입시키는 조치를 취했습니다.

▲ 독도는 동도와 서도 두 개의 섬으로 되어있다

주인이 없는 땅이라는 게 편입의 이유였습니다.

일본이 정말 그 섬의 주인이 누구인지 몰랐을까요? 아닙니다. 일본은 그것이 조선의 땅임을 알고 있었습니다. 자신들의 지도에도 그렇게 표시해왔습니다. 일본의 독도 편입은 본격적인 조선 침탈의 서막이었습니다.

Q 러일전쟁 때 대한제국(조선)은 어떤 입장을 취했나요?

러일전쟁 발발 직전, 대한제국은 전쟁에 휩쓸리지 않기 위해 중립을 선언했습니다. 그러나 일본은 이를 무시하고 대한제국을 겁박해, 전쟁 수행을 위해 한반도 안의 토지를 아무 때나 사용할 수 있도록 하는 내용의 한일의정서를 체결합니다. 러일전쟁 발발 보름 후인 1904년 2월 23일 강제 체결된 한일의정서 속에는 '일본은 대한제국의 독립과 영토보전을 확실히

보증한다'는 내용도 있으나, 이는 대한제국의 협력에 명분을 주기 위한 속임수에 불과한 것이었습니다. 그것이 속임수임은 곧 드러났습니다.

러일전쟁 승리 후 일본은 두 달 만인 1905년 11월 을사늑약을 체결해 대한제국의 외교권을 빼앗습니다. 그 뒤 1907년 고종을 강제 퇴위시키고, 군대를 해산시킨 다음 1910년 한일강제합병으로 한반도를 일제의 식민지로 만듭니다.

Q 만약에 러일전쟁에서 러시아가 이겼다면 우리나라는 어떻게 되었을까요?

러시아가 이겼다면 러시아의 속국이 됐을 가능성이 큽니다. 그렇다면 러시아 혁명 후 소련의 위성국가가 됐을 것입니다. 러시아는 우리나라에 그들이 사용할 부동항을 대대적으로 건설했을 것이고, 그후 일본의 운명 또한 어찌됐을지 알 수 없습니다.

Q 러일전쟁 전에 시베리아 횡단철도와 관련한 러시아측 동향을 탐지해 본국으로 보고했던 러시아 주재 일본 대사관의 무관 아카시 모토지로 대령이 그 후 조선총독부의 초대 헌병 사령관이 되어 우리 독립지사들을 탄압한 인물이라는데?

아카시 모토지로는 일본의 전설적인 스파이로 알려져 있습니다. 그는 시베리아 횡단철도와 관련한 정보뿐만 아니라 본국으로부터 엄청난 공작금을 받아, 레닌을 비롯한 러시아 내외의 혁명세력을 지원하며 러시아 내

▲ 독특한 외관의 예로페이 파블로비치 역. 블라디보스토크와 이르쿠츠크 중간쯤에 위치한 역이다

부의 교란과 소요를 유도한 것으로 전해지고 있습니다.

아카시는 러일전쟁이 끝난 후 귀국했다가 1907년 소장으로 승진해 이토 히로부미의 조선통감부에 헌병대장으로 부임합니다. 그는 조선 주차 일본군의 참모장을 겸하며 의병탄압을 지휘했습니다. 당시 수많은 의병들이 일본군에 의해 학살됐습니다. 1910년 한일강제합병이 이뤄져 통감부가 총독부로 승격되자 그는 총독부 경무총장 겸 헌병대 사령관을 맡습니다. 말하자면 식민지 초기 헌병경찰 총책이 된 것입니다. 그가 헌병경찰 총책으로 있는 동안 안중근 의사 사촌동생 안명근이 연루된 안악사건, 신민회 사건(105인 사건)을 통해 600명이 넘는 우리나라의 애국지사들이 체포, 구금되고 고문을 당하다 죽기도 하는 모진 탄압을 당합니다. 아카시는 조선총독부를 떠난 후 1918년 대장으로 승진, 대만 총독에 임명됐다가 이듬해인

1919년 사망합니다.

　시베리아 횡단철도와 러일전쟁은 이렇게 우리나라가 일제의 식민지가
된 뼈아픈 역사와 연결돼 있습니다.

연해주 우수리스크의 독립운동가 최재형 선생 집

독립운동가 최재형(1860~1920) 선생과 관련된 논란이 2021년 1월 언론에 여러 차례 보도된 일이 있다. 광복회에서 '독립운동가 최재형 기념사업회'와 의논도 없이 최재형 상을 몇 달만에 세 차례나 주로 여당 정치인들에게 수여해 말썽이 됐기 때문이다. 정치인 출신 광복회장이 자기 정치를 위해 벌인 경솔한 이벤트였다는 비판이 컸었다.

문득 2015년 7월, 러시아 극동 연해주의 우수리스크에 있는 독립운동가 최재형 선생의 마지막 가옥에 갔었던 일이 생각났다. 우수리스크는 블라디보스토크로부터 110km가량 북쪽에 위치해 있다.

나는 당시 안중근 의사 국외 독립운동 사적지 대학생 탐방단의 인솔 단장으로 그곳에 갔었다. 집은 옛 모습 그대로인 듯 보였으나 사람이 살지 않아 뒷마당에는 잡초가 무성했다.

길 옆에서 보이는 집 벽에는 우리나라의 태극기와 러시아 국기가 나란히 새겨진 철제 설명문이 붙어있었다. 그 내용은 다음과 같다.

"이 집은 연해주의 대표적 항일독립운동가이며 전 러시아 한족중앙총회 명예회장으로 활동하였던 최재형 선생이 1919년부터 1920년 일본헌병대에 의해 학살되기 전까지 거주하였던 곳이다."

우리나라가 일제에 의해 강점된 후 연해주 지역에서 독립운동의 대부 역할을 했던 최재형 선생은 1860년(1858년) 함경북도 경원에서 노비의 아들로 태어나 열 살 때 부모를 따라 두만강을 건너 러시아로 이주해 성장했다.

그의 출생년도는 기록에 따라 조금씩 차이가 있는데, 1920년 5월 9일자 동아일보는 그해 4월 7일 일본군에 의해 살해당한 최재형의 최후를 보도하면서, "최재형은 금년 63세의 노인~"이라고 했다. 그러므로 출생년도는 알려져있는 1860년보다 조금 앞설 수도 있다고 본다. ("남산 안중근 의사 기념관에는 최재형의 사진 아래 그의 출생연도가 1858년으로 적혀있다.)

최재형은 어린 시절 연해주에서 러시아인에게 고용되어 일했는데, 그의 성실함을 인정한 고용주의 배려로 소학교에 다니게 되었고, 재학 중에는 교장의 사랑을 받아서 경무청 통역관을 했다고 한다. 또한 10대 시절 러시아 선장 부부의 도움으로 배를 타고 블라디보스토크에서 상트페테르부르크까지 두 번 다녀오며 견문을 넓힐 기회가 있었다.

최재형은 25세 때는 수백 호를 거느리는 노야라는 벼슬도 하게 되었고, 그후 군 관련 사업

▼ 독립운동가 최재형 선생

▲ 우수리스크의 최재형 선생 집

을 하여 많은 재물을 모았다. 그는 연해주 한인 중 이름난 부자가 되었지만, 많은 재산을 공익을 위해 썼고, 후에는 조선의 독립운동과 독립투사들을 돕는 일에 사용했다.

안중근 의사가 1909년 10월 이토 히로부미를 죽이기 위해 기차를 타고 블라디보스트크를 떠날 때도 권총과 여비를 최재형이 뒤에서 마련해 준 것으로 알려져 있다. 최재형은 3·1운동 다음 달인 1919년 4월 상하이에서 성립된 대한민국 임시정부의 재무총장으로 선임되었으나 취임은 하지 않았다.

그러는 동안 연해주에는 1918년부터 일본군이 국제간섭군으로 출병을 하고 있었다. 국제간섭군이란 1917년 러시아에서 볼셰비키 혁명이 성공한 후 적군으로 불린 혁명세력과 백군으로 불린 제정러시아 잔존 세력과의 사이에 내전이 벌어졌을 때 백군을 지원하기 위해 러시아에 들어온 외국 군대를 말한다.

말하자면 일본은 러시아 혁명을 인정하지 않는 입장이었던 것이다. 당시 연해주에 있던 우리 독립운동가들의 대다수는 혁명군인 적군에 기울어져 있었다. 일제와 손을 잡은 러시아의 백군을 지원할 수는 없었다. 독립운동가들은 백군에 의해서도 많은 피해를 보았다.

일본군은 연해주의 조선인 항일 세력을 뿌리 뽑을 기회를 엿보고 있다가 마침내 1920년 4월 블라디보스토크의 신한촌을 기습해 우리 동포 300명 이상을 학살했다. 일본군은 동시에 우수리스크로 들이닥쳐 최재형을 비롯해 김이직, 엄주필, 황 카피톤 등을 전격 체포해 총살했다. 이 분들은 일본군에 의해 흔적 없이 매장돼 가족들은 시신도 수습하지 못했다. 이때의 사건들을 4월 참변이라고 한다.

최재형은 따뜻한 인간미를 가진 분으로 러시아어로 난로를 뜻하는 페치카란 별명을 갖고 있었다.

우리나라 독립운동사에 빼놓을 수 없는 인물인 최재형의 이름이 광복회가 공연히 일으킨 문제 때문에 다시 널리 거명된 것이 그저 나쁜 일만은 아닌 듯하다. 최재형 상은 기존의 기념사업회에서 주관하는 것으로 정리가 됐다고 한다. 페치카 최재형 선생의 애국애족의 정신을 다시금 되새기는 계기가 되었기를 바란다.

제9부
생명의 위험을 느꼈던 필리핀 동굴 탐사

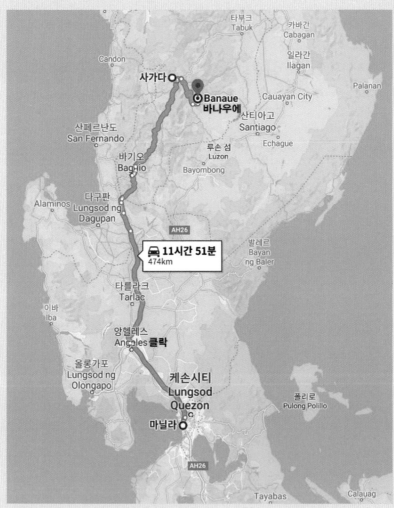

▲ 필리핀 루손섬의 사가다, 바나우에 위치(구글지도)

사가다-바나우에 답사기

필리핀의 수도 마닐라는 루손섬 아래쪽에 있으며 사가다와 바나우에
는 마닐라에서 북쪽으로 버스로 10시간 이상 가야하는 높은 산악지대에
위치하고 있다. 사가다는 굴 속으로 계곡처럼 물이 흐르는 동굴로 유명하
며, 바나우에에는 세계 8대 불가사의의 하나로 불리는, 역사를 정확히 알
수 없는 엄청난 규모의 라이스 테라스(Rice Terrace, 계단식 논 또는 다랑이 논)가

▼ 바나우에 바타드 지역의 계단식 논

곳곳에 펼쳐져 있다. 필리핀의 가장 큰 화폐인 1천 페소짜리 지폐에도 라이스 테라스가 나와 있다.

나는 당시(2009년) 필리핀의 앙할레스(클락)에 잠시 체류 중이었다. 그곳에서 알게 된 젊은 필리핀 영어선생 앨런을 동무삼아 함께 시외버스와 지프니를 타고 여행했다. 3박 4일이었지만, 셋째 날은 바나우에에서 마닐라까지 밤새 버스를 탔으므로 실제로는 2박 4일이었다.

짧았지만, 나름 인상적이었고 생명의 위태로움을 느낄 만큼 위험하기도 했던 그 여정을 소개한다.

사가다까지의 머언 길

8월 29일 (토)

아침 일찍 클락에서 출발, 딸락에서 앨런선생과 만나 오전 11시 30분 바기오 행 버스를 타고 4시간 만인 오후 3시 30분 바기오에 도착하여 일박했다.

▼ 산마을 장터

바기오는 필리핀에서 가장 유명한 고지대 휴양도시로서 해발 1천 5백 미터에 위치해 연중 평균기온이 20도라고 한다. 최고 기온도 26도 이상은 안 올라가 연중 우리나라의 봄, 가을 날씨 같은 곳이다. 마닐라에서 버스로 6시간 가량 걸린다. 버스는 마닐라에서 클락, 딸락 등을 거쳐 바기오로 가는데 마닐라에서 클락까지 한 시간, 클락에서 딸락까지 1시간 가량이다.

바기오에서 호텔 근처로 저녁식사를 하러 나갔는데, 어학 연수차 이곳에 온 한국 학생들이 눈에 많이 띄었다.

8월 30일 (일)

다음 날인 30일 새벽 6시 15분에 바기오에서 출발해 사가다에 점심때인 12시 15분에 도착했다. 정확하게 6시간 걸렸다. 당초엔 7시간 걸린다고 했

▼ 사가다로 가는 산능선 도로 주변에 많이 피어있던 칼라릴리(백합)

는데, 중간에 쉬는 시간을 줄인 듯 했다. 마닐라에서 바기오까지 가는 버스에는 대부분 에어컨이 장착되어 있으나 바기오에서 사가다로 가는 버스엔 에어컨이 없다. 그러나 가는 길이 전부 고지대여서인지 더위를 전혀 느낄 수 없었다.

가는 길은 대부분 산등성이 아니면 8-9부 능선, 도로는 80% 이상 포장되어 있다고 했다. 가는 도중 포장 공사

▲ 산중 마을의 주민 모습

가 곳곳에서 진행 중이었다. 차가 구르면 어떻게 될까 하는 생각은 안 하는 것이 좋다. 내려다보는 풍경이 마치 비행기에서 내려다볼 때와 비슷하니 비행기 탄 기분으로 생각하는 것이 편하다. 멀리 골짜기 아래 흐르는 계곡 물이 하얀 실처럼 보였다. 도로의 높이도 평균 해발 1천5백 미터라고 했다. 계단식 밭에서는 고냉지 채소를 주로 재배한다.

칼라릴리 (Calalily)라고 불리는 아름다운 흰 백합꽃이 마치 우리나라 가을 시골길의 코스모스처럼 길가에 많이 피어 있었다.

루미앙 동굴, 돌이킬 수 없었던 결정

사가다 종점에 내리니 이곳의 유명한 동굴관광을 하기 위해서는 관광사무소에 접수하고 가이드를 반드시 대동해야 한다고 했다.

두 시간짜리와 네 시간짜리 코스가 있다고 하여 기왕 온 김에 많이 보고 가자는 생각으로 4시간 코스를 택했다. 동굴 구경은 국내외에서 여러 번 했던 터라 여태까지 보아온 다른 동굴들과 비슷하려니 생각하였다. 미리 얘기지만 그게 착각이었다. 선진국 같으면 안으로 들여보내지도 않을 험난한 동굴임을 들어가고 난 후에야 알게 되었으니 그 때는 이미 돌이킬

수가 없었다.

가이드를 따라 도착한 루미앙 동
굴은 입구부터 심상치 않았다. 동굴
입구에 통나무를 파서 만든 관들이
즐비하게 놓여져 있었다. 사자(死者)
의 희망에 따라 통나무에 넣어 동굴
입구에 쌓아 놓거나, 아니면 관을 절
벽에 매달아 놓는(Hanging Coffin) 것
이 이 지방의 풍습이란다. 관의 크
기는 사람 키보다 작았다. 배에서

▲ 동굴 탐사에 나선 광광객들

나올 때의 모양으로 팔다리를 구부려 넣기 때문이라고 했다.

조금 들어가니 아래로 내려가는 좁은 입구가 나왔다. 이때도 나는 좁
다란 이 입구를 지나면 평평한 땅이 나올 것으로 생각했다. 그런데 웬걸
험한 등산할 때 때로 바위 사잇길로 비집고 내려가듯 계속 내려가는 것이
아닌가. 더구나 진흙이 많아서 미끄러웠다. 잘못 미끄러지면 큰 사고로 이
어질 것 같았다. 엉덩이로 기어 게걸음(Crab walk)으로 내려가야 했다. 가이
드가 계속 Crab Walk! 를 외쳤다. 옷이 진흙으로 엉망이 되어갔다.

지하 강

드디어 지하 강(Underground River)이라고 부르는 동굴 속 계곡이 나왔다.
지상의 계곡처럼 물이 콸콸 흘렀다. 우기이기 때문에 수량이 보통 때보다

▲ 위험 신호를 보내는 동굴 가이드. 아래는 가파른 내리막길이다

많다고 했다. 어떤 계곡에서는 상륙작전 때의 해병대원처럼 가슴 위까지 차오르는 물 속을 건너야 했는데, 짧은 바지를 입고 가지 않았기 때문에 옷을 입은 채 그대로 들어가거나 바지를 벗거나 선택해야 했다. 필자가 어떤 선택을 했는지는 독자의 상상에 맡긴다. 체면과 현실을 고려해서 적절한 선택을 했다는 것만 이야기한다.

우리 앞에 먼저 들어간 젊은 필리핀 여선생들(바기오에 있는 한국인 운영 영어학원의 영어선생들이었다.)은 청바지 차림으로 그대로 물속에 들어갔다. 물에 젖어서는 안 되는 소지품은 비닐로 싸서 작은 가방에 넣어 가이드에게 주었다. 가이드는 가방과 랜턴을 머리에 이고 먼저 계곡 물을 건넜다.

길이는 7-8미터 가량인데, 물이 가슴 위를 넘어 거의 목까지 찰랑찰랑했다. 1976년 봄 육군 소위 시절 광주 상무대에서 화순 동북 유격장으로 훈련 갈 때 밤중에 가슴까지 차오르는 차가운 적벽강을 건널 때의 생각이 났다. 우리는 칼빈 총을 두 손으로 어깨에 메고 마치 영화 '돌아오지 않는 해병'의 한 장면처럼 비장한 모습으로 강을 건넜다.

온몸을 모두 적신 여선생들은 낮은 물에서는 아예 텀벙 주저앉아 놀았다. 필자가 '용감한 당신들을 한국의 특수부대에 추천하겠다'고 말했더니 깔깔 웃었다. 가이드들은 랜턴을 들고 3명이 한 팀이 되어 움직이는데 필리핀 여선생들은 우리 팀에 들어있었던 것이다.

진퇴양난(進退兩難)

이런 경우를 진퇴양난이라고 할 것이다. 물이 들어찬 계곡을 잘 건너왔나 했더니 이후로 또 다시 미끄러운 진흙이 덮인 바위 위를 계속 지나야 했다. 바위 위를 살금살금 오르내리며 옆을 쳐다보니 시커멓다. 그 아래가 어떻게 생겼는지 알 수도 없다. 위험 천만. 미끄러져 떨어지면 중상 또는 사망이다. 이제부터는 무조건, '다치지 않고 살아서 여기를 빠져 나가는 것'이 목표다.

뒤로 돌아갈 수도 없었다. 더 위험할 테니까. 아래쪽 출구를 향한 전진만이 있을 뿐이다. 동굴의 구조가 마치 산속의 험준한 계곡을 내려오는 것과 같다. 별일 없으려니 생각하고 들어간 동굴에서 이처럼 생명의 위험을 무릅쓰게 될 줄은 미처 몰랐다.

필리핀 사람들처럼 슬리퍼를 신고 들어갔는데 바닥이 일정치 않아 신었다 벗었다 할 수 밖에 없었다. 이곳 사람들은 하이킹용 슬리퍼를 신는데,

이 슬리퍼는 바닥이 덜 미끄러지는 재질로 되어있다고 한다.

신기한 것은 동굴 아래 부분의 대리석 색깔의 바위들은 물이 세차게 흐르는 곳에 맨발을 갖다대도 발바닥이 바위에 착 달라붙어 전혀 미끄럽지 않았다는 것이다. 그런데 그 위의 진흙 덮인 바위 위는 한 걸음 한 걸음이 위태로웠다.

마침내 탐험(?)을 끝냈다. 출구에서 나와 앨런은 '이제 살았다'고 만세를 불렀다. 밖에 나와 보니 여기의 기념 셔츠 가슴에 새겨진 문구도 'I survived, Sagada' 였다. 사람들이 긴 동굴 탐사를 끝내고 모두 '살았다!'고 한 마디씩 하는 것 같았다.

내가 가이드에게 물었다. '그동안 혹시 사고가 없었는가?'

가이드 왈 : "가이드들이 원체 안전 위주로 가이드를 잘 하기 때문에 한 건의 사고도 없었죠."

그런데 동네에 돌아오니, 여행객 한 사람이 내게 말했다.

"그동안 동굴에서 여러 사람 죽었다는데…"

그러면 그렇지, 그런 상황에서 사고가 없었을 리가 없다.

김치 레스토랑과 용감한 한국 아줌마들

저녁을 먹으러 거리로 나섰다가 내리막길 한쪽에 세워져 있는 김치 레스토랑(Kimchi Restaurant)이란 간판을 발견했다.

허름한 집이었는데, 들어가 보니 필리핀인 주인이 "어서 오세요" 하고 한국말로 인사했다. 그는 한국말을 곧잘 했는데, 서울의 동대문 근처 식당

▲ 사가다의 김치 레스토랑

에서 수년간 일해서 번 돈으로 고향인 이곳에 한국식당을 차렸다고 한다.

벽에 걸린 메뉴판을 쳐다보고 있는데 한국 여성 세 사람이 식당 안으로 들어왔다. 바기오에서 사가다로 올 때 버스에서 본 분들이다. 30대 중·후반 정도로 보였다. 나를 보더니 "한국 사람이세요?"하며 깜짝 놀라는 눈치다.

나중에 들으니 놀란 이유는 이러했다. 나는 그 세 사람이 한국 사람이라는 것을 버스에 탈 때부터 알았으나 그 분들은 내가 필리핀인과 영어로 대화를 하니까 어느 나라 사람인지 궁금했단다.

그래서 나에 대해 이모저모 살펴보았는데, 우선 수염을 기르고 있으니 한국사람 같지는 않고(그때는 콧수염을 조금 길렀다. 필리핀에서는 한국 사람들은 대개 수염을 안 기르는 것으로 생각한다.), 또 외모가 필리핀 사람 같지는 않으니

아마도 '중국계 필리핀인'일 것으로 추측했다고 한다.

　오지 여행에 나선 이 용감한 한국 아줌마들은 입구와 출구가 같은 두 시간짜리 동굴 탐사(네 시간짜리 탐사는 입구와 출구가 다르다)를 한 후 이 식당에 들러 식당 주변에 왔다갔다 하던 통통한 닭을 한 마리 지목, 주인을 설득하여 닭백숙을 주문해 놓고 다시 왔다고 했다. 필자가 닭백숙에 지대한 관심을 표명하자, 세 분이 나와 앨런을 닭백숙 파티에 기꺼이 끼워 주었다.

　우리는 식사 후 관광안내책자에도 나오는 그 동네의 유명한 아이스크림 가게로 자리를 옮겼다. 김치 레스토랑 아래쪽에 있었다. 닭백숙을 얻어 먹었으니 아이스크림 값은 내가 냈다. 아이스크림은 한 사발이나 됐다. 아이스크림을 배불리 먹고 커피도 한 잔 한 후 헤어졌다. 세 분을 이튿날 아침 정류장에서 다시 만났다. 세 분은 이날 아침 사가다를 출발, 다시 바기

▼ 사가다에서 만난 용감한 한국 여성 세 분. 좌로부터 박신혜, 정찬주, 박현숙 씨

오를 경유해 마닐라로 돌아갔다.

벌써 세월이 많이 흘렀지만 이분들과는 지금도 서울에서 가끔 만나거나 소식을 주고받으며 인연을 이어가고 있다.

싸구려 필리핀 여관의 추억

호텔 예약을 앨런 선생에게 맡겼는데, 차질이 생겨 버스정류장 앞 싸구려 여관에서 자게 됐다. 예약한 호텔이 정류장에서 너무 멀어서 이튿날 아침 6시 30분 본톡으로 가는 지프니를 타기에 문제가 있을 것 같았기 때문이다. 바나우에를 가려면 일단 본톡까지 가서 버스를 갈아 타야 한다. 그래서 정류장 근처의 여관을 찾았는데 막상 들어가보니 너무 허름했다.

앨런 선생이 미안해하면서 "괜찮겠느냐?"고 묻길래, 나는 군말 안 하고 "좋다"고 했다. 우리 식으로 말하면 조그만 여인숙 같은 곳이다.

방값은 200페소(한국 돈 6천원 조금 안 됨). 침대 하나 들어간 좁은 방에 달랑 나무의자 하나 뿐이다. 방안에 화장실은 물론 없다. 복도에 공동화장실이 있었다.

여행을 하다보면 늘 베개가 문제다. 너무 푹신해 머리가 쑥 들어가면 잠이 잘 안 온다. 마침 집에서 보내준 돗자리 재료로 만든 작은 여름용 베개를 배낭에 넣고 갔기 때문에 그걸 베고 잤다.

그러나 잠이 잘 올리 없다. 자는 둥 마는 둥 하다 새벽 3시 반에 일어나 모든 공정을 다 해치웠다. 화장실 앞에서 서로 만나고 기다리고 하면 복잡해지니까.

▲ 사가다에서의 아침 커피 한 잔

　그렇게 부지런을 떤 덕에 아침에 커피 한 잔을 느긋하게 마시고 6시 반, 바나우에로 가는 버스가 있는 본톡으로 지프니를 타고 계획대로 출발할 수 있었다. 나중에 메모를 보니 아침식사는 가져간 바나나와 과자부스러기로 때웠다고 적혀있다.

세계 8대 불가사의 중 하나인 바나우에의 라이스 테라스
9월 1일(월)

　필리핀은 이날 공휴일이었다. 세계문화유산이며 세계 8대 불가사의의 하나라는 바나우에의 라이스 테라스 즉 거대한 계단식 논을 보러가는 날이다.

　사가다에서 본톡까지는 지프니로 한 시간 가량 걸렸다. 본톡에서 40년

▲ 산중마을 본톡 거리

이상은 됐을 것 같은 고색창연한 버스로 갈아타고 바나우에까지 3시간을
더 갔다. 버스는 바나우에로 가는 중간에 안개 자욱한 산 중턱에서 잠시
쉬었다. 간식거리 등을 파는 조그만 가게도 있었다. 산 위여서인지 서늘했
다. 바람막이 옷을 꺼내 입고 안개를 배경으로 사진도 한 장 찍었다. 필리
핀이 더운 곳이라고만 생각하면 오산이다. 산 속의 날씨는 언제나 변화무
쌍하며 높은 산 위는 어디나 춥다는 것을 잊지 말아야 한다.

마침내 수천 년 역사의 계단식 논으로 유명한 바나우에에 도착했다. 유
명한 바타드(Batad) 라이스 테라스를 보기로 했다. 바나우에 버스 정류장에
서 바타드로 가기 위해 지프니를 대절했다. 바타드로 들어가는 입구인 새
들(Saddle, 말 안장)이라고 불리는 곳까지 왕복 3100페소 주기로 했다. 지프니
와 가이드 비를 합친 것이다. 나중에 팁까지 포함해 모두 3500페소를 주었

으니까 우리 돈 10만 원쯤 든 셈이다. 지프니를 타고 바나우에서 약 1시간 반만에 새들에 도착했다. 새들까지의 막바지 오르막길은 매우 험난했는데 지프니는 험한 산길을 잘도 올라갔다. 지프니는 말하자면 뒤를 길게 늘린 지프다. 필리핀의 중요한 대중 교통 수단의 하나이기도 한데, 용도가 다양하다.

필리핀 화폐에 들어있는 계단식 논

새들은 '안장처럼 생긴 높은 산등성이'란 의미라는 것을 현장에 도착해 보니 알 수 있었다. 여기에서 곧바로 가파른 내리막 산길이 시작되었다. 올라갔다 내려오는 보통의 산행과는 반대로 여기서는 내려갔다 올라와야 한다.

▼ 바나우에 가는 도중 산등성이 잡화상 앞에서 잠시 멈춘 버스

라이스 테라스와 마을이 저기 아래 있는데 가는 길은 좁은 산길 밖에는 없다고 했다. 가이드를 따라 내려갔다. 남들은 한 시간 정도 걸린다는데, 나는 전날 동굴에서 미끄러지지 않으려고 다리에 너무 힘을 줘서인지 장딴지에 알이 잔뜩 배어서 절뚝거리며 걸었다. 약 한 시간 반 만에 라이스 테라스 중턱 터닝 지점까지 도착했다.

계단식 논은 가파른데다 아래 위 길이만도 수백 미터 이상 되는 것 같았다. 규모가 그러하니 세계 8대 불가사의라고도 하고, 세계 문화 유산의 하나가 됐나 보다. 그것이 자랑거리가 되므로 필리핀의 제일 큰 화폐인 천 페소(*당시 환율로 우리 돈 3만원 조금 안 됐다)짜리 지폐에도 계단식 논 그림이 들어있는 것일 게다.

그런데 오르락내리락하면서 힘들어서 어떻게 농사를 지을까? 여기 사람들을 이푸가오 족이라고 하는데 겉모습은 일반 필리핀인들과 별로 다르지 않다. 계단식 논을 2천 년 전부터 만들었다고 한다. 이런 산골짜기에서 쌀을 얻을 수 있는 방법이 그것 밖에는 없었을 것이다. 아직도 외부로 통하는 길이 좁은 산길 외에는 없다. 학교는 조그만 초등학교가 하나 있을 뿐이다.

미국 펜실베니아에서 문명을 거부하고 옛날 유럽 농촌식으로 살고 있는 '아미쉬'처럼, 이푸가오 족도 자기들끼리 그렇게 수천 년을 살아온 것 같았다. 가파르니까 보통 논둑으로는 비가 오거나 하면 쉽게 허물어질테니 논둑을 돌로 축대처럼 쌓았는데, 어떤 것은 높이가 3-4미터도 더 되었다.

▲ 우리를 바타드의 새들까지 태워다준 지프니

논둑 하나하나 만드는데도 어마어마한 노력이 들었을 것이다. 평지라면 요즘 같은 때 트랙터로 쉽게 지을 농사를, 새까맣게 높은 산꼭대기에서부터 저 아래 논까지 왔다갔다 하며 지으려면 진이 빠져 다른 생각은 할 수도 없을 것 같았다. 들은 얘기지만 이 사람들이 과거에는 인간 사냥도 했다는데, 식인 풍속이 있었다는 얘기인지 어떤 것인지 확인은 못 했다.

이러한 라이스 테라스는 바타드 지역 뿐만 아니라 인근 여기저기에 많았다. 바타드는 산으로 삥 둘러싸여 있어서 밖에서 전혀 안 보이기 때문에 유명한 곳이다. 쉽게 가기 힘든 곳이지만, 하이킹을 원하는 사람들에게 권하는 곳이라고 한다. 바타드 근처에 걸어서 1시간 거리에 높이 30미터짜리 폭포가 있다는데, 시간상 못 갔다.

산길을 거슬러 올라와 새들에서 다시 지프니를 타고 마닐라행 버스를 타기 위해 바나우에 버스 터미널로 향했다. 저녁 6시에 출발해 2시간쯤 후 버스를 한번 갈아타고 밤새 달려 동틀 무렵 마닐라에 도착했다. 10시간 조금 더 걸린 것 같다. 마닐라에서 다시 버스로 클락으로 돌아왔다.

너무 추웠던 버스 안

버스 안은 너무 추웠다. 그게 규정 온도라 어쩔 수 없단다. 승객들을 보니 모두가 머리까지 잔뜩 뒤집어쓰고 잠을 청했다. 나도 가지고간 긴팔 셔츠에 방수점퍼를 꺼내 입고 추위에 대처했다. 잘못하면 버스에서 감기에 걸릴 것 같았다. 2박 4일간의 강행군이었지만 아름다운 풍경과 미지의 세계를 둘러본 즐거운 경험이었다.

필자의 여정은 마닐라를 기준으로 생각하면, 마닐라-바기오(1박)-사가

▼ 산중턱에서 내려다 본 바타드 마을

다(1박)-바나우에(버스안)-마닐라 코스였다. 그런데 바람직하기는 마닐라-바기오(1박)-사가다(1박)-바나우에(1박)-다시 사가다 경유-바기오(1박)-마닐라로 하는 것이 어떨까 한다. 차를 대절할 경우 훨씬 더 시간을 줄일 수 있다. 그 대신 든든한 차와 경험있는 기사가 필요할 것이다.

바나우에에서 곧장 마닐라로 올 경우 -나는 밤새 버스에 있었으므로 아무 것도 볼 수 없었지만, 두 시간 정도 산길을 지나면 그 후로는 보통의 필리핀 시골길과 같기 때문에 특징적인 것은 없다고 한다.

그러나 사가다로 다시 가서 마운틴 프로빈스의 산길을 거쳐 바기오로 가면 되돌아가는 길의 풍경에서 새로운 맛을 느낄 수 있을 것이라고 몇 사람이 말하였다.

제10부

신비의 땅 라다크
– 인간과 노는 야생동물

▲ 뉴델리-스리나가르-레 이동경로(뉴델리=델리, 구글지도)

아찔한 고갯길들

인도 북부 히말라야 산맥 속의 오지 라다크(Ladakh). 라다크로 가는 길은 매우 험하다. 해발 3천, 4천, 혹은 5천 미터가 넘는 고개를 넘어야 중심도시 레(Leh)에 닿을 수 있다. 레의 평균 높이는 해발 3천5백 미터.

레까지 가는 방법은 두 가지다. 델리에서 비행기를 타고 곧바로 레까지 가거나 아니면 시간이 많이 걸리고 멀고 험하지만 육로를 이용하는 것이다.

▼ 라다크의 레로 가는 산길에 도로공사로 길이 막혀 서있는 차량들

비행기로 레까지 갈 경우 1시간 반 정도 밖에 안 걸리므로 시간은 크게 단축되지만 히말라야 산맥의 아름다운 경관을 놓치게 된다. 그래서 여행 길에 나선 사람들은 힘이 들어도 대개 육로로 레까지 가는 길을 택하는 경우가 많다.

육로도 델리에서 마날리를 거쳐 레까지 가는 길이 있고, 델리에서 스리 나가르까지 국내선을 타고 간 후 지프를 타고 레로 가는 방법이 있는데, 델 리에서 마날리를 경유해 가는 길은 너무 멀기 때문에 대개 '델리-스리나가 르-레' 코스를 택하는 것 같다. 우리도 그랬다.

일행이 인도 델리를 향해 인천공항을 출발한 것은 2014년 8월 2일 저녁. 다음 날 델리에서 다시 비행기로 잠무카슈미르 주의 스리나가르까지 갔다.

스리나가르는 인도와 영토 분쟁이 있는 파키스탄 국경과 멀지 않은 곳 에 위치해 공항 주변부터 군인들의 경계가 삼엄했다. 스리나가르는 인구 대부분이 무슬림인 도시다. 좁은 도로에 신호등도 별로 없고, 차선도 잘 보 이지 않는다. 가난하고 낙후된 도시의 풍경이다.

달 호수와 하우스 보트

그래도 3일 저녁 우리가 묵은 하우스 보트(House Boat, 선박 형태의 수상 여 관) 주변의 풍광은 평화롭고 아름다웠다. 커다란 달(Dal) 호수 안에 있다.

오래 전 하우스 보트가 처음 생길 때는 배를 숙소로 개조해 만들었다 는데 막상 들어가 보니 배를 개조했다기보다는 애당초부터 숙소를 배처럼 만든 것 같았다. 자기들은 수상 호텔이라고 부르는데 우리가 보기엔 그저

▲ 달 호수의 시카라

웬만한 여관 수준일 뿐이다.

　이날 하우스 보트 숙소로 가기 전, 시카라라고 부르는 지붕이 있는 작은 배를 타고 달 호수의 일몰을 찍으러 호수 안으로 들어갔다. 호수는 잔잔했으나 구름이 끼어 제대로 된 일몰 사진은 찍을 수 없었다. 호수 중간에 아치형 구조물이 있었는데, 호수의 풍광을 살리기 위해 만든 것이라고 했다. 시카라는 그 아치를 지나 다녔다. 시카라는 이탈리아 베네치아의 곤돌라처럼 달 호수의 수상 택시다.

새벽을 깨우는 수상야채시장

　4일 새벽, 해가 뜨기도 전에 숙소에서 나왔다. 어둠 속에서 시카라를 타고 새벽에 여는 수상야채시장을 보러갔다.

▲ 달 호수의 전통 새벽 야채시장

토마토, 무, 오이, 가지, 상추처럼 생긴 채소 등 각종 야채를 실은 작은 배들이 모여들었다. 꽃을 싣고 온 배도 있었다. 대부분 집에서 키운 것들을 싣고 나온 것이라고 했다. 각자의 배를 타고 온 달 호수 사람들이 서로의 야채를 사고파는 동네장터다. 이곳 사람들에게는 일상이겠지만 우리에겐 매우 이색적인 풍경이었다.

하우스 보트로 돌아오는 길에 보니 호수에는 발이 노란 쇠백로가 많이 눈에 띄었다. 쇠백로는 다른 백로보다는 몸집이 조금 작은데 발이 노란색이어서 쉽게 구분된다. 우리나라에서는 봄에 남쪽나라에서 왔다가 번식을 하고 가을이 오기 전에 떠나는 여름 철새인데, 가끔 보던 새여서인지 반가웠다. 여기 있는 쇠백로가 우리나라까지 오는 것은 아니겠지. 한국에 오는 백로는 겨울을 동남아 등지에서 보내는 것으로 알려져 있다.

수상야채시장을 본 후 하우스 보트로 돌아와 아침 식사를 하고 다시 시카라를 타고 호수 밖으로 나와 드디어 레를 향해 출발했다.

레를 향해 출발 - 스리나가르에서 카르길까지

스리나가르에서 레를 향해 출발한 것은 4일 오전 8시 경. 도시를 빠져 나온 후 처음에는 완만한 오르막이더니 차츰 경사가 급해지기 시작했다. 게다가 도로 한쪽은 천 길 낭떠러지다. 이 험하디험한 길을 지프는 서두르듯 빠른 속도로 달렸다. 은근히 걱정이 되어 슬며시 계기판을 보니 시속 80킬로다. 이런 길에서 시속 80킬로라니…

선진국 같으면 시속 30킬로나 20킬로 이하로 속도를 엄격히 제한했을 만한 도로상황이다.

가드레일 같은 것은 아예 없다. '아차' 하면 그만이다. 중간에 잠시 차가 멈췄을 때 차에서 내리는 일행의 얼굴을 보니 모두들 십년감수했다는 표정이었다.

스리나가르에서 레까지는 434km다. 하우스 보트 숙소가 있던 달 호수를 떠난 지 1시간 반 만에 본 이 정표에는 소나마르그 59km, 드라스 112km, 카르길 169km, 레 395km로

▼ 소나마르그 빙하지대

쓰어 있었다.

고속도로라면 반나절 거리밖에 안 된다. 그런데 여행 스케줄에는 레까지 가는 중간에 카르길과 알치 두 곳에서 자고 가는 것으로 되어있다. 물론 일행의 목적이 사진 촬영이므로 도중에 지체하는 일이 많은 탓도 있지만, 이렇게 일정을 잡은 이유는 고산증을 우려해서라고 했다. 즉 서서히 고산에 적응하도록 하기 위해서였다.

그런데 가면서 보니 단순히 고산증 만의 문제가 아니었다. 도로공사로 인해 길에서 대책 없이 기다려야 하는 경우가 자주 있었다. 그러니 일정을 여유있게 잡지 않을 경우 낭패를 볼 수도 있겠다는 생각이 들었다.

빙하트레킹으로 유명한 소나마르그

출발 첫 날 점심은 12시쯤 도착한 소나마르그에서 먹었다. 소나마르그는 해발 2730m에 위치한 마을이다. 백두산(2744m) 높이에 있는 동네인 것이다. 마을 입구에 제법 규모가 있는 인도군 부대가 주둔해 있었다.

한 조그만 식당에 들어가 이곳의 전통 밀크차인 '차이'를 사람 수대로 시켜놓고 가지고 간 도시락(하우스 보트에서 만들어 준 빵, 바나나, 달걀 등이 들어 있는 런치박스)을 먹었다.

길거리에는 구멍가게가 여럿 있었다. 진열품 중 진공포장한 과자 종류의 상품들은 금방이라도 터질 듯 포장이 모두 빵빵하게 팽창되어 있었다. 해발이 높아 기압이 그만큼 낮기 때문이다. 우리가 가져간 초코파이도 마찬가지였다. 길 한쪽 끝에는 양고기를 주렁주렁 매달아 놓은 푸줏간도 보

▲ 빙하를 잘라내 만든 산간 도로

였다.

소나마르그는 아름다운 산악경관과 빙하트레킹으로 유명한 곳이다. 남
인도의 부자들이 눈과 빙하를 구경하러 오는 곳이라고 한다. 말을 타고 빙
하지대까지 다녀오는 현지 관광코스가 있는데 2시간 정도 소요된다고 했
다. 시간상 가 볼 수는 없었다. 아쉬움 속에 다시 레를 향해 출발했다.

예술품 같은 빙하의 단면

도로공사로 인해 차가 자주 서는 바람에 시간이 많이 지체되기는 했지
만, 하마터면 못 보고 지나갈 광경도 보게 되었다. 산중턱 계곡에 걸려있는
만년설이 만들어낸 거대한 얼음덩어리인 빙하다. 마침 차가 선 곳이 그 곳
이었다.

▲ 빙하의 단면

　도로가 빙하의 허리를 자르고 지나갔으므로 빙하의 단면이 그대로 드
러나 보였다. 우리가 본 빙하의 단면은 커다란 흰색 바탕에 검정 물감으로
벌집무늬를 모자이크처럼 그려 넣은 멋진 예술품 같았다.

　빙하는 곡(谷)빙하와 대륙(大陸) 빙하로 나뉜다고 한다. 우리가 만난 산
속 계곡의 빙하는 바로 곡빙하다. 계곡빙하라고 하는 것이 더 나을 것 같
다. 잘려진 빙하 아래로는 맑은 물이 흘러내리고 있었다. 빙하에서 흘러내
리는 이 물은 건조한 이 지역에 푸른 생명을 살리는 원천이다.

　카르길 가는 길에 3530m의 조지라 고개를 지나 세계에서 두 번째로 추
운 지역이라는 해발 3249m의 드라스를 지나게 되었다. 무슨 근거로 세계
에서 두 번째로 추운 지역이라고 하는지는 알 수 없었지만, 여행사측에서
는 이곳에서 입을 오리털 점퍼를 준비하라고 했었다.

그런데 드라스를 지날 때 오리털 점퍼를 꺼내 입을 일은 생기지 않았다. 이날 우리가 지나 온 다른 지역과 별 차이가 느껴지지 않았기 때문이다.

고산증

레로 출발한 첫날부터 고산증 환자가 생겼다. 여성 회원 한 분이 도중에 토하고 정신을 못 차리는 사태가 발생했다. 결국 카르길에 도착해 병원 신세를 졌다. 다음 날 다소 회복되어 일정을 같이 했는데, 두 번째 날엔 남자회원이 어지럼증을 비롯한 심각한 고산증세를 보였다. 또 그 다음 날엔 다른 여성 회원이 그로기 상태가 되어 병원으로 가 하룻밤을 지내며 산소를 공급받는 치료를 받았다. 겉으로는 멀쩡해 보이는 다른 사람들도 조금씩 고산증의 영향을 받고 있었다.

고산증은 근본적으로는 산소부족에서 생기는 현상인데 어지럼증, 메슥거림, 구토, 수면장애, 식욕부진 등 여러 현상을 수반한다고 한다.

천천히 고도에 적응하기 위해 델리에서 비행기로 곧바로 레로 가지 않고 스리나가르를 거쳐 가는 우회 육로를 택한 것인데, 그럼에도 일행 중 몇몇 분은 초기에 고산증을 피하지 못했다. 그래도 며칠 후엔 모

▼ 파투라 고개의 타르쵸

두 생기를 되찾았다.

스리나가르와 레의 중간쯤에 있는 카르길은 라다크 제2의 도시로 해발 2650m에 위치해 있다. 도시라곤 해도 도시 분위기는 별로 없는 조금 큰 산간 마을 같다.

5일 아침 식사 후 도시 구경을 잠시 했다. 카르길은 라다크에 속해 있지만 주민은 대부분 무슬림이다. 비탈진 도로는 좁고 삐뚤빼뚤 했다. 이곳 사람들의 주식인 짜빠티(화덕에서 구워내는 둥글고 납작한 빵)를 구워 파는 작은 가게, 옷 수선집, 거리의 구두수선공, 양고기 푸줏간, 과일 노점상, 물 펌프 등은 수십 년 전 우리나라 시골 장터의 모습을 생각나게 한다.

이날은 레로 가는 길에 가장 높은 고개인 파투라 고개(4060m)를 넘어가는 날이어서 일행은 조금씩 긴장했다. ('라'는 고개라는 뜻이지만 여기에서는 그냥 '파투라 고개'라고 쓴다.)

카르길을 떠나 한참 가다 보니 길가에 라마불교의 오색 기도 깃발인 타르쵸가 보이기 시작했다. 곧 이어 흰색 불탑 쵸르텐도 보인다. 이슬람지역에서 불교지역으로 들어온 것이다. 나미카라 고개(3717m)에도 많은 타르쵸가 휘날리고 있었다. 나미카라에서 파투라 고개까지는 한 시간 남짓 걸렸다.

이윽고 파투라 고개로 올라갔다. 그러나 4천m이상의 고지대에 올라갔다고 해서 금세 어떤 고산증세를 보이거나 한 사람은 없었다.

라마유르 곰파의 멋쟁이 승려

파투라 고개를 넘어 라마유르(해발 3510m)로 내려가니 사진에서 보았던 하얀색 곰파(티베트 불교 사원)가 눈에 들어왔다. 라마유르 곰파다. 곰파는 어디서나 마을을 내려다보는 커다란 암석 위에 서 있다.

라마유르 곰파 앞 식당에서 간단히 점심을 먹고 곰파로 들어갔다. 곰파 입구에 서있는 박박 깎은 머리, 붉은 사리에 검정 선글라스를 쓴 젊은 승려의 모습이 재미있었다.

곰파 내부는 다소 어두웠으나 우리가 많이 보아온 절의 모습과 비슷했다. 활처럼 휜 가느다란 채로 북을 두드리며 불경을 읽는 늙은 승려의 모습도 보였다. 관광객들이 사진을 찍는데 대해 크게 개의치 않는 듯 했다.

라마유르 곰파에서 나와 동네를 한 바퀴 둘러본 후 저녁 무렵 알치

▼ 바위 위에 지어진 라마유르 곰파

▲ 라마유르 곰파의 멋쟁이 승려

(3260m)에 도착했다. 알치 앞을 유속이 빠른 강이 흐르고 있었는데, 그 강이 바로 인더스 강이라고 했다. 알치 조금 위쪽에는 수력발전소가 있었다.

호텔에 들어가자마자 저녁도 못 먹고 객실에 퍼진 분이 있었다. 마침 일행 중 침을 잘 놓는 분이 있어 침도 맞고, 고산병약, 두통약 등을 먹은 후 조금씩 회복되었다. 후에 증세가 어땠느냐고 물어보니, 두통, 골 흔들림, 토할 것 같은 메스꺼움이 있었다고 했다.

알치에서 레 가는 길에 들른 살구동네

스리나가르 출발 셋째 날인 8월 6일(수) 아침 식사 전에 몇 분과 인더스 강을 보러 나갔다가 내친 김에 인근 수력발전소까지 가게 되었다. 알치 곰파 옆의 마니차(지나가며 손으로 돌리게 되어있는 불경이 들어있는 둥근 통)가 길게 늘어선 좁은 골목을 통해 마을 밖으로 나갔다. 마을 밖 길가에 노란 열매가 주렁주렁 달린 살구나무들이 있었다. 손을 뻗어 몇 개를 따 먹었다. 맛이 제법 들어 달콤했다. 살구나무는 라다크에서 우리가 유일하게 본 과실수다.

수력발전소에서 돌아와 조금 늦게 아침을 먹고 레를 향해 출발했다. 출

▲ 쵸르텐(티베트 불교탑)과 타르쵸

발한 지 얼마 안 되어 어느 마을 앞에 차가 멈췄다. '사스폴'이라는 마을 이
름이 적힌 팻말이 서 있었다. 살구로 유명한 마을이라고 했다. 둘러보니 서
있는 나무들이 모두 살구나무다. 동네 자체가 살구 농원인 셈이다.

전부 주인이 있는 나무일 텐데 일행이 모두 열심히 따 먹고 더러는 한
움큼씩 주머니에 넣기도 했지만 아무도 뭐라는 사람이 없었다. 듣던 대로
'라다크의 인심이 좋긴 좋은가 보다'고 생각했다.

사스폴 마을에서는 밀 추수가 한창이었다. 푸른 하늘 아래 누렇게 익은
밀을 수확하는 농민들의 모습이 참으로 평화롭고 순박해 보였다. 카메라
를 들이대면 빙긋이 미소 지으며 포즈도 잘 취해 주었다.

인도에 온 후 카메라에 거부감을 보이는 이는 별로 보지 못 했다. 그 점
이 우리 일행에게는 참으로 다행스러운 일이었다.

▲ 사스폴 마을의 탐스럽게 열린 살구

　레로 가는 도중, 인더스 강과 잔스카르 강과의 합류지점이 내려다보이
는 언덕에서 잠시 내렸다. 두 강의 색깔이 달랐다. 한쪽은 뿌연 회색이었고
한쪽은 검푸른 색깔이었다. 그렇게 다른 색깔의 물이 합류지점에서 한 몸
이 되어 흘러가고 있었다.

　이곳에서 레는 멀지 않았다. 앞에서 얘기했지만, 레에 도착 직후 또 여
성 한 분이 고산증세로 병원으로 가 하룻밤을 지내고 다음 날 나왔다. 병
원에 가보니 비슷한 증세로 입원하여 산소 호흡기를 하고 있는 외국인이
많더라고 했다.

판공초 호수에 갈 것인가?

　레에 도착한 6일 저녁 식사 후 우리는 중요한 회의를 하였다. 일정표대

▲ 사스폴 마을의 밀 추수 모습

로 이틀간 레와 인근의 곰파를 둘러볼 것인지, 아니면 둘째 날에 왕복 10 시간이 더 걸린다는 판공초 호수(4300m) 에 갈 것인지를 두고 의견을 나눴다. ('초'는 호수라는 뜻이지만 여기서는 판공초 호수로 쓴다.)

판공초 호수까지 가는데 있어 최대의 난점은 해발 5천m가 넘는 창라 고개(5360m)를 넘는 것이었다. 모두 고산증이 걱정됐기 때문이었다. 어떤 이는 그래도 가보자고 했고, 어떤 이는 예정된 일정대로 진행하자고 했다. 나는 처음부터 판공초 가는 쪽에 섰다.

결국 다음날인 7일에는 일정을 모두 같이하고 8일에는 두 팀으로 나누어 일정을 진행하기로했다. 팀을 나누고 보니 예상과 달리 판공초로 가는 쪽 인원이 더 많았다. 그렇게 된데는 이유가 있었다. 회의 하는 중에 한국에 유학해 한국말을 유창하게 하는 인도인 가이드 슈미트 군이 "정말 가

볼 만한 곳"이라고 한 마디 던진 영향이 컸다. 그 바람에 망설이던 사람들이 판공초 쪽으로 손을 들었다. 그의 말 한 마디가 여러 사람을 움직였던 것이다.

7일에는 레 인근의 탁톡곰파로 가서 유명한 가면축제를 관람했다. 가면은 크고 의상은 화려했다. 가면극의 배우는 모두 승려들이라고 한다. 배우들은 징과 북과 긴 관악기로 연주하는 음악에 맞추어 느릿느릿 춤을 춘다. '참'이라는 이름의 춤이다. 춤이라기 보다는 일종의 종교 의식 같다. 가면극은 권선징악을 표현하는 것이라는데, 나그네의 눈으로는 잘 이해할 수가 없었다. 현지인들을 포함해 관람객이 무대 주변에 꽉 찼는데, 서양 관광객들도 많았다.

▼ 탁톡곰파의 가면축제

드디어 8일. 핀공초팀은 새벽 4시 네 대의 지프로 레를 출발했다. 동이 틀 무렵 첫 번째 검문소에 도착해 여권을 조사하는 동안 잠시 쉬는 시간을 가졌다. 이때 갑자기 나의 왼손 가운데 손가락 끝이 찌릿찌릿하기 시작했다. 모세혈관이 팔딱팔딱 뛰는 현상이다. 고산증 증세인 것 같았다. 다소 걱정이 되었지만, 다행히 이후 별다른 증세는 없었다.

레에서 판공초 호수까지의 거리는 154km로 먼 거리라고는 할 수 없다. 그러나 편도를 5-6시간으로 계산하는 것을 보면 도로 사정을 짐작할 수 있을 것이다. 평균시속 30킬로 내외의 속도로 간다는 얘기다.

도로라는 게 한쪽은 가드레일도 없는 수백 길 낭떠러지 절벽길이 태반이니 그럴 수밖에 없다. 운전사를 믿고 모든 것을 맡기는 수밖에.

함께 온 여행사 대표 황정현 선생도 판공초 가는 길은 처음이었는데, 이

▼ 레 - 판공초 도로(구글 지도)

▲ 레에서 판공초 가는 길의 쳄리 곰파와 전통옷을 입은 라다크 처녀

런 도로 사정 때문에 판공초를 공식적으로 관광코스에 포함시키기는 어렵겠다고 말했다. 사실 안전을 염려한다면 라다크에서는 오가는 일을 모두 포기하고 살아야 한다.

내가 가이드 슈미트 군에게 물어보았다.

"가는 길이 험하다는 얘기는 왜 안 했소?"

"그런 얘기를 하면 갈 사람이 있겠습니까?"

우리는 창라고개로 가는 길에 몇 마리의 날렵한 산양 비슷한 동물들을 만났다. 이곳의 돌색깔과 비슷한 회색빛이었다. 산양인지 야생염소인지 정확히는 알 수 없었다. 뿔이 짧은 것으로 보아 히말라야 산맥 깊은 곳에 산다는 커다란 뿔로 유명한 아이벡스는 아니었다. 그래도 길에서 이런 야생

동물을 직접 본 것은 행운이었다. 산양(혹은 야생염소)들은 가파른 바위산을 가볍게 오르내리다 우리의 시선에서 사라졌다.

창라고개

마침내 창라고개에 도착. 모두 5360미터라고 쓰여진 표지판 옆에 서서 인증샷을 찍었다. 잠깐 잠깐씩 어지럼증이 느껴졌다. 고산증세다. 혼자 빠르게 빙글빙글 돌다가 갑자기 섰을 때 머리가 핑 도는 것 같은 증상이다. 창라고개에서는 누구나 약간의 어지럼증을 느꼈을 것이다. 여기서부터 판공초 호수까지는 내리막길이다.

창라고개에서 조금 내려가다가 비교적 평탄한 산 중턱에서 준비한 도시락으로 아침을 먹었다. 기온이 뚝 떨어져 '오싹'하고 한기가 느껴졌다. 가

▼ 판공초 호수로 가는 길의 5360m 창라고개에서. 좌로부터 박종준, 김명희, 김재환 사진작가

져간 겨울 점퍼를 급히 꺼내 입었다.

식사를 마친 후 한참을 더 내려가 두 번째 검문소에 다가갈 즈음 트럭 하나가 도로위에 직각으로 즉 90도로 누워 있는 광경이 보였다. 길이 막혀 버린 것이다.

포크레인이 뒤집힌 트럭을 끌어내고 있었다. 마침 근처에 있었던 모양 이다. 만약 포크레인 같은 중장비가 가까이 없었더라면 꼼짝없이 산중에 갇힐 뻔했다. 차를 끌어내는 사이에 우리는 검문소에서 수속도 하고 휴식 도 취했다. 마침 길 옆에 포장 찻집이 있어 이곳에서 밀크차인 '차이'를 시 켜 한 잔씩 마셨다.

판공초 호수의 아름다운 반영

마침내 해발 4300미터에 위치한 푸르디푸른 고산 염호(소금호수) 판공초 에 도착했다. 푸른 하늘과 흰 구름이 거울 같은 호수에 그대로 반영이 되 어 아름다운 그림을 그려내고 있었다. 나무 한 그루 없는 산은 옅은 황토 빛이었고 눈이 쌓여있는 흰 봉우리들이 멀리 보였다.

▼ 판공초 호수

▲ 판공초 호수 앞에서 전체 기념사진

　일행은 호숫가에서 단체사진도 찍고 각자 취향대로 촬영에 몰두하다가 천막식당으로 이동해 볶음면 등으로 점심을 먹었다.

　판공초 호수 건너편은 중국 땅이다. 우리나라 백두산 천지처럼 판공초 호수의 한쪽은 인도, 한쪽은 중국 땅이다. 정확하게는 중국의 티베트장족 자치구(西藏自治區 서장자치구). 판공초 인근 국경을 두고 가끔 두 나라 사이에 충돌도 벌어진다.

　티베트는 중국에 점령 당한지 벌써 많은 세월이 흘렀다. 1949년 국공내전의 승리로 중화인민공화국이 세워진 후, 중국은 옛 영토를 회복하겠다며 1950년 10월 티베트를 무력 점령했다. 이후 많은 티베트인들이 정치적 탄압을 피해 이웃 인도로 망명했다. 흔히 달라이라마로 불리는 티베트의 지도자 텐진갸초(제14대 달라이라마, 1935~)는 1959년 티베트를 탈출, 북인도

다람살라에 망명정부를 세웠다.

현재 티베트는 중국 영토의 일부이지만, 망명객들에게 티베트는 빼앗긴 땅이다. 티베트는 역사와 민족, 종교, 언어가 중국과 완전히 다르다. 그러나 티베트에서는 이미 중국화(동화정책)가 상당히 진행되어 신장에서처럼 이주 한족이 경제권을 장악하고 있다. 티베트의 독립을 요구하는 시위와 분신과 관련한 뉴스가 요즘은 잘 보이지 않는다. 여러 가지 여건상 티베트의 독립이 쉽지는 않아 보인다.

사람과 함께 노는 마못

판공초에서 레로 돌아오는 길에 우리는 희한한 장면을 목격했다. 길옆에 차가 서길래 내려서 보니 야생동물인 마못(marmot)이 사람들 앞에서 스스럼없이 재롱을 부리고 있었다. 크고 작은 마못 서너 마리가 사람들 앞에서 놀고 있는 것 아닌가.

▼ 사람들 앞에서 재롱을 부리는 마못

마못은 주로 풀이 많지 않은 고산 평원에 사는 가장 큰 다람쥐과 야생동물이다. 몽골에서는 타르박이라고 불리며 고기 맛이 좋다고 해서 인기 있는 사냥감이다. 독수리들이 좋아하는 먹이 중 하나이기도 하다. 털의 색깔은 황갈색으로 얼굴은 귀 짧은 토끼를 닮았다. 꼬리를 뺀 몸길이는 30~60cm로 다리가 짧고 통통하게 생겼다. 풀, 곡물, 곤충, 거미, 지렁이류를 먹는 잡식성으로 10월에서 이듬해 5월까지는 깊게 땅굴을 파고 가족이 한데모여 긴 겨울잠을 잔다.

　　몽골과 신장에서 사람을 보고 부리나케 달아나는 마못을 본 적은 있는데 그런 야생동물이 이곳에서는 사람들과 이처럼 가깝게 어울리니 어찌된 일인가. 마못은 사람들에게 다가와 카메라를 만져보기도 하고 곧추 서서 얼굴을 쳐다보기도 했다. 사람이 위험하지 않다고 생각하니 이처럼 편하게 노는 것이리라. 귀여운 애완동물 같았다. 아마 오래전부터 사람과의 접촉이 있었을 것이다.

▼ 마못이 카메라를 신기한 듯 만져보고 있다

　　굴속에 있다가 사람이 보이니까 나온 것인지, 사람들이 마못을 보고 차를 세운 것인지는 모르지만, 지금까지의 상식을 뒤집는 상황이었다. 사람이 다가가면 멀리 도망가거나 굴속으로 숨는 것이 여태까지의 상식이었는데 오히려 반대의 모습이 연출되고

있으니 얼마나 신기한가. 굴은 마못들 바로 옆에 있었다. 어떤 녀석은 우리 앞에서 굴에 들락날락 하기도 했다.

이곳을 떠나 '창라고개'로 올라가다 만난 염소들도 그랬다. 다른 곳에서는 염소도 낯선 사람이 다가가면 대개 반대 방향으로 종종걸음을 치는데 여기서는 사람들이 있는 길 쪽으로 몇 마리가 다가왔다. 마침 일행 중 한 사람이 누룽지를 갖고 있어 염소들에게 주었는데, 잘 받아먹었다. 머리나 등을 만져도 태연했다.

사람과 동물이, 심지어 야생동물까지 이처럼 평화롭게 함께 할 수 있다니 참으로 신비로웠고 다른 세상에 온 것 같았다. 티베트 불교도가 대부분인 라다크가 불심이 깊은 땅이어서 야생동물을 함부로 죽이지 않기 때문에 그런 장면이 가능했을 것이다.

눈이 쌓이는 겨울이 되면 곰파 주위로 산양을 비롯한 야생동물들이 모여든다고 한다. 곰파에서 동물들에게 먹이를 주기 때문이다.

야생 동물도 상대가 위험하다고 느끼지 않으면 친하게 다가온다는 것을 라다크에 와서 처음 알게 되었다. 매우 값지고 흐뭇한 경험이었다.

[* 스리나가르에서 레, 레에서 판공초 호수까지의 경로는 다음과 같다.

스리나가르-소나마르그(2730m) -조지라 고개(3530m) - 드라스(3249m) - 카르길(2650m) - 나미카라 고개(3717m) - 파투라 고개(4060m) - 라마유르(3510m) - 알치(3260m) -사스폴 마을- 레(3500m) - 창라 고개(5360m) -판공초 호수(4300m)]

라다크는 과연 '오래된 미래'인가?

　스웨덴 출신 언어학자인 헬레나 노르베리 호지 여사가 쓴 『Ancient Future』(1992)를 우리말로 번역하면서 『오래된 미래』라고 제목을 붙였는데, 제목의 의미는 우리의 미래가 거기에 있다는 뜻으로 보인다. 따스한 미소, 깊은 인정, 자연친화적인 삶의 방식 등…

　호지 여사는 런던대학교 동양언어학과의 학위논문을 준비하기 위해 1975년 라다크를 처음 방문했다. 1975년은 인도가 라다크의 문호를 외부세

▼ 라다크 농촌 풍경

계에 처음 개방한 해였다. 호지 여사는 이후 이곳에서 10여년을 살게 되었고 그녀의 경험을 토대로 쓴 책이 『오래된 미래』이다.

그런데 상황이 급변하고 있다. 폐쇄된 환경에서 오직 종교(티베트 불교)에 의지해 공동체의 삶을 유지해온 이 지역에 들이닥친 개발의 바람에 대해서 호지 여사는 대단히 불만스럽다. 그녀는 가난하지만 행복했던 라다키들의 삶이 개발로 엉망이 되어간다고 느끼고 있다.

나는 2013년 6월 서울을 방문한 호지여사의 강연에 가보았다. 강연의 요지 역시 '반개발'이었다. 친환경, 태양열, 풍력 등 자연친화적인 가치에 대해 강조하였다. 호지여사가 농경사회의 모든 생활방식을 지나치게 이상적으로 여기는 것 같다고 말하는 이들도 있다.

아무튼 지금 라다크에서 벌어지고 있는 현상들은 아이러니컬하게도 호지여사의 『오래된 미래』와 관계가 있다. 이 책으로 인해 관광객들이 몰려들기 시작했고, 이곳 사람들의 삶을 뒤흔들기 시작했다.

현지에 가보니 라다크 거리에는 관광객이 넘쳐났다. 동양인 관광객보다 서구인들이 더 많았다. 관광업은 라다크의 가장 중요한 산업이라고 한다. 라다키들의 표정은 밝았다. 델리나 스리나가르 등 다른 도시에서 만난 인도인들의 가난에 찌든 모습과는 달라보였다. 라다키들은 기대했던 대로 대체로 편안한 미소로 사람들을 대했다.

호지 여사의 바램은 그들이 과거의 그 모습 그대로 편안하고 행복하게 살아가는 것일지 모른다. 그러나 변화의 바람은 사람의 생각을 바꾸는 법이다.

다시 예전의 삶으로 돌아갈 수는 없지만, 현대화의 물결 속에서 전통의 맥을 얼마나 잘 보존하느냐 하는 것은 순전히 라다키들의 몫이다.

'오래된 미래' 그것은 우리 모두의 순진한 꿈일지 모른다.

라다크의 과일, 살구

라다크를 이야기 하면서 이 지역의 대표적 과일인 살구를 빼놓을 수 없다.

알치에서 레에 도착하기 전에 잠시 들른 사스폴 마을에는 살구가 지천으로 열려있었다. 나무 아래는 저절로 떨어진 살구열매들이 노랗게 깔려 있었고, 가지에는 싱싱한 살구가 탐스럽게 달려있다.

모두 주인이 있는 나무겠지만, 우리들은 저마다 한 움큼씩 따 먹었다.

▼ 살구를 신문지에 싸고있는 상인

변명하자면 주인이 보아도 뭐라고 혼낼 것 같지 않은 분위기였다고 할까.

그 다음날 레의 시장에서 살구를 100루피 어치 샀다. 우리 돈으로 2천 원이 채 안 될 것이다. 비닐봉지가 없는지 신문지에 싸주었는데, 신문지가 금세 찢어졌다.

우리나라 옛날 장터 생각이 났다. 우리나라에서도 과거엔 신문지가 포장지였다. 정육점에서도 신문지에 고기를 싸줬었다. 아직 라다크에는 비닐봉지가 귀한 것 같았다.

라다크의 살구는 우리가 맛본 이곳의 유일한 과일이었다. 맛이 있었다. 말려서도 먹고 잼도 만들어 먹는 전천후 식량이다. 이 살구는 과거에도 있었으며 지금도 있고, 미래에도 있을 것이다.

생각해보니, 아! 이 살구도 라다크의 '오래된 미래' 아니겠는가!

몽골의 초원을 좋아했던 고(故) 조양호 회장

　　몽골의 초원을 좋아했던 분이 있다. 한진그룹의 고 조양호 회장(1949~
2019)이다. 조 회장은 언젠가 내게 "몽골에 가서 초원을 보고 있으면 마음이
탁 트여서 좋다"고 말했다. 사진 찍기에 취미가 있었던 조 회장은 몽골 초원
을 사진에 담기를 좋아했다. 조 회장은 나보다 경복고 5년 선배다. 조 회장
이 몽골을 좋아하게 된 것은 선친인 조중훈 회장과 몽골과의 인연도 있을
것이다.

　　조중훈 회장은 노태우 대통령 때인 1990년 몽골에 대한항공의 보잉 727
여객기 1대를 제공한 일이 있다.

　　그해 10월 이웃동네 아저씨 같은 털털한 인상의 푼살마긴 오치르바트
몽골 대통령이 우리나라에 와서 10월 23일 한-몽 정상회담이 열렸다. 우리
측은 몽골의 경제협력 요청에 대해, 대외경협기금에서 1천만 달러의 장기
저리 차관을 제공하고, 몽골측이 요청한 쌀과 의류, 비누 등 1백만 달러 상
당의 생필품을 무상지원하기로 했다. 여기에 여객기 한 대가 보태진 것이다.

　　나는 KBS 시절인 1985년부터 교통부를 출입하면서 대한항공을 드나
들게 되었는데, 사실 한진과의 인연은 그 이전부터였다. 기자 초년생 때인
1979년 서울역 앞의 남대문 경찰서를 출입할 때 한진건설의 필리핀 민다나

▲ 조양호 회장(왼쪽)과 저자(2005. 3.) LA에서

오 섬 건설 현장에서 한진 직원이 그곳 반군에 납치되었다. 그래서 그 사건이 해결될 때까지 거의 두 달 가까이 남대문 경찰서 근처에 있는 한진 건설에 취재차 거의 매일 드나들었다. 그 때 조중훈 회장의 동생 조중건 사장을 자주 만났다. 싹싹하고 유머러스한 조중건 회장은 그후 대한항공 사장을 했고, 그 후에 장조카인 조양호가 전무·부사장에 이어 사장 자리를 이어 받았다.

조중건 회장과는 대한항공 사장 때도 만났으므로 얼굴이 익어서인지 수십년이 지난 지금도 어쩌다 만나면 나를 알아보고 반가워하신다. 조중건 회장을 마지막으로 뵌 것은 조양호 회장의 빈소에서였다.

1990년부터 청와대를 출입하면서 대통령 해외 순방 때 전용기를 가끔 탔다. 당시는 대한항공 여객기를 임대해서 대통령 전용기로 썼다. 그래서 대개 조중훈 회장이 동승했다. 노태우 대통령 유럽 순방 때 독일에서 조중훈 회장 주재로 나를 포함 두 세명의 기자들이 별도의 저녁 자리를 가진 일도 있다.

조양호 회장과는 고교 선후배라는 인연이 끈이 되어 오랜 세월 변함없이 교류했다. 나는 1992년 가을 미국 워싱턴에 특파원으로 부임했는데, 조 회장은 내가 특파원으로 있는 동안 버지니아 페어팩스에 있던 우리 집에서 저녁을 하고 가신 일도 있다.

대한항공에서 한동안 일등석과 비즈니스석에 도서를 비치했던 때가 있었다. 내가 청와대 출입을 마친 후 워싱턴에 가기 전에 써서 출판된 『기사로 안 쓴 대통령 이야기』가 비치되었던 모양이다. 내가 부탁 안 했으니까 그 책이 어떻게 기내 비치용이 된 것인지는 모른다.

1993년에 워싱턴에 온 박세직 서울올림픽조직위원장을 만났을 때 내 책 이야기를 꺼내셨다. "저자를 여기서 만날 줄 몰랐다"며 미국 올 때 비행기에서 내 책을 재미있게 읽고 왔다면서 책에서 읽은 이런저런 이야기를 하신 것이 기억난다.

내가 2003년 CBS 사장이 되어 그해 11월 인터넷 매체 노컷뉴스를 출범시켰을 때 IT분야를 누구보다 잘 아는 조 회장은 앞으로는 그런 매체들이 잘 될 것이라고 격려해 주셨다. 노컷뉴스는 당시 획기적인 기획으로 독자들의 관심을 끌면서 단시간에 최고의 인터넷 매체로 성장했다.

▲ 하늘에서 내려다본 독도(2011. 6. 대한항공 제공)

2005년 3월 내가 워싱턴에서 열린 세계한인기독교방송협회 참석 후 귀국 전 LA 칼호텔인 윌셔 그랜드에 숙박했을 때 마침 LA에 온 조양호 회장과 아침을 같이했다. 사진은 그 때의 것이다.

조 회장은 중요한 행사에는 나를 빼놓지 않고 초청하셨는데, 아들 조원태 군 (현 한진 회장) 결혼식 때 키가 큰 그를 처음 보았다. 2011년 6월 대한항공이 사들인 대형 여객기 A380 시범 비행 때 독도 상공까지 가서 독도를 하늘에서 내려다본 일도 매우 인상적이었다. 넓다란 비행기 2층의 내 옆자리에는 함께 간 오정소 전 보훈처 장관이 앉으셨고, 그 뒤로 당시 인천공항공사 부사장이었던 나의 친구 이영근 군이 자리를 했었다.

2015년 11월, 한진그룹 창립 70주년 기념 및 정석 조중훈 선대 회장 일대기인 '사업은 예술이다' 출판 기념회에 참석하기 위해 행사장인 인천 하이야트 호텔로 가던 때가 생각난다. 저녁 행사 시간에 맞추어 가는데, 영종대교 위로 붉은 태양이 서서히 내려오는 것이 아닌가. 나는 그 때 마침 삼성에서 나온 일반 소형 디지털 카메라처럼 렌즈가 튀어나오는 줌 폰을 가지고 있었다. 얼른 꺼내 영종대교 위에 걸린 석양을 찍었다. 그 사진도 여기 실었지만 그같은 기능을 갖춘 폰이 아니었으면 불가능했을 사진이다.

이날 출판 기념회에 휠체어를 타고 축사를 하셨던 JP 김종필 전 자민련 총재도 고인이 되셨다. 정치부 기자 시절 김영삼, 김대중, 김종필 세 분을 취재차 자주 만났었는데, JP는 유머감각이 뛰어난 분이셨다.

CBS와 뉴스1에 이어 내가 세 번째 CEO를 한 서울문화사에서 대한항공 기내지 <모닝캄>을 제작하게 된 것도 서울문화사에서 프리젠테이션을 잘 하기도 했지만, 조양호 회장과의 인연이 그렇게 이어진 것으로 생각한다. 서울문화사는 여러 종류의 잡지와 신문, 출판 외에 아동만화 부문도 잘 갖춰져 있다. 서울문화사에서 나온 서적과 아동만화 등을 손주들 주시라고 회장실로 한 박스 보낸 일도 있었다.

2014년 초여름 쯤 내가 김포의 회장실에 갔을 때 "정부가 형님한테 평창 올림픽 조직위원장을 맡기려고 한다는 소문이 있는데 어쩌실 겁니까?" 하고 물어봤다. 조 회장은 "한진해운 때문에 그거 맡으면 안돼"라고 했다. 동생 조수호 회장이 이끌던 한진해운은 국내 해운업 1위 회사였지만 조수호 회장 별세로 부인이 경영권을 넘겨받은 후 어려움을 겪어왔다. 결국 2014년 시아주버니인 조양호 회장이 경영권을 물려받아 구원투수로 나섰

▲ 영종대교 위에 걸린 석양(2015. 11. 2.)

으나 조 회장이 평창올림픽 조직위원장을 맡고 있던 사이 여러 가지 일이 풀리지 않음으로써 2017년 2월 파산했다. 조 회장은 당시 한진해운 때문에 맡아서는 안 될 평창올림픽 조직위원장을 청와대의 강권으로 할 수 없이 수락하고는 속앓이를 많이 했을 것이다.

뿐만 아니라 2014년 12월에는 이른바 땅콩회항사건이 터졌다. 장녀 조현아의 일로 인해 아버지는 연신 사과해야 하는 입장이었을 뿐만 아니라 그후 평창 올림픽 조직위원장도 사임하고 상속세 문제로 조사를 받는 사태에까지 이르렀다.

2018년 가을 나와 전화 통화를 했을 때, "내가 이러고 있으니까 전화들도 안해"하며 주위 사람들에 대해 다소 서운한 감정을 비쳤다. 나는 "용기를 내시고 건강 잘 챙기시라"는 위로의 말로 전화를 마쳤다.

2019년 4월 초 모스크바에 취재 여행차 가기 전 조 회장에게 전화를 걸었다. 조 회장의 근황이 궁금해서였다. 조 회장은 전화번호를 자주 바꿨다. 그래도 내게는 바뀔 때마다 알려주었다. 내 전화를 안 받으신 적이 없는데 벨 소리에도 전화를 받지 않는다. 결국 통화를 못한 채 다녀왔다. 그리고 귀국 다음 날인 8일 아침 LA에서 별세하셨다는 소식을 들었다.

조 회장은 성실한 기업가였다. 술과 여흥 같은 것을 좋아하지 않았다. 항공 사업에서 특히 필요한 IT 지식은 탁월했다. 그렇기 때문에 선친의 사업을 잘 지키고 크게 성장시켰다고 본다. 일에는 엄격했지만 정이 많았다. 나에게는 늘 좋은 선배셨다.

하늘나라에서 편히 잠들어 계실 것으로 믿는다.

여행 중 사망한 톨스토이

부인 소피야와 오랫동안 갈등을 겪었던 러시아의 저명한 작가이자 사상가 톨스토이(1828~1910)는 82세 때 가출했다가 열흘만에 시골 간이역에서 객사했다. 기차 여행 중 폐렴 증세로 작은 정거장 아스타포보 역에 내려 역장 관사에서 치료를 받다가 세상을 떠났다. 그가 숨진 아스타포보 역의 역장 관사는 지금 톨스토이 박물관이 되어 있다.

무작정 가출 후 여행길에 오르다

톨스토이는 우리나라 독자들에게도 『전쟁과 평화』 『안나 카레니나』 『부활』 등으로 널리 알려져있는 세계적인 대문호다. 백작이었던 그의 영지와 저택은 모스크바 아래 툴라 지방의 야스나야 폴랴나에 그대로 보존돼 있다.

그가 숨진 아스타포보 역은 그의 영지에서 아주 멀리 떨어진 곳은 아니었다. 가출한 남편을 찾아 떠난 부인 소피야를 피해 달아나듯 여행길을 재촉하다가 추운 날씨에 폐렴에 걸려 죽음을 맞이했다.

그는 노년에 들어 자신의 토지를 농민들에게 모두 나눠주고 싶어 했다. 아내 소피야는 "재산을 다른 사람들에게 다 주면 남은 자식들은 어떻게

▲ 톨스토이와 그가 숨진 아스타포보 역장 관사

되느냐?"며 동의하지 않았다. 이러한 문제로 인해 두 사람 사이에는 갈등이 오랫동안 계속됐다. 막내딸 사샤 외에 다른 아들딸들도 모두 어머니 편이었다. 톨스토이는 가정 안에서의 불화와 불편함을 참을 수 없었다. 그는 마침내 1910년 10월 28일 새벽, 가출을 감행했다.

톨스토이는 이날 소피야가 잠들어 있는 사이에 몰래 집을 나왔다. 목적지를 정해두고 떠난 것도 아니었다. 사실상 무작정 가출이었다. 가출 첫날에는 주치의 마코비츠키와 둘이 떠났다. 이틀 후 사샤와 사샤의 친구 바르바라가 합류했다.

소피야의 자살 소동

소피야는 남편이 가출했다는 것을 알고는 집에서 뛰어나가 영지 호수에

▲ 톨스토이가 임종한 방

몸을 던지는 소동을 벌였다. 그러나 주변 사람들에 의해 곧 구출되었다.

그리고 난 후 소피야가 남편을 찾아 떠났다는 이야기가 들렸다. 톨스토이는 소피야와 마주치지 않기 위해 급히 마부를 고용해 코젤스크 역으로 향했다. 코젤스크 역에서 볼로보예까지 간 후 여기에서 흑해 인근 로스토프-돈까지 가는 열차를 타기로 했다.

그런데 톨스토이의 상태가 31일 오후부터 이상해졌다. 이날 오전까지는 괜찮았는데 오후부터 열이 오르고 오한이 들었다. 체온이 38.5도까지 올라갔다. 주치의 마코비츠키는 이 상태로 여행을 계속하는 것은 불가능하다고 판단했다. 다음 역은 아스타포보였다.

역에 내려 역장 오졸린에게 도움을 청했다. 그는 역장 관사의 방 하나를 톨스토이에게 제공했다. 곧 의사가 달려왔다. 의사는 톨스토이를 진단

▲ 톨스토이가 임종한 6시 5분을 가리키고 있는 레프 톨스토이 역의 시계

하고는 그의 병명을 폐렴이라고 기록했다.

가출 열흘 만에 영면의 세계로

11월 5일 밤부터 톨스토이의 병세가 나빠지기 시작했다. 그래도 6일 오후에는 말도 몇 마디 했다. 11월 7일, 새벽 2시경부터 심장의 고동이 희미해졌다. 맥박도 약하게 뛰었다. 주치의 마코비츠키가 "레프 니콜라예비치(*톨스토이의 이름), 물을 좀 마셔봐요"하고 톨스토이를 불렀다. 톨스토이는 눈을 뜨고 포도주를 탄 물을 한 모금 마셨다. 그리고는 혼수상태에 빠졌다. 톨스토이는 오전 6시 5분 숨을 크게 한번 내쉰 후 숨을 멈췄다. 영면의 세계로 들어간 것이다.

톨스토이가 임종을 맞은 자그마한 관사와 집안의 모든 세간들은 원형 그대로 남겨졌다. 위대한 인물이 마지막으로 머문 아스타포보 역장 관사는 톨스토이를 따르는 이들의 순례지가 되었다.

박물관이 된 역장 관사 밖 작은 공원에는 톨스토이의 흉상이 사각형 기둥모양의 높은 기단 위에 우뚝 서 있다. 레프 톨스토이 역으로 이름이 바뀐 옛 아스타포보 역 철로쪽 벽면에는 커다란 둥근 시계가 걸려있는데 언제나 6시 5분이다. 톨스토이가 숨을 거둔 시간을 가리키고 있는 것이다.

(*저자가 이곳에 간 것은 2019년 4월 4일이었다.)

반세기 전 눈 덮인 속리산에서 만난 고마운 신혼부부

고교 2학년에 진학하기 직전인 1학년 말 봄방학 때였으니까 1970년 2월 하순이었을 것이다. 한 학년 후배인 중학교 3학년 신인섭 군과 둘이 속리산 등반에 나섰다.

아마 출발 당일에 문장대까지 올라가 그곳에서 하루 자고 내려오는 1박 2일로 예정을 하고 서울에서 버스를 타고 보은으로 내려갔던 것 같다.

문장대에서 텐트를 치고 잘 생각으로 간 것인지는 기억이 잘 나지 않지만, 침낭만은 당시에 가장 좋다는 미제 닭털 군용 침낭을 하나씩 구해 커다란 키스링 배낭에 넣어 갔었다.

문장대까지 씩씩하게 잘 올라갔다. 문장대에 가보니 바위 아래 조그만 방이 서너개 있는 나지막한 산장이 한 채 있었다. 우리는 그곳에서 1박을 하고 내려오기로 했다.

프리무스 버너와 코펠 등을 준비해 갔으므로 밥은 산장에서 지어 먹었다. 방은 난방이 제대로 될 리 없었으나 갖고간 침낭이 훌륭했으므로 추위를 모르고 잘 자고 일어났다.

그런데 일어나 보니 밤새 눈이 내려 천지가 온통 하얗게 변해버렸다. 2월 말이니 괜찮겠지 하고 아이젠을 가져가지 않은 것이 실수였다. 눈 덮인 산길을 내려갈 일이 막막했다. 그냥 내려가려다간 미끄러지고 뒹굴고 위험할 것이 뻔한데 대책이 서질 않았다.

그날 옆방에 신혼여행을 온 부부가 있었다. 두 분 다 등산을 좋아해 신혼 여행을 속리산으로 온 것이었다. 당시 신혼여행으로 등산을 한다는 것은 매우 드문 일이었다.

그분들이 아침에 우리가 하산 걱정하는 것을 아시고는 "아이젠이 두 짝 있는데 한 짝을 빌려줄테니 두 사람이 하나씩 차라"고 하셨다.

그러니 네 사람이 발 한쪽에만 아이젠을 차고 내려가게 된 것이다. 우리로서는 미안한 노릇이었으나 상황이 상황이었으므로 배려를 고맙게 받아들였다.

그 덕에 나와 신인섭은 그분들과 함께 무사히 하산할 수 있었다. (*여기서 말하는 신인섭 군은 이 책 제4부 히말라야 편에서 말한 바 있는, 2019년 나의 히말라야 트레킹 때 네팔 현지 여행사 사장을 소개해 준 그 신 사장이다.)

우리에게 아이젠을 빌려준 신혼부부는 당시 20대 중·후반쯤 되었을 것이다. 지금 생존해 계신다면 70대 중·후반쯤 되시지 않았을까.

과거와 달리 이제는 오래들 사시므로 이 나라 어딘가에 살고 계실 것으로 생각한다. 따뜻한 마음을 가진 분들이니 인생을 잘 사셨을 것이다. 등산을 좋아해 신혼여행을 겨울 속리산으로 오셨을 정도였으니까 평생 등산을 취미삼아 사셨으리라 생각한다.

나는 지금도 겨울철에 눈내리는 산을 보면 가끔 그분들을 생각한다. 혹시라도 이 글을 읽으시면 당신들의 신혼여행 때이므로 비록 반세기 전의 일이지만 어렴풋이라도 기억을 하실 것이다. 연락이 닿아서 만나 뵐 기회가 있으면 다시 한번 감사의 인사를 드리고 따뜻한 커피라도 대접하고 싶다.

별 사진 찍기

별 사진과 은하수 찍기에 관심이 있는 분들이 많다. 일반 사진이야 카메라를 오토(Auto) 모드에 놓고 그냥 셔터만 누르면 되는 경우도 많지만, 밤하늘의 별을 찍는 경우는 그렇게 쉽지가 않다. 날씨에 따라 또는 계절에 따라 변수가 많고, 달의 크기에 따라서도 달라진다. 촬영 장소는 당연히 주변에 빛이 적은 곳이어야 한다.

야간 별 사진 촬영은 잘 준비하지 않으면 실패할 가능성이 많다. 나의 경험을 통해 알게 된 몇 가지를 참고로 적는다.

먼저 촬영 전 카메라의 모드를 M(매뉴얼)으로 놓고 적절한 조리개값(2.8~4.0)과 셔터속도(10~20초), ISO감도(1600~3200)를 세팅한다. 카메라의 OIS(손떨림 방지버튼)는 꺼 놓는 게 좋다. 삼각대는 필수다. 렌즈는 물론 하늘을 넓게 잡을 수 있는 광각렌즈가 좋다. 카메라가 흔들리지 않도록 리모컨을 준비할 것을 권한다. 비싸지 않다. 아니면 타이머를 2초 가량으로 해 놓고 셔터를 누르는 방법도 있다.

이런 준비 후에 가장 중요한 것은 촬영 대상인 하늘의 별에 초점을 어떻게 맞추느냐 하는 것이다. MF(매뉴얼 포커스) 상태에서 렌즈 둘레의 초점링을 돌려 초점거리를 맞추는 경우에는 초점거리를 무한대(∞) 가까이 놓고 찍는 것이 좋다고 한다. (무한대 끝까지 바짝 돌리지는 말라는 뜻) 이것이 가장 일반적이다.

그 다음은 직접 초점을 맞추는 방법이다. 하늘의 가장 밝은 별을 AF(오토 포커스)상태 그대로 반 셔터로 맞춘 후 그 상태에서 MF로 초점 모드를 바

▲ 몽골 밤 하늘의 별들

꿔놓고 촬영하는 방법이다. 물론 초점 링을 다시 건드리면 안 된다. 그리고 매뉴얼로 직접 초점을 맞추는 방법이 있다.

렌즈의 밝기는 2.8이나 그 이상 밝을수록 좋다고 하지만 그것은 각자의 형편에 맞추는 것이니 무조건 권할 일은 아니다. 촬영 후 포토샵으로 마무리를 해야하는 경우가 많으므로 포토샵을 어느 정도는 알아야 한다. 나도 별 사진 촬영은 계속 초보 상태이지만 요즘에는 스마트폰으로도 별 사진을 찍는다는 시대이므로 각자의 기기로 잘 준비하고 익히는 노력이 필요하지 않을까 생각한다.

후기

나의 여행은 어디까지일까?

1.

나의 인생에서 여행은 언제까지일까? 그리고 어디까지일까?

앞에서 말한 대로 코로나 이전 나의 마지막 여행은 2020년 2월의 겨울 몽골 여행이었다. 내가 귀국한 후 며칠 지나지 않아 한국과 몽골간의 하늘 길이 막혔다는 것도 본문에서 이야기했다.

나는 사실 몽골 가기 전 건강검진센터에서 대장 내시경 검사를 받았는데, 담당 의사로부터 대장암이 의심된다는 이야기를 들었다. 빨리 종합병원에 가서 정밀 검사를 받으라고 했다. 그것이 1월 하순 경이었다. 나는 2월 중순, 몽골 여행이 계획되어 있었으므로 내시경 검사일을 한 달 후인 2월 하순으로 늦춰 잡아 놓고 여행을 다녀왔다. 그리고 예정된 날에 검사를 받았다.

3월 9일 의사는 검사 결과 대장암으로 판정이 됐다고 했다. 그 순간 잠시 움찔했다. 옛날 같으면 암이라고 하면 사형선고였을텐데 지금은 의술의 발달로 너무 진행된 상태가 아니라면 암판정을 곧바로 사형선고로 생각하지는 않는다. 그래도 착잡한 기분은 어쩔 수 없었다. 문제는 초기가 아니라는 데 있었다.

그 때부터 나의 암의 세계로의 여행은 시작됐다. 병원을 바꿔 4월 2일

수술을 받았다. 의사는 대장암은 3기이며 간으로도 전이가 돼 4기라고 하였다. 전이가 되면 무조건 4기라는 것을 처음 알았다.

그 때부터 방사선 치료와 항암치료가 진행됐다. 11월까지 항암주사를 열두 번 맞았다. 한 번에 대략 50시간을 맞는데, 과거에는 2박 3일 입원하여 주사를 맞았다고 하는데 요즘은 달라졌다. 병원에서 2시간 반 가량 주사를 맞은 후 펌프로 가슴에 심은 포트로 주입되는 작은 페트병만한 주사액통을 배에 차고 나와 주사액이 다 빠지는 48시간 후 다시 병원에 가서 바늘을 뽑는 식으로 주사를 맞았다. 2주 간격으로 맞았는데 백혈구 수치가 떨어졌다고 한 주 후에 다시 오라고 한 적도 있었다.

2.

나는 CEO로서는 2019년 8월까지 일했지만, 2020년 2월까지는 부회장으로 회사에 적을 두고 있었다. 그러므로 41년만에 사실상 은퇴를 하자마자 병원신세를 지는 처지가 되었던 것이다. 한창 일할 때 암이 찾아오지 않은 것만도 천만 다행이었다.

11월까지 항암치료를 받은 후에는 별다른 처치 없이 석달에 한번씩 CT 촬영 후 의사를 만나는 것으로 일정이 잡혔다. 3개월 후면 2021년 2월이다.

그 사이에 2021년 1월 11일 어머니(유순례, 1931년 1월 20일 생)께서 갑자기 돌아가셨다. 우리 나이 91세. 어머니는 나와 같은 아파트 단지내 5~6분 거리에서 혼자 사셨다. 나는 어머니집에 매일 일과처럼 들렀다. 직장에 다닐 때도 퇴근길에 반드시 어머니 댁에 들렀다 집에 왔다.

어머니는 돌아가시기 전날까지 아침을 해 잡수셨다. 그런데 월요일이었던 11일, 아침 8시 조금 지났을 때 거실의 전화벨이 울렸다. 내가 받았는데, 몹시 떨리는 어머니의 목소리였다. "오한이 나서 아침을 못 하겠다. 좀 와 볼래." 나는 집사람과 급히 어머니 댁으로 갔다.

어머니는 전날(10일)부터 기력이 많이 떨어지신 모습이었다. 며칠 전 낮에 소파에서 주무시다가 떨어져서 왼쪽 옆가슴 쪽이 결리고 많이 아프다고 하셔서 나와 아내가 모시고 동네 병원에 다녀온 적이 있었다. 그 낙상 충격에 따른 통증이 계속되는 것 같았다. 병원에서는 연세가 든 분들은 연골이 경화되어 충격을 받으면 통증이 오래 간다고 했다.

10일 오전에 어머니 댁에 다녀온 아내가 "식빵을 좀 사갖고 오라고 하셨다"는 말을 하여 점심을 먹고 식빵과 다른 빵들을 몇 개 더 사갖고 갔다. 다른 때 같으면 맛있게 잡수셨을 텐데 "입맛이 없어 나중에 먹겠다"며 "어제까지는 잘 먹었는데…"하셨다. 마침 막내 여동생이 와 있어서 나는 잠시 있다가 집으로 돌아왔다. 그리고 저녁 후 산책을 하려고 집에서 나왔는데 왠지 어머니의 상태가 걱정 되었다. 내가 어머니 댁에서 나올 때면 언제나 엘리베이터 앞까지 나와 손을 흔들며 "잘가!"라고 하셨는데, 이날은 소파에 앉은 채로 "나 안 나갈게"하셨다. 처음 있는 일이었다.

다시 어머니 댁으로 갔다. 비밀번호를 누르고 문을 여는데 문이 안으로 잠겨 있었다. 집안은 캄캄했다. 내가 "어머니, 어머니"하고 몇 차례 소리를 지르니 어머니가 안방에서 나와 마루 불을 켜시고는 문을 열어 주셨다. 주무시다 나오신 것이었다.

나는 문간에 서서 "궁금해서 온 건데, 그냥 주무세요."하고 안도를 하며 나왔다.

그리고 그 다음날 며느리가 해드린 아침을 드시고 해열제를 한 알 잡수신 후 주무신다고 누우셨다가 이날 오후 조용히 세상을 떠나셨다. 어머니가 숨을 거두신 순간에 나는 마침 점심 후 다시 와서 어머니 옆에 있었다.

오래 주무신다고 생각했다. "물 한 잔 드시겠어요?"하고 내가 깨우니 "응"하고 대답하셨다. 그런데 몸을 일으키시지 못 했다. 완전히 쳐진 어머니의 상체를 가까스로 일으켜 물컵에 넣은 빨대를 입에 대드렸다. 물을 조금 드시는 것 같았다. 그리고 다시 눕혀드렸다.

그리고 나서부터 숨소리가 약해지는 것 같았다. 나는 어머니의 두 손을 잡고 계속 들여다보았다. 숨은 더 낮아졌고 숨소리의 간격이 점점 길어졌다. 이윽고 아무 소리도 나지 않았다. 운명하신 것이다. 나는 '어머니'하고 부르다가 나도 모르게 '엄마'하고 불렀다. 60후반의 아들이 수십 년 동안 한 번도 안 하던 '엄마'가 나도 모르게 튀어나온 것이다. 나는 숨을 거두신 어머니를 부여안고 오래 통곡했다. 그리고 아내와 동생들(정묵, 미용, 소용)에게 전화로 연락을 했다.

전날 어머니가 약해지신 것을 보고 간 막내 여동생은 이날 어머니 잡숫게 해드린다고 전복과 문어를 사갖고 차를 타고 오던 중 연락을 받았다. 전복, 문어가 든 비닐봉지를 들고 집 안으로 뛰어 들어오며 "아직 돌아가신 것 아니지?"하고 내게 외치고는 어머니에게로 달려갔다. 막내의 울음소리는 처절한 비명이었다.

3.

어머니의 시신은 발인과 장례미사를 마친 후 어머니께서 생전에 기증을 약속하신 가톨릭 의과 대학으로 갔다.

어머니는 내가 대장암 수술을 받고 항암 치료를 받자 얼마나 걱정을 하셨는지 모른다. 아마 매일매일 하루에도 몇 번씩 나를 위해 기도하셨을 것이다. 마음 졸이시며 아들 걱정하시다가 더 오래 사시지 못하시고 그렇게 기진해 돌아가신 것 아닌가 하는 죄스런 마음이 크다. 가톨릭 의과 대학으로 갔던 어머니는 7월 7일 유골함에 담겨 절두산 성당 납골당에 30년 전 먼저 가신 아버지(이경성) 옆에 모셔졌다. 나도 이날 어머니처럼 시신 기증을 약속했다.

노래를 빼어나게 잘 하셨던 우리 어머니. 생전에 어머니는 "상대의 입장에서 생각하라"는 말씀을 많이 하셨다. 어머니는 언제나 상냥하고 인정 많은 따뜻한 분이셨다. 늘 주변에 잘 베푸셨다.

중학 시절부터 등산 다니면서 어머니 걱정하시게 한 불효도 많았다. 당시만 해도 등산 자체를 위험한 것으로 생각하던 때인데 더구나 나는 고교 시절 산악반에 들어가 암벽등반을 한다면서 주말이면 자일을 어깨에 메고 나다녔으니 얼마나 걱정을 많이 하셨겠는가. 나는 오히려 사회생활 중에는 등산을 그렇게 많이 하지 않았다.

항암 주사를 맞기 시작하면서 체중이 급속히 빠지기 시작했다. 나는 평소에 81~82kg을 오랫동안 유지했었다. 그런데 한두 달 만에 체중이 15~6kg

▲ 어머니와의 산책. 어머니도 나도 지팡이를 짚었다. (2020. 9. 14)

이 빠져 65kg 대가 되었다. 맞는 옷이 없었다. 체중이 빠진 후 살펴보니 엉덩이와 허벅지 살이 가장 많이 빠진 듯 했다. 그 영향 때문인지 걸음걸이에 문제가 생겼다. 걸음이 느려진 것은 물론이고 가끔 휘청거리기까지 했다. 그래서 동네를 산책할 때는 지팡이를 몇 달 짚기도 했다.

어머니도 지팡이를 짚고 나도 지팡이를 짚은 채 함께 아파트 단지 안에서 산책 한 적도 몇 차례 있었다. 2020년 9월 어머니와 함께 산책하던 사진이 남아있다.

4.

어머니의 장례를 치르고 다시 CT를 찍고 2021년 2월에 의사를 만났을 때는 별 이상이 없다고 했다. 그런데 석 달 후인 5월에 의사들을 만났을 때 간 쪽을 담당했던 의사는 간에 전이 된 것이 깨끗해져서 다시 안 와도 될 것 같다고 했다. 기분이 좋았다. 이날은 오전에 의사 한분을 만나고 오후에 의사 두 분을 만나도록 되어 있었다. 그런데 오후에 만난 대장 담당 의사는 폐로 전이된 흔적이 보인다고 예상하지 못 했던 말을 했다.

일주일 후 통합진료실에서 만나 치료 방법을 이야기하자고 했다. 그런데 일주일 후 통합진료실에 갔을 때는 그림자가 아직 작아서 전이라고 단정하기는 이르니 7월에 CT를 찍고 다시 확인해 보자고 했다. 염증일 수도 있다는 것이다.

두 달 후인 7월 5일 CT를 찍고 12일 의사들을 만났다. 폐의 작은 그림자가 그 사이 미세하게 커진 것으로 보아 전이로 판단되므로 항암 치료를 다시 시작하자고 했다. 그래서 당장 이날 오후부터 2주 간격으로 항암주사를 몇 달 더 맞았다.

나는 2021년 봄부터는 하루 1만보 이상 걷기도 꾸준히 했고 컨디션도 좋아지는 것으로 느꼈으므로 또 전이가 있으리라고는 생각하지 못했다.

그러나 세상일을 누가 알랴. 암 환자는 재발과 전이를 조심해야 한다는 얘기는 수없이 들었는데, 내게도 암 발생, 전이, 또 전이, 그런 일들이 연속하여 일어나고 있었다. 인간으로서 주의할 일은 해야겠지만, 운명은 결국 신의 뜻에 달린 것이다. 나의 경우는 하나님의 뜻에 순종할 따름이라고 생각한다.

인생은 늘 아쉽게 마무리 되는 것이다. 우리의 부모, 또 우리의 선조들도 마찬가지로 그렇게 아쉬움 속에 떠나가셨을 것이다.

5.

나는 치료를 하는 중에도 늘 여행을 꿈꿨다. 여행을 통해 마무리를 지을 일이 있기 때문이다. 치료중인 2020년 7월과 2021년 1월에 도스토옙스키 1권과 2권을 냈다. 제목은 『러시아 문학기행1, 도스토옙스키 두 번 죽다』와 『러시아 문학기행2, 도스토옙스키 죽음의 집에서 살아나다』 이다.

제목으로 짐작하시다시피 이 두 권의 책은 러시아의 도스토옙스키와 관련된 지역을 찾아다니면서 쓴 문학여행집이다. 나는 '러시아 문학기행'을 시리즈로 계획했는데, 그중 두 권이 나온 것이다.

톨스토이에 대해서도 꽤 써놓았는데, 현장 취재가 부족하고 문학 현장의 사진 또한 빈약하기 짝이 없어서 코로나가 풀리는 대로 여행에 나서려고 한다. 물론 몸이 함께 회복되어야 할 것이다.

톨스토이의 경우는 꼭 가봐야 할 곳이 카프카스다. 우리가 흔히 코카서스로 알고 있는 지역이다. 코카서스는 영어, 카프카스는 러시아어다. 카프카스는 흑해와 카스피해 사이에 있는 과거 호전적인 민족들이 살았던 높은 산맥 지역이다. 그곳에 러시아와 150년 이상을 싸운 체첸이 있다. 지금 체첸은 러시아에 속해 있다. 톨스토이는 1851년 전쟁터였던 이곳에 맏형 니콜라이를 따라갔다가 군 생활을 시작했다. 첫 작품도 이곳에서 썼다. 그의 초기 작품들의 산실이 카프카스다. 이어서 크림반도와 그 주변이 전쟁터가 됐던 크림전쟁에 참전했다. 그의 경험과 필력은 전쟁터에서 다져졌다.

그 결과로 나온 대작이 『전쟁과 평화』(1869)다.

톨스토이에 관해서는 내가 그동안 1년 이상 나의 유튜브 '이정식TV'에 그의 작품의 내용과 배경에 대한 분석을 올렸다. 그리고 '러시아 문학기행3'은 '톨스토이와 카프카스'가 될 것이라는 예고를 먼저 나온 책에서 말한 바 있다.

6.

톨스토이는 인생에 대한 고민을 어지간히 많이 한 사람이다. 50세 무렵부터는 '산다는 것은 무엇이고, 죽음은 무엇인가'에 대해 끊임없이 고민하며 해답을 찾으려고 애썼다. 인생은 무의미하며 결국은 자살이 답이 아닐까 하는 생각까지 했었다.

노년이 되면 누구나 톨스토이와 같은 고민을 한다. 톨스토이는 솔로몬이나 쇼펜하우어도 같은 고민을 했을 것이라고 했다. 나는 톨스토이를 읽으면서 그와 인생의 그같은 궁극적인 고민거리를 나누고 있다.

농민들의 땀 흘리는 삶과 신앙을 보고 인생의 의의를 다시 생각하게 된 톨스토이는 자살하지 않고 82세까지 비교적 장수했다. 그는 이 책의 부록에 쓴 것처럼 부인 소피야와의 갈등으로 무작정 가출을 했다가 열흘 만에 시골 간이역 역장 관사에서 죽었다. 그 때 그의 가방 속에는 카프카스의 이슬람 전사 이야기인 『하지 무라트』 미완성 원고가 들어있었다. 그를 작가의 길로 들어서게 한 카프카스를 그는 죽는 날까지 가슴에 담고 손에 지니고 있었던 것이다.

코로나가 풀리고 몸이 회복되면 가장 먼저 가봐야 할 곳은 카프카스와 크림반도다. 험준한 산악 지대인 카프카스야말로 톨스토이 문학의 출발지이기 때문이다. 사진도 동영상도 많이 찍어 와야겠다고 생각하고 있다. 카프카스와 크림반도 사이, 『고요한 돈 강』의 작가 숄로호프의 문학박물관이 있는 로스토프 시에도 들를 수 있었으면 좋겠다. 『고요한 돈 강』은 러시아 혁명과 내전 중 이념의 혼돈과 적군과 백군의 싸움으로 카자크(코사크) 족의 한 가족이 풍비박산이 나는 내용이다. 아직도 이념의 혼란을 겪고 있는 사람들이 많은 우리나라의 상황에서 한번쯤 읽어 볼만한 소설이라고 생각한다.

7.

가보고 싶은 곳을 대라면 열 손가락이 모자랄 정도다. 다시 가고 싶은 곳을 말하라면 나는 주저 없이 히말라야를 꼽겠다.

2019년 10월에 내가 히말라야에 어떻게 혼자 가게 되었는지는 본문에서 이야기했거니와 기간은 길지 않으나 참으로 귀중한 경험이었다. 히말라야는 내가 10대 때부터 등산을 하면서 마음에 품어온 곳이었다. 다시 가면 좀더 여유있게 제대로 트레킹을 해야겠다고 마음 먹는다.

시베리아 횡단열차도 다시 타고 치타, 예카테린부르크 등에서는 기차에서 내려 1박 2일 정도 머물면서 역사의 현장들을 찾아봤으면 한다. 볼가강변의 도시들인 니즈니 노브고로드, 카잔, 사마라도 궁금하다.

내가 사진 활동을 하는 청주의 사진동호회 '10인 10색 청평포토' 이야기도 해야겠다. 2020년에는 여름에 키르키스탄을 가기로 했다가 코로나 팬데믹으로 포기했다.

이 책에서 다룬 알타이 산맥, 흡스골 호수, 천산산맥, 라다크 여행은 '청평포토' 회원들과 같이 갔던 곳이다. 동티베트로 불리는 티베트 고원 동쪽 중국 사천성 아바주에도 2011년 여름에 함께 갔었는데 해발 3천m 가량되는 홍원 대초원에 올라갈 때부터 고산증 환자가 발생해 다음날 구채구로 퇴각하는 바람에 일정이 엉클어졌었다. 아름다운 풍광의 구채구에서는 말로만 듣던 '일처다부'의 티베트족 집에서 숙박했었다. 동티베트는 후일 라싸가 있는 티베트에 제대로 다녀 온 후에 함께 다루려고 한다. 회원들은 1년에 한번씩 해외 출사를 하는데 나는 매년 따라가지는 못 했지만, 가급적 동참하려고 한다. 동호인들과의 출사 여행은 언제나 즐겁고 보람이 있었다.

늘 나의 원고의 첫 번이자 마지막 교정자가 되어 주는 아내(고옥주 시인)와는 좀 편안한 여행을 할 생각이라는 말도 빼놓아서는 안 되겠다. 나의 책을 언제나 정성 들여 아름답게 만들어 주시는 반딧불이(한결미디어) 박연 사장님과 안승철 실장께 다시 한번 감사의 인사를 전한다.

그동안 나의 건강을 걱정해 준 모든 분들께 감사드린다. 무대 위에서 노래도 다시 하게 되고, 이후 여러 가지 여건이 잘 갖추어져서 앞으로의 나의 여행계획이 순조롭기를 바랄 뿐이다.

2021년 11월